U0399483

苍凉的辉煌

清华国学研究院和她的时代

郑　雄◎著

回眸一个时代的
苦闷与光荣
寂寞与喧嚣

复旦大學出版社

作者献辞

先生们
你们热爱的
河流、山川和大地
我都在热爱着

岁月永不倒流
我将终老他乡
一把消逝的骨头
和沉重的头颅一样
鸿毛般轻盈
我将安眠
带着鼾声
我和你们一样
永远是她的孩子
我说:我不满,我叛逆
其实,只是换了个爱的说辞

目录

序章

昆明湖之水

我的眼睛凝视着1927年6月2日。古老的北京，此时此刻，春天已经过去，真正的夏天还没有到来。城西北那所著名的清华学校里，熏风拂面，绿叶婆娑，三三两两的学生，夹着书本，穿着西装或长衫，穿行在洒满阳光的小路上。他们的脸上，洋溢着青春的笑颜和对于未来的向往。他们从天南海北来到这里，一起沐浴清华园里的雨露。然后，他们将各奔东西。有人要到遥远的美国留洋，也有人注定要在脚下的土地上开始新的生活。

此时，这个古老的国度，新生的愿望如此强烈。大地从几千年帝制的桎梏中解脱，新桃换了旧符，黄色龙旗换成了青天白日旗。新制度的种子已经播下，新文化的幼苗正在萌发。恰如清华园里那位年轻的朱自清教授后来在《春》里所描述的那样：一切都像刚睡醒的样子，欣欣然张开了眼……

然而，离清华园不远的颐和园里，一个中年人的自沉，给这个本来平静的日子投下了浓重的阴影。

这天早餐之后，中年人独自来到学校，默默地巡视过他熟悉的教室、办公室，又简单地和校工聊一会儿天，便搭乘一辆人力车来到颐和园。他在一个小亭子里徘徊良久，然后，投入了昆明湖。

短短几分钟之后，这位名满天下的学者、清华国学研究院的头号导师便停止了呼吸。有人把他打捞上来。然而，一个人，无论思想多么深邃、目光多么敏锐，终究是肉体凡胎。失去了呼吸的肉体，再也不能恢复生命的温度。人们从他的口袋里，发现了一封遗书。

那是一封从容而沉痛的遗书。近百年来，它曾被无数人解读。它被视为一代学术大家的坦率自剖，也被看成中国最后一个王朝的遗老的自供。

而这个中年人的死亡，几乎成为20世纪中国学术史上最大的谜团：名满天下正值壮年的他，为什么以自沉的方式告别世界？

这个51岁的中年人就是王国维，来清华，仅仅两年时间。

两年来，这个沉默寡言的南方人，已经熟悉了清华园里的一草一木。他那瘦小的身影，寡淡的神情，还有脑后常常飘动的辫子，已经融入了清华园，成为清华园风景的一部分，成为这里永远的记忆。

现在，王国维的嘴巴与头发都淹在水中。他永不能开口说那没有几个人可以听懂的南方话了。他脑后的辫子再也不会飘动了。人们只能在记忆里追寻一个时代的背影。他死了。国学研究院的一代大家，留下了著作和传奇，也留给人们无数的话题。

虽然，清华园里，梁启超、陈寅恪还在，赵元任、李济依然会不时出现，但是，无论如何，辉煌一时的清华国学研究院，渐渐开始走向命运的终点……

第一章

国耻纪念碑

一

今天的中国人，遥望清华，犹如遥望巍巍高山。它重峦叠嶂，奇峰林立。百余年来，北京西北角的这个园子，汇聚了一个国家最睿智的一批头脑，从而构筑起一处思想高地。园子里诞生的学问，构筑了堪称华美的象牙之塔；沉淀的思想，灌注在一代代学生的心里，催生出可以改变中国乃至影响世界的力量。然而，清华的历史，对于绝大多数人来说，缥缈、模糊，像是一个传说、一部传奇，具有足够多的故事性，但似乎又和普通中国人保持着遥远的距离。

其实，作为一所学校的清华，从诞生的第一天起，就和全体中国人密不可分。它是中国历史的一部分。中国历史在清华园里留下的印记，意味深长，就像清华人自己说的那样：清华的成立，其实可导源于1900年的庚子之役。它的成立，可谓中国的战败纪念碑、国耻纪念碑、中华民族要求解放之纪念碑①。

虽然清华人在文章里说"清华独幸而获受国耻之赐""享特别权利"，我们依然可以感受到字里行间的沉痛——近百年来，当大刀长矛与火枪相遇，当木帆船与蒸汽机驱动的舰艇相遇，一切都已经注定，中国人遭遇了有史以来最为艰难的心路历程：失败、屈辱、茫然、绝望……一百年的动荡，造就了一百年的悲情。当今天的我们阅读百余年前的

---

① 《清华历史(1926年)》，载清华大学校史研究室《清华大学史料选编·第一卷》，北京：清华大学出版社，1991年，第35页。

悲情话语时，似乎依然能听到一声声沉重的叹息。而现在，当我们开始凝视清华时，也会在内心深处奔涌起复杂的感情。

世上本无清华学堂、清华学校、清华大学。冠以“清华”二字的学校，其诞生与一位叫梁诚的中国外交官密切相关。今天的人们已经很难从媒体上看到梁诚的名字，但实际上，在晚清那晦暗的历史册页上，他的名字堪称光彩照人，在清华的历史上，他更是一种绕不过去的存在。

如果说魏源、林则徐等人是近代史上最早睁眼看世界的中国人，那么梁诚可算是最早走向世界的中国人之一了。

魏源、林则徐一生都在感受大地剧烈的震动，一生都在寻找富国强兵的方案。他们拥有那个年代标志性的智慧，对家国一片忠诚。但是，面对“数千年未有之大变局”，他们依然表现出了惶惑、困窘、举止失措。个中原因不难理解：他们生于本土，长于本土，无论他们的籍贯、出身如何，都只能有一颗“老中国之心”。他们所传承的，只能是五千年的文化薪火。他们无比希望真正感受欧风美雨的温度，搞清楚文明的列车是如何驱动的，但他们毕竟不是新时代的原住民，穷其一生，也难以适应令人头晕目眩的历史转换。他们没有出过国，最多是伫立在波涛汹涌的大海边，用探寻的目光遥望远方，然后，怀抱巨大的焦虑回到书斋、衙门，从那些来自四面八方的典籍和图册上，探寻另一个世界的信息——这一切，就足以耗尽他们的一生。

梁诚和魏源、林则徐等人不一样。1864 年，梁诚出生于广州番禺黄埔村，离当年的黄埔港很近，他是看着外国人的商船长大的。当年的黄埔港还是一派田园风光，河两岸一眼望不到边的稻田和远处的树林、河谷、山峰构成了如诗如画的风景。它是外国船只停靠的码头，又是外商报关、通关、登陆的地方。它是广州的，更是中国与世界联系的重要窗口。繁忙季节,港区常常有几千外国人停留。他们吃住在船上,排队等着办手续、卸货、装货。这里聚集了越来越多的人,慢慢形成一个小镇。自然,这里的中国人做的都是“低等”的工作:为老外跑腿儿、充当搬运工[①],忙得不亦乐乎……

我们完全可以想象到——

清晨,伴随着南中国灿烂的朝阳,黄埔港慢慢醒来,汽笛声声中,一波波浪花簇拥着商船缓缓前行,金发碧眼的老外们开始穿行于甲板、船舱、货物中。繁忙的一天开始了。那些拖着发辫、一身短打扮的中国人登上船头,在商船主人的指挥下,一个人、几个人、一群人,把船上的货物搬下来,卸到码头,或者扛到另一条船上,再把大包小包的中国货搬上去。搬下来的,可能是大桶的煤油,也可能是一台机器;搬上去的,可能是茶叶,可能是丝绸,也可能是玲珑的瓷器——无论是什么,都不重要,他们在阳光下流着汗水,只为换取能够养家糊口的铜钱。一天的喧嚣过后,夜幕降临,水手们来到岸上,寻觅饭铺、酒馆,然后醉眼迷离地打量这个古老国家的世俗生活。远处商船上的灯火明明灭灭,而小镇上那一间间低矮的房子,已经全然没入了黑暗。那些做苦力的中国人,伴随着妻儿均匀的呼吸声酣然入梦……

后来的中国驻美公使梁诚,就是在这样的生活环境中长大的。他看惯了码头、港口,看惯了海关、商船,看惯了来这里的外国人的工作和生活,他也一定看惯了父老乡亲的繁忙、欢乐、焦虑和无奈。

大历史是由无数琐屑的日常生活构成的。早年的梁诚和他的乡亲们,对于这样的生活,已经司空见惯,熟视无睹,但不自觉中,他们已经走进了中外交往的历史。没有任何一部史书会记录下那么多普通的名

---

① 梁碧莹:《梁诚:一位让弱国外交闪光的外交家》,《学术研究》2013年第6期。

字，绝大多数人终将像尘埃一样，永远隐身于历史的暗处，永远不会被人提及。但毫无疑问，他们在不自觉中，已经参与了历史的创造。

对于梁诚来说，还没有走出家乡，他已经早早地感受到了“欧风美雨”，感受到了关于“洋务”的点点滴滴。外国人并无神秘可言，和外国人打交道，是他家乡的父老生活的一部分。

1875 年，不到 12 周岁的梁诚，作为清廷派遣的第四批官费生，到美国留学。

历史又给了未来的外交官梁诚以更多滋养，让他拥有更为丰富的阅历。虽然，过程之艰辛远超横渡大洋这一简单的空间之旅，而且中途生变，他未完成全部学习计划便打道回府。

清末的幼童赴美，无疑是中西交流史上的一件大事。数千年未有之大变局，让每一个敏感的中国人都感受到锥心刺骨的疼痛。外有强敌环伺，内有一波又一波的动乱，朝廷蒙辱，生灵涂炭，国事蜩螗。如何“破局”？那个时代的人们给出的答案，我们今天耳熟能详：强国、富民、师夷长技以制夷、中体为本西体为用。给出答案的时代风云人物——曾国藩、李鸿章、张之洞等人，并不希望中国转型为一个“新中国”，但无疑，他们也认识到，一次次失败、一次次受辱，已经不能用“偶然”来解释。危机下求得转机，必得有非常手段。国门既然洞开，就万难重新关上。那些野蛮的夷人能够走进中国的大门，天朝上国的人们为何不能到大洋彼岸实地看看？既然除了“器物”，老中国的一切都没什么不好，那么，只要掌握了外国人的奇巧淫技，制伏对手自然就并非遥不可及的梦想。让那些有前途、可造就的青年才俊长年累月地和外国人一起生活，一起学习，“夷人”之“长技”还能掌握不了？他们学成归来之日，岂不是朝廷收获大批可办“洋务”的俊彦之时？

在曾国藩和李鸿章的推动之下，后来被称为“中国留学生之父”的容闳，组织一百多名十几岁的孩子，分四批“放洋”。这些孩子，经过了家世调查、体检、签订“生死状”、考试和为期一年的国内培训之后，踏上了赴美的旅程……

孩子们出发了。古老的中国注视着他们离开自己的怀抱，家乡的父母牵挂着他们的行止，朝廷大员依靠飞鸿传书关注着他们的一举一动。这些十几岁的孩子，不仅代表自己，也代表着一个古老民族抗击命运的勇气。太平洋里，波澜起伏；轮船颠簸着，走走停停；太阳一次次升起，一次次落下。“放洋”的旅程，一走就是几个月……他们终于来到了那个叫美国的国家。

我们完全可以想象得到，那些孩子的眼睛和心灵受到了多么大的冲击。

有一则传说——

当年，号称晚清中兴名臣的胡林翼，有一次在长江边，看到一艘洋人的小火轮逆流而上，毫不费力地飞速超越湘军水师，激起的波浪直接将一条船掀翻。他登时昏厥，醒来后第一句话就是“天要变了”。他变色不语，勒马回营，途中忽大口呕血，几乎坠马。此后凡谈起洋人洋务，胡林翼就摇手闭目，神情黯然，不停地叹息：“此非吾辈所能知也！”不久病故。

传说毕竟是传说，可能不无夸张，但透露的意味却是真实的。一个大门紧闭、以天朝上国自居的国度，才看到了世界的一角便不能不惊骇不已——正如坐井观天的青蛙有机会跳出了井口。

可以想象，生于黄埔村，从小就看惯了洋人进出国门的梁诚，来到美国时，即便不至于像胡林翼第一次看到小火轮时那么震惊，但从农耕时代的中国来到已经进入蒸汽时代的美国，他一定会眼界大开。19世纪七八十年代的美国，虽远非世界第一强国，也开始显示出它的蓬勃朝气。中国的驿站还依靠快马接力传递公文，美国人贝尔已经发明了电话。紫禁城还在点着点了几千年的蜡烛、宫灯，爱迪生已经改进了电灯。中国昏暗的土坯房里，那些瘾君子蜷曲在矮床上抽着鸦片的时候，美国人已经开始捣鼓留声机，开始使用煤气做饭、取暖了……

毕竟是小孩子，适应新环境的能力令人赞叹。1876 年，有人在美国费城万国博览会上见到了这一幕：人头攒动中，小留学生们谈吐自然，举止大方。他们依然拖着辫子，身着的短褂依然是典型的中国服装，而眉眼举止之间，竟然稍稍有了洋人范儿。有的学生年龄很小，就一直有女监护老师跟着，老师问什么，孩子答什么，亲爱之情几同母子。

远渡重洋，孤独和辛劳自不待言，更不能说事事顺心，但已足够幸运——不出国，不可能接受那样的教育，也不可能有那样的眼界。梁诚的师长容闳曾说过，他当年常常会想，将来要有更多的后来者和自己一样，到国外学习，学成返国后，大家一道“以西方之学术，灌输于中国，使中国日趋于文明富强之境”①。

梁诚的内心，也是一样的吧。这一点，从他多年之后的行为可以得到印证——是他，坚持把庚子赔款的退款用于选拔学生留美，甚至不惜与权倾天下的袁世凯产生龃龉。

如果没有外力的强行介入，梁诚等人将会按照原计划，在美国学习 15 年，完成全部学业之后再回国。届时，他们满腹经纶，正是风华正茂之时，一个个都不啻为中国的栋梁之材。孰料形势急转直下，有驻美官员上书朝廷，称不少幼童在国外习气大变，不仅剪掉辫子、穿上西装，也开始拒绝读中国的圣贤之书，叛逆孔孟之道，还有人竟然加入了基督教，所作所为，令人担心，长期下去，不知道会有几个人成材，即便成材，

① 容闳：《西学东渐记》，长沙：湖南人民出版社，1981 年，第 23 页。

恐怕也难以为朝廷所用……

1881年，一纸公文传到美国，留美幼童全部被召回国内。梁诚的留学计划，半途而废。

二

1903年，梁诚又一次来到美国。此时，他的身份是清廷派出的中国驻美公使。

当年的公使，基本职责和今天的大使差不多，但从官场的职级来论，比大使稍微低一点。这种安排和时代有关。今天的中国驻外使馆也有公使，但一般是大使的副手，大使是一把手。当年，公使往往就是使馆的一把手。只有派驻在最重要国家的使馆，一把手才称大使。大抵因为外交的概念起源于欧洲，那时西方的强国只把向他们看得上的国家派出的最高代表称为大使，低等级国家的使者称公使。他们把派驻到中国使馆的一把手称为公使，我大清堂堂上国，派到他们国家的当然也不会称大使了。这种局面，一直到几十年后才发生变化。

这一年，梁诚39岁，距他1881年离开美国，已22年。

对于一个39岁的壮年人来说，22年，足以脱胎换骨了吧。

应该是的。22年间，梁诚和他的祖国一起，经历了近代史上最为沉重的大失败、大困局。

1883年，中法之战后，法国成功地把中国的传统属国越南变成自己的“保护国”。

1894年，甲午中日战争，中国惨败，也令梁诚所尊重的师长李鸿章颜面扫地。李鸿章东渡横滨，遭遇了连日本天皇都汗颜的刺杀，但最终依然只能以割地赔款来解决问题。

1898年,戊戌变法以“非组织手段”终局。“维新”的失败,粉碎了中国读书人和平改革的希望。

1900年,义和团运动招致了八国联军对北京的围攻。最终,一纸《辛丑条约》让这个老大帝国的颜面荡然无存。

毫无疑问,从林法则主导的世界上,“落后就要挨打”的总结即便不是万世真理,至少对于当年的中国是一种客观现实。那个传统的中国遭遇了彻底的失败。作为弱者,在强大的对手面前,保持什么样的态度,每个人、每个国家,都会有自己的答案。但是,无论如何,我们完全可以想象得到,一个血气方刚的青年,面对祖国一次次失败时的失望和愤怒。

八国联军入侵—庚子赔款—退款—清华学堂创始,这是一个链条。这个链条的每一个环节在历史的齿轮上的转动,一开始梁诚亲眼看见,后来他亲自参与了齿轮的驱动。从绝望地观察到亲身投入历史事件的进程,梁诚的内心一定经历了万味俱陈的体验吧。

事实上,1901年,当时的“记名直隶候补道”梁诚,就已经参与庚子事变的“善后事宜”:处理德国驻华公使克林德之死带来的麻烦。

克林德之死的幕后秘密已经无从考证,但事情的大概过程是无疑的:义和团汹汹入京,慈禧太后向各国宣战的决心已下,总理衙门给各国使馆送去公函,说是中国官方无法控制局面,已经不能给使馆提供安全保护,“限二十四点钟内各国一切人等均需离京”——这明摆着是给他们下最后通牒:走不走,你们看着办,自己的性命在自己手里,我们管不了。公使们一起商量后,给总理衙门回函交涉,但迟迟没得到回复——他们不知道,总理衙门此时已经停止运转。德国公使克林德性情暴躁,傲慢自大,只带一名翻译出门,要亲自到总理衙门问个究竟。结果,半道上遇到了清军神机营军官恩海,被恩海一枪爆头。恩海这一

图 1-1 《辛丑条约》签约现场(坐者右一为庆亲王奕劻,右二为李鸿章)

枪，惹下了大麻烦。半年后，25 岁的他被德国人在克林德死于非命的地方处以极刑。德国政府还揪住这件事不放，让清廷给克林德造一座牌坊，并派出醇亲王载沣前往德国，“代表大清国大皇帝暨国家惋惜之意”，也就是登门赔礼道歉。这样的要求，还明文写在《辛丑条约》的第一条里。

1901 年 7 月，光绪皇帝的弟弟、后来的宣统皇帝溥仪的父亲醇亲王载沣出发了。是年，他 18 岁。作为他的随员之一的梁诚，37 岁。

这不是一次危险的旅行，却是一次尴尬的、滋味万千的出使。战败国的代表，即使高昂起倔强的头颅，又怎能消弭弱者的卑微？

果然，还没到德国，便开始节外生枝。德方通知中方：接见时，醇亲王向德国皇帝行三鞠躬礼，其他人员要向皇帝磕头。

如果是大清国的一介草民，无论鞠躬还是磕头，也没啥大不了的，在官家大老爷面前都得干。但到了外交场合，代表两个国家的两拨人，他们之间的一举一动都可能喻示着两国地位的尊卑、力量的消长。当年，英国使者马戛尔尼来到中国，围绕他带来的礼物叫礼品还是贡品、他向乾隆皇帝鞠躬还是下跪，中英官员展开了一场令人疲惫的拉锯战。幸亏乾隆皇帝“大度”，马戛尔尼也有所妥协，中英两国政府才有了第一次最高层面的接触，但妥协的背后是无法打破的僵局——如果对鞠个躬、作个揖、磕个头感到发自内心的别扭，即便勉强把动作做完，也改变不了利益和观点的尖锐对立。

18 岁的载沣和他的团队，第一反应就是“图应付之策，以全国体”。载沣是个亲王，和别的大臣、一般的外交官不一样。之前，德国的亨利亲王到北京，光绪皇帝见他时，不仅站起来，而且走出御座，还赐座给他。现在，载沣亲王来了，德国人如此要求，简直是过分之极。

载沣称病，使团停止了前行。

中国的朝廷和欧洲的使团之间，开始了电来电往。皇帝、太后、大臣，焦头烂额地商量、交涉之后，德国皇帝终于“开恩”，同意载沣的随员不再行磕头礼。

实际上，梁诚此行并没有见到德皇。在波茨坦德皇行宫和那个不可一世的皇帝见面时，载沣只带了一名随员进殿，而其他几人只能在外殿等着。那是一个 9 月的中午，波茨坦刚刚进入凉爽的秋天，风景如画，气温宜人，但是我们完全可以想象，当载沣和德皇见面“谢罪”的时候，梁诚等人内心深处的焦虑、愤怒和忧惧。人在屋檐下，怎能不低头？一介肉体凡胎，当他代表一个国家的时候，选择“玉碎”自然是可行的，然于国家而言，求得“瓦全”则是现实之道。而“玉碎”之念头与“瓦全”之结果之间如何平衡，取得最好的结果，无疑反映出一个外交官的智慧。

德国之行，对梁诚之后的外交官生涯很有好处。载沣对他的评价是：英语好，有想法，有见识，长于跟人打交道，有办事能力。

从德国回来八个月之后，梁诚就被任命为驻美（兼驻西班牙、秘鲁）公使。相中他的人，正是醇亲王载沣的岳父荣禄。

我相信，梁诚又一次来到美国时，他的内心一定怀着隐隐的激动。当年，作为留美幼童离开这里时，他只有 18 岁，还没有上大学，人生的一切都没有开始似乎就结束了。而现在，他担负着千钧重担。这担子会让他觉得，真正的人生开始了，也会让他觉得，这样的开始是无比艰难的吧。

困难是明摆着的，连普通老百姓都知道弱国无外交。外交是内政的延伸。一个搞不定国内政局的政府，根本没可能搞定国际上的对手。一个混乱而贫弱的国家，怎么可能在国际上挺起腰板意气风发地跟别人谈判？

三

无论如何，历史给了梁诚一个机缘，让他能够再一次来到美国，那个留下了他无数童年记忆的地方。他可以和美国人坐在一起讨论，怎么让他的后来者，能够像当年的他一样走出国门看世界。

此时，已经是1905年了。

站在21世纪的我们回望当年，历史的脉络异常清晰：

《辛丑条约》的签订让中国堕入前所未有的困难局面。清廷颜面尽失，列强的军队可以从沿海到北京自由部署。四亿五千万两白银的战争赔款，加上利息和一些地方赔款，总数超过十亿两，天文数字一样的赔款，让中国财政出现了严重困难。老佛爷难得地下了罪已诏，宣布要推行新政。然而，不出五年，如火如荼的所谓新政已成强弩之末。1905年，慈禧太后满腹犹疑又心怀希望，派出五大员出洋考察宪政，以备"拿来"使用。就在此时，留日学生陈天华蹈海赴死警示同胞，孙中山领导的革命党人已经成立了同盟会。再有六年，辛亥革命将如万钧雷霆降落在这块土地上……

一百年前的梁诚当然无法未卜先知。即便能够聆听到革命的风雷之声又能如何？一个正派的官员，无论在任何时代、任何环境下，最要紧的就是做成具体的好事，成就个人事功的同时，为他人带来一点福祉。而社会的走向，不是哪一个人可以改变的。革命也好，保守也罢，所有的标签都会被时间的潮水冲洗掉。届时，美德和良知终将自然而然地荡漾在历史的水面上。

1905年，庚子赔款带来的问题已经显露无遗。本息十亿两银子，规定39年还清，分摊到每年，超过2 500万两，几乎占到当时财政收入的一半。但条约已签,白纸落上了黑字,国与国的谈判结果岂能儿戏?败战之国,牙齿打碎了也只能往肚里咽——钱是必须要付的,否则,洋大人手里的枪炮可不是闹着玩的。

《辛丑条约》明文规定,赔给各国的钱,“照海关银两市价易为金款”,“本息用金付给,或按应还日期之市价易金付给”。也就是说,谈判时是参照当时的“海关银两市价”确定的数字,而一年年的分期赔款,则要以还款日期的金价为标准换算支付。然而不到四年时间,市场上金价在涨,银价在跌,以金价付,要比以银价付代价高出不少。当清朝的官员发现问题的严重性时,他们采取了行动。一场关于用金还是用银支付战争赔款的交涉,在中国的外交官和他们的对手之间展开。

抵达美国不久,梁诚就收到了来自清廷外务部的公函,明确指示他向美国政府提出问题。第二天,梁诚就投入到这场旷日持久的艰难谈判。他肯定没有想到,这场谈判,在用金支付还是用银支付的问题上,一点儿也没有取得进展,然而无心插柳柳成荫,谈判竟然最终催生了中国一所伟大的大学。

美国人的反应并不出人意料。国务卿海约翰一开始就告诉梁诚,事情很难办,各国政府都要按金价计算,美国也不能例外。现在答应中国人改用银价支付,中国人是高兴了,可其他那些坚持金价的国家怎么想?不过,面对焦虑而失望的梁诚,他还是答应把中国政府的要求转告总统西奥多·罗斯福①,看能不能向议会提出这一议题。

然而,美国不是中国。中国的事情,皇帝可以一锤定音,美国没有

---

① 这位罗斯福与人们熟悉的第二次世界大战“三巨头”之一的美国总统富兰克林·罗斯福不是同一人。西奥多·罗斯福(1858—1919),1901年成为第26任美国总统,时年42岁。他的独特个性和改革主义政策,使他成为美国历史上最伟大的总统之一。西奥多·罗斯福因成功地调停了日俄战争,获得1906年诺贝尔和平奖。

皇帝这样的职务，不可能一个人说了算，连总统也不行。美国人商量大事，都是议会说了算，而议会又得根据民意进行投票决断。关于此事怎么判断民意，肯定要看条约是怎么签的，而条约写得清清楚楚，现在要变，岂是一件容易的事情？

梁诚又何尝不清楚。少年时代，他就在美国待了多年；作为留美幼童回国之后，他大部分时间从事的都是和洋务有关的工作。欧洲、美国、日本，他一次次往返，一次次唇焦舌敝地和他的同事们宣示着中国的权利和主张，也一次次近距离观察西方国家政府是怎么运转、政令是怎么出笼的。

但梁诚必须坚持，也只能坚持。一个弱国，话语权和对手本来就不在一条水平线上，再不坚持，可真的是完全“无外交”了。

我们今天可以从梁诚给清廷外务部的函件里看到他是怎么游说海约翰的：

> 中国财政支绌，贵大臣所深知，现筹赔款已穷罗掘，一概还金，势须加增租税，民间艰于负荷，仇洋之念益张，大局或有动摇，祸患何堪设想。贵大臣素主保全宗旨，当能为我筹也策。[1]

我相信，这番话是梁诚打了好多遍腹稿之后，才说出来的。他介绍的是中国的困窘，可也很清楚地向美国人提了个醒：财政如此吃紧，若再因一律付金而增加苛捐杂税，中国民间只会更加苦不堪言，仇洋情绪也会更加高涨。到时候，吃亏的可不仅是清廷，连美国在内的西方各国恐怕

① 《驻美公使梁致外务部函(1905年1月19日)》，载清华大学校史研究室《清华大学史料选编·第一卷》，北京：清华大学出版社，1991年，第74页。

也会遭遇不期而至的灾难。

接下来，同一封汇报工作的公文里，我们通过梁诚的视线，看到了海约翰的回应：

> 海为动容，默然良久，乃谓庚子赔款原属过多……

外交官梁诚机敏地抓住了历史机遇。他盘算了一下形势：各国坚持还金，美国若同意还银，岂不是明摆着跟世界作对？看来，事情很难办。那么，换个思路吧。既然海约翰都说，美国人索取的赔款“原属过多”，何不“因势利导，趁风收帆”，不提用金还是用银还款的事，干脆直接建议美国人把多要的钱退给中国。这样一来，美国把好人做足，中国人得到的好处也会大得多。

梁诚对海约翰说：考虑到中国的实际情况，如果各国能核减一部分赔款，将会是对中国财政的大力帮助。你们美国要是能带个头，一定会“义声所播，兴起闻风”——别的国家都会拿你们做榜样。

海约翰同意考虑梁诚的意见，表示愿意促成此事。

历史之门终于被一点一点地挤开了……

一百多年后的今天，读到这些故事，人们可能会怦然心动：美国人真诚实、善良，海约翰对中国“原属”如此友好，梁诚的公关能力真强，一番话便打动了一个国家……

历史的真相，当然不会如此简单，它比美国国务卿的表态要丰富、复杂、有意味得多。

有一个秘密，海约翰没有告诉梁诚，初来美国的梁诚也不可能知道。那就是，1901 年《辛丑条约》谈判时，美国是故意多要钱的。谈判结束，条约签订后，美国人原本就考虑要把多要的钱退给中国。

美国人的外交，一直以来就是理想主义和现实主义的奇特混合。美国建国之初，那些来自欧洲大陆的清教徒们就坚定地认为，他们是有信仰的人，是“上帝的选民”，所以，要在必要的时候代表上帝来说话——假如上帝把恩惠的阳光播撒在美利坚大陆上，那么，美国人也有义务让阳光照耀到更加宽广的土地上——即使在今天，我们依然可以清晰地看到他们的这种做派。美国人自以为是自然而然、善意的，许多外国人却觉得他们的想法是狂妄自大、傲慢可笑的；美国人觉得他们是在替天行道，推广普世价值，但在国际上，常常招人反对，被驳斥为太平洋的警察——管得宽。

美国人并不是上帝派到人间的使者，他们的理想主义永远是以现实主义打底的，他们做事，总会把美国的国家利益放在第一位。自然，所谓“国家利益”，不同时候又有不同表现，有时是全球话语权，有时是经济利益，有时则是维护“自由、平等、博爱”的价值观。

从《辛丑条约》谈判到庚子赔款的退款，海约翰和他的美国下属们，就将这种理想主义和国家利益至上的价值观，表现得淋漓尽致。

当年谈判时，海约翰认为，中国的赔款不能超过支付能力，否则，中国政府就得向百姓征更多税，造成中国人对西方各国的敌视，反而得不偿失。美国认为，中国政府若能积极推行行政改革，就能给予美国更多的贸易优惠政策，将会更符合美国的利益。他还“耍了个花招”，指示美国在北京的谈判代表柔克义，提出一个远远超过实际损失的数字作为筹码。他的想法是，美国索赔数字大，其他几国自然更大，到了一定程度，中国政府根本赔不起，谈判进行不下去，各国就按比例往下调。在他的授意下，条约快签订时，柔克义甚至在北京公开呼吁各国降低索赔数额。但是，其他几国都不同意。德国公使还挖苦说，美国人不让索赔那么多，却提出那么多的赔款要求，这是典型的伪君子作风，是要让自己的利益最大化。结果,无力反抗的清廷接受了苛刻的条件,而美国按照虚报的数字分得了赔款。

《辛丑条约》签订之后不久,《纽约时报》就发布消息,说美国正考虑把多要的钱退还给中国[1],但美国政府对外表态的一致口径是并没有多索赔款。现在,面对梁诚,心怀愧怍的海约翰终于艰难地讲了实话。

见面后的第二天,也就是 1904 年 12 月 6 日,海约翰授意柔克义草拟了一份备忘录递交国会。备忘录指出:经调查,美国军民在义和团运动时期的开支和损失,没有当初估计的那么多,鉴于这一事实,建议退还部分庚子赔款。

不少历史学家认为,美国人确实本来就打算把钱退还给中国。我倾向于认同这一看法。看看柔克义递交备忘录的时间吧,是在海约翰向梁诚承认"赔款原属过多"的第二天,备忘录里还说明是经过调查。如果不是早有准备,他们的行动怎能如此之快?

四

然而,争取退款的过程注定是曲折的。事情刚刚有了希望,海约翰就去世了。

由于年代久远,作为美国历史上颇有作为的国务卿,海约翰并不为中国人所熟悉,但人们可能会知道 1899 年美国人提出的"门户开放政策"。中学历史课本告诉大家:门户开放政策是美国侵华的里程碑,使得中国加速堕入半殖民地半封建的深渊,借助门户开放政策,列强暂时取得表面上的一致,在一定程度上建立起侵华的联合阵线。

---

① 王树槐:《庚子赔款》,台北:"中研院"近代史研究所,1974 年,第 273 页。

但是在美国人看来，以机会均等、利益均沾为核心的门户开放政策，是美国外交史上的里程碑，是美国外交在全球范围的巨大成功。当年，列强在中国各说各的话、各占各的地盘，清廷哪个也得罪不起，哪个也搞不定，免不了纠纷不断，一筹莫展。现在，美国人提出不要打了，也不要吵了，利益共享，机会均等。问题一下子解决了，自然会被清廷和各国接受，受益最大的自然也是美国：一来，作为西方强国中的"后起之秀"，美国在中国本来势力不强，现在好了，可以和老牌强国平起平坐；二来，美国扮演了调停高手的角色，占据了道德制高点，将来说话只会越来越有分量。从美国人的角度看，门户开放政策可谓大手笔筹划的大棋局。

该政策的筹划者，正是当时的国务卿海约翰，所以它又叫"海约翰政策"。

虽然，退款这样的国家大事，不可能因海约翰之死就不算数了，可梁诚深知，普天之下人去而事废的情况比比皆是。换个新人，至少得重新认识、重新交涉一通，至于顺利不顺利，只能看运气了。事实也正是这样，接替海约翰出任美国国务卿的鲁特是梁诚的老对手。此前，在关于一家美国公司退出中国的不愉快谈判中，他们两位分别是美中两国的代表。此番相见，虽不至于口水横飞，内心深处的龃龉之感总是免不了的。

不止海约翰去世这一个不利因素。此时的中美关系正处于敏感时期——美国人一波又一波的排华浪潮、中国人一波又一波的抵制美货运动，在两个国家的大地上此起彼伏。排华与抵制美货，其实是此前几十年积累的结果。几十年前，美国经济开始腾飞，西部需要大量的劳力。一批又一批中国人远渡重洋来到这里，采矿、修路、淘金、种地……为了谋生，他们付出的代价巨大，甚至可称为无比惨重，以至于后人讲述这一段历史时,都会提到一句著名的话:“美国西部铁路上,每一根枕木下都埋有一个华工。”可时间久了,问题跟着来了。美国人虽然不得不承认,华人有着“绝妙的手工技艺、高度发达和聪明的模范才能,以及刻苦耐劳、异常节俭”的习惯,但又认为,中国人只知道奴隶般地劳动,“不愿意认同我们的制度,看不起我们的社会风俗,藐视我们的法律和权威”,天长日久,如果不采取行动,西海岸就会“成为中国的行省而不是美国联邦的州”。那些人不仅嘴上说说,而且采取了一系列行动。他们不断给华人制造麻烦,还向议会提交议案,限制华人入境、学习、就业,甚至社交。等到议会通过议案,私下里的手脚就成为制度性的安排,且下手更重,手段更多,这引起了华人的巨大反弹。1905 年 5 月开始,由旧金山华人发起,上海、广州商会响应,一场抵制美国人、美国货的行动席卷中美两国。其声势之大,让美国总统罗斯福都感到忧心忡忡。他在这年 11 月接见著名的“中国通”丁韪良①时就严肃地抱怨说:“中国人采用抵制行动,以作为强压手段……使得他想要返还中国剩余战争赔款这件事变得不再可能。”②

梁诚的压力可想而知。他在给国内上级汇报工作的公函里就担忧地说,如果再拖几年,美国政府要人全换一遍,我们这些使臣,哪怕学得战国时张仪、苏秦的辩才,也无可奈何,“言念及此,实深焦灼,不得不以全力相搏,作争胜须臾之想”。

梁诚动用他的人脉关系,不停地约见、拜访美国大员。从官方到民

---

① 丁韪良是一位充满争议的“中国通”。他作为传教士,1850 年被派往中国,却多从事翻译、教育工作。1858 年他作为美国公使的翻译参与起草《天津条约》,1865 年为清廷同文馆教习,1885 年得三品官衔,1898 年又得二品官衔,任京师大学堂总教习。他在中国生活 60 多年,1916 年在北京去世。

② [美]丁韪良:《中国觉醒:国家地理、历史与炮火硝烟中的变革》,沈弘译,北京:世界图书出版公司北京公司,2010 年,第 190 页。

间，从财政部、内政部到商务部、国务院……直到 1907 年 6 月，接替海约翰的美国新任国务卿鲁特才正式告诉梁诚，总统将会请国会讨论庚款退款。

事情办到这样的地步，按说应该很满意了。可梁诚还有进一步行动。就在接到鲁特通知不久，他专门到罗斯福的乡间住所表示感谢，还接受《泰晤士报》采访，就庚款退款一事表态："余将解任回国之际，接到贵外部照会，声明贵总统定于议院再集时，将减收清国赔款之事提出，此固我清国全体所欢迎之事，而亦予之私幸也。"对媒体来说，采访一位马上去职的中国驻美公使，无疑颇具新闻价值。于梁诚来说，通过媒体放风，把同美国要人谈判的进展告知天下，也相当于"坐实"它的结果吧。

其实，此前一个月，梁诚已经接到清廷通知："迅即回京供差。"他任职已满，驻美国公使一职将由别人接替。

后来，当美国参众两院分别通过罗斯福总统的提案，决定把将近 1 200万美元退还中国时，中国驻美公使已经是伍廷芳了。

历史已经过去百年。今天的人们，回顾这段历史时，依然可以感受到中国外交官们的不容易，也能清晰地看到他们的才干。故国家园，风雨如晦，山河被占，土地被割，没有强大的祖国做后盾，异国他乡的梁诚们一定会出生无力、无根的感觉，但他们还是铸就了弱国外交的经典范例。他们的努力，为后来者带来了福祉。他们的言语和行为，无疑将会像最耀眼的星星，永远闪烁在中国的天空。

那么，美国人为什么会同意退款呢？认真说来，除了美国人无所不在的理想主义和道德感在起作用之外，还因为他们有着更加长远的考虑。

1908 年 5 月 29 日，美国向清廷发出准备退款的正式文件。文件里有一句话：

> 所有该项还款将来如何交收及若何分期递减，贵国政府于此有何意见，美国政府深愿备悉。[1]

意思很明白，美国人同意退款了，但这笔钱怎么用，美国人很关心。

要知道，此时，议案刚刚通过，退款工作还没有正式启动。美国人在外交文件中如此正式地提出这个问题，可见他们多么在意。那么，中国政府的回答，对于退款工作的实际进展就至关重要。

实际上，这是个老问题，在梁诚和美国人商量退款的过程中一直存在。

一开始，中国人并没有过多考虑。钱退回来，理所当然就是中国的了，“于我财政有补益”，“罗掘维坚之际，稍足以资弥补耳”，跟美国人有什么关系？

可美国人有自己的考虑。退款对美国谈不上损失，但肯定对中国人有利，如果用这笔钱培养一批亲美的中国人，岂不对美国更有利？海约翰、罗斯福、柔克义都是这么想的。柔克义给梁诚的解释是，罗斯福总统想知道中国政府拿这些钱干什么用，向国会提出议案时会好说些。这不难理解，总统的提案，理由越充分，越容易得到议会批准。

现在，我们已经没有办法查到柔克义和梁诚谈到这个话题时的确切记录了。但事实很容易推断：柔克义告诉梁诚，美国人认为退款用于教育为好[2]。所以，梁诚此时写给国内的公函里，明确提出：

---

① 《照录美署外部大臣培根来文(西历一千九百零八年五月二十九号)》，载清华大学校史研究室《清华大学史料选编·第一卷》，北京：清华大学出版社，1991年，第87页。

② 崔志海：《关于美国第一次退还部分庚款的几个问题》，《近代史研究》2004年第1期，第59页。

> 似宜声告美国政府，请将此项赔款归回，以为广设学堂遣派游学之用，在美廷既喜得归款之义声，又乐观育才之盛举，纵有少数议绅或生异议，而词旨光大，必受全国欢迎。①

梁诚用“似宜声告”这样的措辞，向中国政府转达了柔克义的提议。

美国人希望把退款用于兴学，跟前述美国外交的理想主义与现实主义密不可分。1907年，罗斯福提交给美国国会的报告中指出：“我们这个国家应在中国人的教育方面给予十分实际的帮助，以使中国这个幅员辽阔、人口众多的帝国逐渐适应现代形势；实现这一目标的途径之一，就是鼓励中国学生来我们这个国家。”②而此前的1906年，美国伊利诺伊大学校长詹姆士致罗斯福的《备忘录》里说：哪个国家能够对中国施加影响，哪个国家将会取得最大的收获。他认为，当时的中国，有大批留学生到欧洲、日本去留学，回国之后，他们一定会推荐欧洲人、日本人而不是美国人来中国更多地“担任负责的地位”。对于美国来说，“为了扩展精神上的影响而花一些钱，即使从物质意义上说，也能够比用别的方法获得更多。商业追随精神上的支配，比追随军旗更为可靠”③。

钱在美国人那儿，主动权又不在自己手里，对于梁诚来说，接受美国人的建议，并转而做国内的工作，让中国政府同意退款兴学，是最现实的选择。以他的判断，和美国人不就退款的用途谈好，一定会影响之后的退款工作。

---

① 《驻美公使梁致外务部函(1905年5月13日)》，载清华大学校史研究室《清华大学史料选编·第一卷》，北京：清华大学出版社，1991年，第77页。

② 崔志海：《关于美国第一次退还部分庚款的几个问题》，《近代史研究》2004年第1期，第68页。

③ [美]斯密士：《今日的美国与中国》，转引自清华大学校史编写组编著《清华大学校史稿》，北京：中华书局，1981年，第3页。

美国人的提议，我想不出梁诚反对的理由。

于大局而言，梁诚是驻美公使，他的使命就是代表中国和美国人打交道，用尽千方百计，为中国人的利益最大化而努力。能够在他任职期间，经他梁诚的手，促成一个弱国从一个强国那里退回这么大一笔钱，本就是莫大的事功——无论中国人想把钱用到什么地方，钱已经付出了，再从对方腰包里掏出来，哪有那么容易？美国国会反对的风险很大。

于个人观点而言，梁诚曾经留学美国，熟悉这片土地。某种程度上，他的学识、他的前途命运也是这片土地成就的。他和他的老师容闳本来就希望，能够有更多后来者沿着他们的足迹，到美国学习知识，获得见识。何况，这正是美国人乐见并全力推动的事情。

清廷本来并不想把钱用来办学。这也不难理解。美国人把钱退回来，就已经当了一回崇高而伟大的好人，你管中国怎么用呢？你们管那么多，不就是干预中国内部事务吗？

对于此时的清廷来说，用钱的地方太多。财政状况捉襟见肘，既需要维护内部稳定，又需要对外赔款；既需要发展经济，又需要改革体制……一个强有力的声音就是：用这些钱进行投资，再把赚来的钱投入教育。

此种逻辑可以理解。一个穷国，首先要解决生存问题，让国家能运转，让老百姓能吃饱饭，然后才能顾及人们有没有学问吧。袁世凯就建议，把这些钱拿来“兴办路矿”，以其利润来办学。清廷也倾向于认为，如此安排合了美国人的心意，又解决了中国的问题，可谓“统筹兼顾，尽善尽美”。

但是美国人不这样想。柔克义是一个有经验的外交官，对清朝官员的作风很了解。钱退给中国，主动权就掌握在中国官员手里，谁知道

图 1－2　广州黄埔古港粤海第一关纪念馆里的梁诚塑像(郑雄摄)

将来会弄到什么地方去呢？他明白地告诉中方官员：如果不明确承诺把钱用于教育，退款的事可能会无限期延迟……

柔克义是个有主见的人，寸步不让。反正他不怕得罪谁。更何况，这也是总统的意见。他是此事的具体操办者，说话的分量，清廷必须慎重地掂量。

结果可想而知。

结果，也是我们已经知道的——

1909 年 7 月，清廷在北京成立了专门机构——游美学务处。说它是庚子赔款的“耻辱纪念碑”也好，中国外交的“胜利果实”也罢，反正，未来清华大学的影子，从这个时候开始隐隐浮出历史的地表。

不久，《遣派游美学生办法大纲》颁布，留美计划正式启动。10 月，第一批学生奔赴美国，开始了另一片土地上的另一种人生。

这一年，距清朝覆灭只有不到两年，距清华国学研究院成立还有 16 年。

第二章

一百年前的“中国问题”

一

1925年成立的国学研究院，跟清华从一所留美预备学校向真正的大学过渡分不开。

清华的历史脉络大略是：游美肄业馆—清华学堂—清华学校—清华大学。国学研究院的故事，发生在清华学校时期——那时候的清华，还不是大学，类似于现在的出国留学培训机构，只不过，它是官方直接管理的，花的钱是美国退还的庚子赔款。

似乎有点复杂，其实可以总结得很简单：清华改成大学（下文简称"改大"）之前，相当于中学，学生毕业后，要到美国上大学；改大后，学生才是大学生——当然也可以出国留学，但那是以大学毕业生的身份；国学研究院培养的学生，不是大学生，也不是中学生，而是相当于现在的硕士研究生。

清华改大，一开始是因为钱的问题。

这并不是说，改大之后，学生不用送出国上大学，就可以把钱省下来；否则，清华钱就不够花了。完全不是这么回事儿。

清华是一所特殊的学校，一向以钱多著名。

举个例子。北洋政府掌权后，天下动荡，政府大员走马灯一样换得勤，财政又吃紧，别说教育经费，就是机关、军队也常常揭不开锅。顾维钧主政财政部时，竟然搞到了军人登门索饷、学校派代表到衙门索薪的地步，弄得顾维钧狼狈不堪。

相比之下，清华不归教育部管，而是归外交部管，钱不是中国政府拨付，而是来自美国的庚款退款，所以，有保障得多。

当年的美国外交官柔克义深谙中国社会潜规则，唯恐退款被挪作他用，所以，设置了种种复杂的程序，逼着清廷官员按规矩来。这些钱，中国先赔付美国，美国再退给中国的外务部（外交部）而非财政部，由外务部把钱直接给清华，不再进入中国的国库，因此就避免了管理国库的那帮官老爷上下其手。这一程序，北洋政府继承了下来，所以，清华根本不发愁钱的问题。

就拿1917年来说吧，堂堂的北京大学，学生数量是清华的两倍，而清华学校的经费预算竟然是北大的四倍。1918年，北京大学扩招，学生数量急剧增加，人数将近清华的四倍，但清华的预算仍然是后者的近两倍。要知道，此时的北京大学，蔡元培当校长，英才云集，万众瞩目，是中国第一名校，其经费总预算居中国大学之首。

话又说回来，正是因为清华钱多，校长一职也就被视为肥缺，一直不乏惦记这个位置的人。这也为后来清华园里的种种风波埋下了伏笔。

然而，人无远虑必有近忧，清华人也一样。对他们来说，此时，钱的问题，可以归结为两个问题：

一是钱怎么花更合算。清华作为一所留美预备学校，培养的学生是要到美国上大学的。那么，国内几年，美国几年，费用加起来，不是一笔小钱，而培养的学生依旧是大学生。如果改成大学，直接从国内招中学程度的学生，培养成大学生，就省下一大笔在国外上大学的费用。就算是大学毕业还出国，那出去上的也是研究生，学业水平不就提高了吗？

二是退款结束后，清华怎么办。《辛丑条约》说得很清楚，战争赔款分39年还清。算下来，美国人的退款应该是到1940年结束。学校建立在专款专用上。有这笔钱，日子当然会很好过。问题是，退款结束了，钱从哪里来？清华还作为一所留美预备学校办下去吗？美国人退完钱了，中国政府会怎么对待这所学校？就听任学校随着经费缩减，自生自灭，或者干脆关门了之？

想一想都不寒而栗。有眼光的清华人当然不会坐等。

1914年1月，胡适在美国发表了《非留学篇》一文。"非"者，"以为非"也。胡适在这篇洋洋万言的文章里，流露出了对留学问题的焦虑。在他看来，留学固然有必要、很重要，但其实是国家文明再造过程中的一种过渡，是一块"敲门砖"而已。留学是不得已的行为——毕竟，当时的中国，"文化中滞，科学不进"。短期内，只能派留学生出去，学得知识和技能。他们回来后，像种子一样在中国的大地上生根、开花、结果，在广袤的国土上播撒新文明的气息。但是，长远来说，只有"振兴国内高等教育"，才能为"万世久远之图"。也就是说，中国国内多办、办好大学才是解决问题的根本之道，让中国自己的大学成为研究学问的阵地、传播知识的中心，才能让后来者不必留学，不出国门便能够学到安身立命、造福家国的真本事。

此时，离胡适回到中国、更深地介入新文化运动，还有三年时间。迢迢万里，大洋阻隔，没有妨碍他对母国问题的思考。不管多少人把公派留学看得多么体面、风光，"既得利益者"胡适，还是尖锐地指出了问题。

身处其中，胡适自然有与众不同的切身感受吧。而作为后来开一代风气的学界领袖，他的见识，即便在今天看来，也仍然能够给我们启发。

十年之后的1924年，执掌清华学校的曹云祥校长要把清华改大一事提速。他郑重其事地发函，征求一些知名人士的意见，并诚恳地邀请他们担任大学筹备顾问。胡适正是被咨询者之一。

人间事，常常如逆水行舟，不进则退。清华如果“趁此时机，渐求扩充”[1]，把一所不中不西、不伦不类的临时性学校改成国立大学，短期来看，可以用更少的钱办更好的事；长期来看，作为大学，它将成为当时中国新成立的众多大学中的一所，不仅有庚款退款的支持，还将有清华校友的捐助、政府财政的供给，它就可以稳稳地扎下根基，慢慢地成长、抽枝，年复一年地开花、结果。这样的设计，岂不是百年大计？

想一想都让人激动。

二

说起来，传统中国是没有大学一说的。孩子发蒙就在私塾，拜个孔乙己那样的老师，从“之乎者也”开始学，然后是读四书五经，学着写诗作赋，也就成个半吊子文人。如果再学写策论八股文，那就可以考虑参加科举考试了。如果要上高级一点的学校，可以考虑到书院。书院里，往往由一个有名的老师主持，主要由他来指导学生。这样的书院，古代有著名的嵩阳书院、白鹿洞书院、岳麓书院等；近代康有为的万木草堂也沾点边，可以算得上书院，梁启超在那里当过学生。但书院一来纯粹是民间行为，老师自己筹钱来办，学生按时交钱，很少有政府财政支持；二来书院开什么课、读什么书，并没有一套完整的规范，也基本没有成体系的安排，一切全看老师的兴趣和专长。

中国真正意义上的大学，大略肇始于洋务运动时期。那时，两次鸦

① 《详外交部文为逐渐扩充学程预备设立大学事》，载清华大学校史研究室《清华大学史料选编·第一卷》，北京：清华大学出版社，1991年，第277页。

片战争的败局，让中国人痛感懂外文、知洋务、了解现代科技的人才太少了。说是“师夷长技以制夷”，你先得知道“夷”之“长技”是怎么回事儿吧。那么，外国人的学校里教什么、怎么教，就成为中国人学习的榜样。北京大学的前身、1862年成立的京师同文馆，不是曾经雇了个洋人丁韪良当总教习吗？从那时算起，到1925年，半个多世纪过去，中国的公立和私立大学已经47所[①]了。北京大学自不必说，圣约翰大学、北洋大学、交通大学纷纷延揽天下才俊，毕业的学生有不少人在学校时就崭露头角，后来成为影响一个时代的人物。而条件那么好的清华，还是一所留美培训学校，该有多尴尬。

1925年，清华学校已经办了十几年，培养了几百名学生，学成回国的很多，有出息的大有人在，很多人都可以来清华教书。再加上清华学校美国老师本来就多，硕士、博士一抓一大把，改大后师资也不成问题。

实际上，早在1916、1920年，清华学校的两任校长周诒春、张煜全就上书外交部，把他们心中对清华未来的设想简单进行了汇报。他们头脑中的清华，完全就是一所大学了。他们希望，少招程度低的学生，多招程度高的学生，慢慢削减留学名额；在清华内部，设立大学意义上的系、科，自己培养出大学毕业生。清华学生可以出国，可以留洋，但此时，学生的内心，已经是中国文化本位。他们程度也高，出国后不必经历较长时间的适应，很快就可以投入到更高程度的学业中。

可以发现，周诒春等人规划中的清华，实际上和今天的清华、和中国今天的大学体制是一致的。

外交部给了清华学校肯定的批复。

清华的改大之事，从此就算提上议事日程了。

---

① 孙敦恒：《清华国学研究院史话》，北京：清华大学出版社，2002年，第9页。

三

正是在清华学校改大的过程中，国学研究院才慢慢浮出历史的地表。

要改成大学，就不能像以前那样，只教数理化和外语的基础知识，得有院、系设置，得有像样的研究机构。大学，是做高深学问的，不可能一蹴而就，很难一下子就把各个学科门类搞全，但基本的框架总得有吧。有了框架，具体的、细致的学问、学科才好往里填充，学生才有可能做出选择，才能够有针对性地请教授来。

清华人的基本考虑是，学校一分为三：留美旧制部、大学部、研究院。

留美旧制部保持清华学校以前的底子，学生仍然按照留美的思路来培养，中学程度的学生招来，培训完毕，合格的全部放洋上大学。在校生全部毕业之后，留美旧制部也就解散了。

大学部是新设机构，是学校将来最重要的部分，也可以说是主体，"纯以在国内造就今日需用之人材为目的，不为出洋游学之预备"①。学生在这里完成大学课程，不用去美国就可以获得大学毕业文凭。

研究院的设立，体现出清华人眼光的高远。清华不允许自己办成一般般的、泯然于中国其他大学之中的学校，而是"希望成一造就中国领袖人才之试验学校"②。所以，以研究高深学问为鹄的的研究院，是清

① 《大学部组织及课程(1925年)》，载清华大学校史研究室《清华大学史料选编·第一卷》，北京：清华大学出版社，1991年，第293页。

② 《清华大学总纲(1923年)》，载清华大学校史研究室《清华大学史料选编·第一卷》，北京：清华大学出版社，1991年，第292页。

华的精气神儿：请来高水平的教授，让他们指导最优秀的学生学习、做研究，变成学问家。研究院所造就的学术和人才，将来要成为学校实力和水平的象征。

望之愈高，思之弥远。有了这样的目标，清华人就一定会迈出攀越巍巍远山的第一步。这一次出发，步伐坚定，身影优美，以至于百年后的我们，仍然依稀可见那迷人的姿态。

对于研究院，清华人计划的是，慢慢来，根据学校的人力、财力、物力情况，根据教授们的专长，一个一个学科（当时称为“门”）地创建。

也就是说，此时考虑的，不仅仅是国学一“门”，还有很多种学科、很多“门”。只不过，研究院内并未有其他学科真正设置，自始至终只有国学一门。所以，后人提起来时，就笼统地称为“清华国学研究院”了。

这一年，是 1924 年。

四

一向以亲美、新潮、时髦闻名的清华学校，改大的过程中，为什么偏偏要设立似乎散发着“陈腐”气息的国学门呢？

要知道，此时民国成立已经十三年；距《新青年》杂志号召人们“打倒孔家店”已经十年；距陈独秀呼喊“德先生”“赛先生”，距五四运动爆发已经六年；中国共产党成立已逾四年。

此时的中国，正有无数种政治的、社会的、学术的、文化的思想与流派，在古老的大地上激荡。和着欧风美雨的伴奏，它们发出了高亢的声音。现代、新潮、奔流、革命、进化……一个个代表着进取、创新的词语，让中国人的头脑经受着前所未有的涤荡。

后人所称的国学研究院也好，国学门也罢，此时此刻，显得和“历史的大势”背道而驰。

其实，看似吊诡的历史，自有其内在的逻辑。

当清华人醉心于改大的擘画时，中国的北方，一场“整理国故”的风潮悄然兴起，短短几年内，便蔓延到更为广袤的国土上。

胡适、鲁迅、陈独秀、郭沫若、钱玄同、傅斯年、梁漱溟……几乎都或多或少地对这个问题发表过看法，或极力提倡或全力反对，或谈建设或倡中庸，或公开或私下，或高声或低语。

一个时代最为睿智的头脑，齐齐聚焦于同一个问题，不可能没有原因，也不可能不引发各方关注。

当清华的改大和整理国故运动相遇，国学研究院便应时而生了。

长期以来，由于意识形态因素的作用，人们往往把整理国故和五四后知识分子“向左转”、进入政治旋涡对比着看，视后者为历史进步，而对前者口诛笔伐。

特别是一说到整理国故，就会引用鲁迅在《青年必读书——应〈京报副刊〉的征求》一文中的话：

> 我以为要少——或者竟不——看中国书，多看外国书。
>
> 少看中国书，其结果不过不能作文而已。但现在的青年最要紧的是“行”，不是“言”。只要是活人，不能作文算什么大不了的事。

作为中国现代文化史上的巨人，鲁迅的话自然威力无比，往往三言两语便能起到盖棺定论的作用。从字面意思上，人们很容易得出这样的结论：对于国故，鲁迅是不屑一顾的；既然鲁迅不屑一顾，那么国故和整理国故都是可以不屑一顾的。

近百年后的21世纪初期，中国大地上再次兴起了国学热。一些地方铺排出了盛大的仪式，祭奠孔子，祭奠黄帝。各种各样的“讲坛”“讲堂”，号召人们重回传统。有人就打着普及国学的幌子捞了一堆票子，赚了一些眼球。懵懂的孩子穿上长袍马褂去读四书五经。连一向淡泊的老人季羡林先生，也发出了“21世纪是中国的世纪”的言论。恍然之间，“新国学运动”就要重新登场了。

两个世纪，两股潮流，乍一看有些相似，其背景是迥异的。

21世纪，不少人是把国学同中国崛起联系起来看的。21世纪是中国的世纪，中国一定会成为富强之国，那是因为中国有辉煌的历史、灿烂的文化。既然如此，为什么不把国学发扬光大呢？那么，学习国学，往大了说，是与时俱进，是要从历史出发，追赶未来的潮流；往小了说，是温饱问题解决之后，为生活增加趣味的一种手段。

但在当年，国学问题，已经上升到了事关民族生死存亡的高度。一批有民族自尊心的学者，发出了椎心泣血的嘶喊。在他们看来，国故原是中国的家业，而西方人却在研究方面远远走在前面。中国人不能认命，不能服输。

有一个著名的例子——

1900年，道士王圆箓发现了敦煌藏经洞。中国人视国宝为敝屣。短短几年间，英籍匈牙利人斯坦因和法国学者伯希和先后到达敦煌，取走文书数千卷。欧洲迅速发展出敦煌学，中国学者却集体失语，造成了“敦煌在中国，敦煌学在国外”的尴尬局面。

1922年，北京大学研究所国学门主任沈兼士草拟的《国学门建议书》，发出了这样的感叹：

> 以中国古物典籍如此之宏富，国人竟不能发挥光大，于世界学

术界中争一立脚地，此非极可痛心之事耶！①

当年的新锐学者陈寅恪也说过，东邻日本关于中国历史的著作，已经不是国人所能赶得上的了，所以，许多中国学生到日本学习中国史。陈寅恪悲愤地发表议论说：国家可以灭亡，但不能没有历史。今天的中国，国家还在，却已经没有正统的国史了。我们的老祖先地下有知，该作何感想？他为此赋诗曰：

群趋东邻受国史，神州士夫欲羞死。

沈兼士和陈寅恪算是偏旧派的学问家。从他们的悲愤里，我们感受到了焦灼。他们眼里的国学，和一个民族的救亡图存密不可分：“国有学则虽亡而复兴，国无学则一亡而永亡。”

新派学人胡适，是新文化运动的胜利者，但他也提倡整理国故。他认为，中国有很多问题需要好好琢磨，要像尼采所说的那样“重估一切价值”，比如孔教、女子解放，比如教育改良、戏剧改良问题。怎么琢磨？怎么重估？他说了16个字：研究问题、输入学理、整理国故、再造文明。

胡适的观点很明确：整理国故，就是要知故求新。不护中国传统的短，也不要天真地认为，从国故中能找到“天经地义”，可以拿来安身立命。而是要捉妖、打鬼，化黑暗为光明，化玄妙为平常，化神圣为凡庸，要让国人明白，这些东西不过如此，使得青少年一心一意追求新知识和道德。

---

① 沈兼士：《国学门建议书》，转引自陈以爱《中国现代学术研究机构的兴起——以北大研究所国学门为中心的探讨》，南昌：江西教育出版社，2002年，第114页。

所以说，历史是丰富的。当年的整理国故，不是一两句话可以说清的，更不是复古、倒退、保守这几个词便能概括的。实际上，这件席卷当年知识界的大事儿，无论是一百年前还是现在，追捧也好，反对也罢，都说明一个问题：中国人，对传统文化和国家命运之间的关系，一直都在关心着。

五

胡适的看法，清华学校校长曹云祥深深认同。

曹云祥，字庆五，浙江嘉善人，1900 年毕业于上海圣约翰大学，1907 年考取公费留美资格后赴美，在耶鲁大学、哈佛大学分别拿到文学学士、商业管理学硕士学位。他在国外使馆工作过，1921 年回国任外交部参事后，开始接触清华学校的工作。1924 年 4 月，他出任清华学校代理校长。

今天，曹云祥的名字，知道的人并不很多。可能是因为他去职清华校长后，主要在一些民间团体工作，慢慢淡出了人们的视线。他去世得也早，1937 年 2 月即早早撒手人寰。所以，在宏大的历史中，曹云祥是个被遮蔽的人物。

不过，依据现在可以得到的材料，分析曹云祥的履历和他在清华的作为，我们可以做出基本判断：他在国内上学、长大，又长期在国外学习、工作，属于那种有见识又有办事能力的人，即便在那人才辈出的时代，也是一位佼佼者。

1924 年春天，曹云祥写了一本名为《西方文化与中国前途之关系》的小册子。这本小册子里，他讲了自己对清华国学研究院的思考。

曹云祥认为，当年的中国“群趋欧化，如醉如狂”，这是有必要警醒

图 2-1　校长曹云祥

当年的中国，“群趋欧化，如醉如狂”，曹云祥认为，这是有必要警醒的。

的。在他眼里,国门洞开之后,各种各样的“西学”汹涌而入,看起来光怪陆离、五彩斑斓,实则泥沙俱下、迷乱耳目。若不加选择,不问其与中国文化“是否龃龉不合”,就一揽子学过来,是要出大问题的:空有一个所谓“现代”“新潮”的外表,实则不能融入中国人的魂魄,凝不成新的精气神儿。如此“魂不附体”,多好的种子,种到中国的土地上,也结不出好果子来。所以,清华要开办研究院,重寻学魂,重铸国魂,如此一来,“数十年来中西隔阂之病,新旧相訾之状,可以悉数捐除”①。

我想,曹云祥的观点,假如是被讥为“选学妖孽,桐城谬种”的那拨人提出来,是要被群起而攻之的。问题是曹云祥是正牌的耶鲁、哈佛留学生,没有“保守派”“封建遗老”的包袱,反而可以坦然表达。他说了就说了,说出来的是一个“问题”,没有人上升到“主义”的高度来批评他——当年,对“问题”的讨论,往往是以“主义”的阵营来画线的。

曹氏之有此看法,应该跟他留学的经历有关。早在1914年,曹云祥就在当时著名的《东方杂志》上发表了《留美学生曹云祥致某君书》,文中很是感叹了一番海外留学之观感:人到海外后,往往会经历四个阶段——

一是艳羡时期:人家有足球、汽车、钢铁大王、精密仪器,中国人哪一项都没见过,怎么不惊叹呢?

二是失望时期:时间长了,扑面而来的东西看习惯了,就会发现美国那华丽的皮袍下面藏着的虱子。也有那么多野蛮之人,招摇之徒,跟国内无两样。

三是愉快时期:既然看到了美国也有那么多的不好,回过头来想想国内,发现竟然也有那么多的好。结果,“爱国之情既深,忧国之词多

① 曹云祥:《曹云祥自述》,合肥:安徽文艺出版社,2013年,第66页。

有”，心里反而乌云尽扫，艳阳高照了。

四是明达时期：看多了，看开了，心胸就开阔了，知道母邦固有不好，也不是什么都不值一提，西方国家固然令人羡慕，但也并非连月亮都比中国的圆。留学生们开始从看热闹转向看门道。他们暗下决心，要把看到的、学到的东西牢记于心，以备日后归国，派上用场。此时，血气方刚的留学生们，热诚、坚定，对于学问与人生有了清晰的规划。

什么样的规划呢？

为了一个梦想的国家而努力。

对于一百年前的曹云祥等人来说，从青春到暮年，他们始终都在思考，中国怎样在世界上争得一个位置，中国文化如何在世界文化中争得一个位置。

这是一百年来最重要的“中国问题”。

这个问题，折磨了无数中国知识分子一辈子。

这是一种宿命，也是中国知识分子几千年来的流风余韵。

六

起初，曹云祥希望胡适来当国学研究院的院长。

这个想法，一点也不奇怪。此时的胡适，虽然只有三十出头，但已经在北大做教授好几年。新学、旧学他都通，新派人物、旧派人物都接受他。他温和、通达，名重天下却低调儒雅，即便面对他反对的人和事，如果不触碰底线，他也会说“容忍比自由更重要”，得饶人处且饶人。曹云祥一定觉得，胡适的朋友遍天下，有强大的号召力，由他来当院长，请教授、招学生、排课表都是手到擒来的事情吧。

更重要的是，整理国故运动是当时的学术热点。而胡适，又在这个热点的中心地带，对整理国故十分在意。曹云祥向他请教清华改大事宜时，他一再说，中国办大学，国学是最主要的，而办研究院，亦当以国学为优先。

国学研究院院长，舍却胡适，还有谁？

但胡适却坚决地拒绝了。

不仅拒绝当院长，连研究院的导师也不当。胡适说，不是第一流的学者，不配当研究院的导师，曹先生你还是去请梁任公、王静安、章太炎三位先生来。有他们坐镇，研究院才能办好。

后人往往以为，胡适太谦虚。所谓研究院院长，不就是现在的研究生院院长；所谓指导国学研究的导师，不就是古典文学专业的硕士生导师吗？有点办事能力，再有个副教授职称不就够了嘛。

我觉得，与其说胡适在自谦，不如说他有自知之明。

胡适是靠鼓吹新文学起家的，来北大当教授，本钱主要是发表在《新青年》杂志上的几篇文章。那些文章，很多都是在美国的时候写的，往《新青年》投稿，陈独秀很喜欢，引为知己。陈独秀被蔡元培聘为文科学长后，邀请胡适回国来北大，很大程度上是因为两个人看法一致，可以互相帮衬，也是对新文学阵营的一种壮大。但胡适的那些文章，其实主要是文化时评，属于新闻类作品，不需要很深的学术功底，不需要演绎、归纳、层层推进，用学问家的眼光得出严谨的结论。用专业的眼光来看，那是没有说服力的。就像现在的中国，大学里，写几篇随笔、时评、杂感是不能计算成科研工作量的。自然，这些文章和一些所谓论文相比，哪些更有用，哪些更有价值，是另一回事。这是由一个时代的学术体制所决定的。

所以，此时，北京大学哲学系教授胡适，并不像后人想象的，学术上那么自信。作为学界新星的他，深知自己处在聚光灯下、风口浪尖中，不能不战战兢兢、如履薄冰。他人在大学，自然就要考虑大学里的学术环境，也不能不以学术的眼光来看待自己和别人。

有一个流传很广的故事——

胡适初到北大，教学任务是接替陈汉章来讲中国哲学史。陈汉章是当年北大最有声望的旧派学者之一，和大名鼎鼎的刘师培、黄侃齐名。而刘、黄，正是旧学泰斗章太炎的门生。

胡适讲中国哲学史，自然跟陈汉章不同，学生们看他这么年轻，又是个鼓吹白话文的教授，有点看他不起，就悄悄议论他。再听，发现他讲课，竟然不像老先生们从三皇五帝开始，而是从《诗经》开始讲，就更加困惑。有人说，胡适的学问，比陈汉章差远了，根本没资格站在北大的讲台上；有人则认为，胡适读书当然没有以“两脚书橱”著称的陈汉章多，但他讲课有新意，非陈汉章所能比。学生们找傅斯年来商量。傅斯年做足功课，专门来听胡适的课。课堂上，他频频向胡适发难。傅斯年向以爱学习、做人狂狷而著称，他天不怕地不怕，提出来的问题不是轻易可以应付的。两人一过手，搞得年轻的胡适出了一身冷汗。但这样的问答，也让傅斯年对胡适起了佩服之心。几堂课之后，傅斯年告诉同学们说，胡先生书读得不多，但他走的路子是对的，我们不能闹。后来，回忆起早年岁月，胡适曾感慨地说：那时候，我这个二十几岁的留学生，在北京大学教书，面对着一班思想成熟的学生，没有引起风波；过了十几年以后，才晓得是孟真[①]暗地里做了我的保护人。

从胡适的话中，我们可以感受到他当年的处境，也可以清楚地了解他真实的学术地位。在北大，年轻的胡适俨然已是新派学者的领袖人物，但他年轻，做学问时间短，学术上没太多积累。这也是新派学者共

① 傅斯年字孟真。

同的问题：虽然他们说的都很动听，很有道理，“路子是对的”；但做学问，可是冰冻三尺，非一日之寒，罗马不是一天建成的，新的学术体系，不是靠某人振臂一呼就能搭建成功的。

今天，毕竟接续着昨天，而到了明天，今天也必将成为昨天。

旧学新知，岂是一刀可以两断的？

对国学做高深的研究，还要倚重那些扎根在中国的大地上，目光深邃，日夜皓首穷经、孜孜以求的学问家。

第三章

王国维，一个遗老的焦灼

一

1925年4月，北京城一片春色。无边的和煦之中，王国维把家搬到清华园，开始了一生中最为安静的岁月。他生命中的最后时光，就是在这古色古香的园子里度过的。

王国维的到来对清华是一件大事，标志着学校在通向大学的道路上，踏踏实实往前走了一步。学术名家在聚拢，国学研究院在紧张地组建，一切事情都有条不紊地进行，和校长曹云祥的设计完全一致。

对王国维个人而言，亦是一大转折。从此，他告别了东奔西走的日子，终于可以安静地坐在自家书桌前，衣食无忧地做学问了。

王国维今年快50岁了。从青年时代离开海宁老家讨生活开始，谋生，对王国维一直不是一件容易的事。他一直没有稳定的收入来源，没有家产，没有置业，也根本没有门路进入北洋政府的体制内谋个一官半职。他天生是个学术动物，兴趣始终在做学问上，也慢慢得到了学术界的认可，但他的出身、他的资历、他的名望，决定了他难以少年得志。想要在屈指可数的大学、研究所，找到一个合适的地方，领薪水、做学问，并不是一件容易的事情。现在，来到以钱多、待遇好闻名的清华学校做教授，又被学校视为国学研究院的灵魂人物，王国维应该有足够多的安全感了吧。

但王国维的内心，并不像想象中那么平静。这个沉默寡言的南方人，内心也似乎从来没有过平静的时候。无论什么事儿，无论在外人看来应该高兴还是苦闷、得意还是失意，王国维似乎永远都不会开怀大笑或声泪俱下。有人说,他天性忧郁,身体羸弱,一生过得不顺,所以事事都容易往悲观处想。有人说,他把叔本华读得太多了,叔本华的思想,那么黑暗,那么悲观,让他陷进去出不来了。以至于近50年的岁月里,无论有多么丰富的感觉、跌宕的情绪,他都尽可能深深地压在心底,连身边最亲近的人也不轻易表露。

重读王国维一个月前写给朋友蒋汝藻的一封信,我们可以更容易理解他此时的心境。

信不长,寥寥几句话,便把自己的感受描述得很清楚:

> 数月以来,忧惶忙迫,殆无可语。直至上月,始得休息。现主人在津,进退绰绰,所不足者钱耳。然困穷至此,而中间派别意见排挤倾轧,乃与承平时无异。故弟于上月中已决就清华学校之聘,全家亦拟迁往清华园,离此人海,计亦良得。数月不亲书卷,直觉心思散漫,会须收召魂魄,重理旧业耳。①

之前的日子,王国维并不轻松。他空虚、无聊、郁闷、烦躁,不能安心读书。现在,远离喧嚣,来到宁静的校园当教授,也许,对他这样的人来说,是最好的选择。他要把那些疲惫和烦恼放下来,把心收回来,认认真真做学问了。

然而,正所谓知我者谓我心忧,不知我者谓我何求,王国维的内心,依然处在惶然之中,依然矛盾、纠结,心有万千牵挂割舍不下。

王国维最牵挂的,就是那位被尊称为主人的溥仪。来清华园之前,他是溥仪为数不多的身边人之一,作为小朝廷任命的“五品南书房行走”,

① 吴泽主编:《王国维全集·书信》,北京:中华书局,1984年,第412页。

图 3-1　王国维塑像(郑雄摄于王国维故居)

王国维故居位于海宁盐官镇一个僻静的角落。几公里外，
就是闻名天下的钱塘江“观潮第一圣地”。

在紫禁城享受着“入直”的“浩荡皇恩”。不过，一边是“圣恩沐浴”，一边感受着排挤倾轧。山河变色，时局动荡，社会上早就风声鹤唳，紫禁城里那帮遗老遗少依然斗得不亦乐乎。王国维对此早就看不上眼了。虽然厌恶，可那也是他的生存环境，就像一棵树在一片土地上扎根，它已经成为土地的一部分。现在终于脱身了，可回望那唇齿相依的日子，向来重感情的王国维怎能不为之动容呢？

二

事情得从1923年开始说起。

那一年，王国维46岁，正处在人生的黄金岁月。他一生中重要的著作，大部分都已写出来。虽然，他远远不是学界的活跃分子，以前也从来没有成为大众名人，那些热门话题，如白话文、天足、“娜拉走后怎样”，他冷眼旁观；那些实际的社会活动，如革命、政党、武装斗争，他不仅唯恐避之不及，而且忌之如寇仇。但他的道德文章，已经让他在学界有了一席之地。老派学者欣赏他自不必说，新派文人也认可他。鲁迅称赞他是真国学家，胡适说他是新经学家，陈独秀则把他的学术地位和罗振玉、胡适这一老一新相提并论。北京大学研究所国学门成立后，也一再请他北上任教。他正值盛年，还有着无穷的创造力。

1923年，王国维住在上海，正为著名的“地皮大王”、英籍犹太人哈同编一份学报。收入也还将就，但常常难以应付一家十来口人的开支。而为藏书家朋友蒋汝藻另打一份工，有一笔进项，也可以让一家人过上小康的生活，起码不必担心孩子的学费、日常柴米油盐的开支了。毕竟，人到中年，总算是拥有还算广阔的天地。

这个天地里，王国维最看重的是上海滩那个遗老遗少的小圈子。

他让这个圈子的力量更加壮大，而这个小圈子影响了他之后的命运和心境。

所谓遗老遗少，就是辛亥革命后，还忠于清朝的那些人。有的是文化人，比如北大教授辜鸿铭、梁漱溟的父亲梁济、王国维的朋友罗振玉；有的本来就是前清皇室成员，比如恭亲王溥伟、肃亲王善耆；也有以前的官员和将领，比如那位搞复辟的张勋、前东三省总督赵尔巽、前云贵总督李经羲。

辛亥之年，壮怀激烈的革命党声势浩大，老谋深算的袁世凯出手相逼，紫禁城里那可怜的小皇帝被迫宣布退位，三百年的清朝变成了流水落花。遗老遗少们如耳闻惊雷，如目睹狂飙。一时之间，震骇和悲痛让他们不知所措。

后来的岁月里，辜鸿铭常常回忆，皇室宣布退位时，他和友人正在上海的沈曾植家吃饭，仆人拿进来一份晚报号外，那上面刊登着退位诏书颁布的消息，众人一看，如丧考妣：

> 全体来宾一起站起来，然后面朝北方跪下痛哭流涕地磕起头来……后来，当我在夜色中向沈子培告辞时，我对他说："大难临头，何以为之？"他含着眼泪又一次抓住我的双手，用一种我永远也难以忘记的声音说："世受国恩，死生系之。"①

再比如后来做了伪满洲国"总理大臣"的郑孝胥，听闻清帝逊位，和老友困坐书斋，号啕大哭。他睡不着，吃不好，连连叹息：这辈子只能当个遗老了。而他的朋友们，有的相约以死殉清，有的则从此隐居江湖，

---

① ［英］庄士敦：《紫禁城的黄昏》，陈时伟等译，北京：求实出版社，1989年，第57页。

天大的事也不再理它。

遗老遗少们纷纷携家带口，逃离原来的政治中心，在青岛、天津、上海的租界里惶惶度日。

说是不理政事，心里那头小兽还总是要跳出来作怪。惊魂稍定，擦干眼泪，想干的事，一项也不少干。若是文人，就写文章，发牢骚，痛骂革命党。如此也就罢了，竟真的不乏以身殉葬的——梁漱溟的父亲梁济就是这样死去的。若是武人，就要诉诸“实际解决”了——民国初年，寻求武力复辟的，张勋可不是绝无仅有的，只不过更多人在地下活动，一直未浮出水面而已。

王国维上海的朋友中，就有不少这样的角色。

上文提到的沈曾植，就是一个典型代表。其人进士出身，字写得好，文学、历史方面的学问也是一流的，康有为说他“冠冕海内”，甚至有人称其为晚清第一大儒。王国维常常去沈曾植那里请教。他视沈氏为良师益友，视沈之诗文为动乱年代中国人的精神寄托。后来沈曾植去世，王国维作联哀悼：

> 是大诗人，是大学人，更是大哲人，四照炯心光，岂谓微言绝今日；
>
> 为家孝子，为国纯臣，为世界先觉，一哀感知己，要为天下哭先生。

评价之高，悲痛之深，简直无以复加。但就是这一位沈先生，却是复辟派中极为热心的人物。辫帅张勋复辟，他不远千里，从上海秘密潜入北京，成为张勋的心腹，甚至还着蟒袍玉带，陪张勋到紫禁城，向小皇帝行三跪九叩大礼，半劝半逼着溥仪发布“即位诏”。然后，在复辟闹剧中，当了几天“学部尚书”。

罗振玉也是遗老中的著名人物。他比王国维大 11 岁。是他发现、提携、成就了王国维。王国维二十来岁初到上海时，在《时务报》工作，也就是抄写个文书，打打杂，待遇自然很低，日子不好过，前途没着落。一个偶然的机会，罗振玉认识了这个穷困潦倒的小青年，几经交谈，大为激赏，两人关系慢慢升温，而且温度越来越高。罗振玉做任何事，都要带上王国维，后来两人还结为儿女亲家。罗振玉也是复辟派。辛亥年，因为不忍亲眼看见清廷覆灭、山河变色，别的遗老在租界自我流放，没多大官职的罗振玉却更进一步，远渡日本避“祸”，还带上了王国维。无论是在日本还是后来回国，罗振玉虽不至于像沈曾植那样赤膊上阵，但为了复辟，明里摇旗、暗里呐喊是少不了的。他和小朝廷里的不少官员私交很好，特别是一位叫升允的前清老臣，当过陕甘总督，是个铁杆的复辟派。罗振玉从日本回国后，升允向溥仪大力推介，说罗有学问、有见识，对清王室忠贞不渝。没多久，溥仪对罗振玉便由认识升级到赏识，任命罗为“南书房行走”，还特别批准他不必拘礼，有事可随时上陈。

王国维和遗老遗少们的看法并不完全一致。特别是对沈，王国维颇有不以为然处。复辟问题上，沈曾植是个行动者，而王国维只是个空想家。沈曾植是想看到小皇帝重新坐到紫禁城的龙椅上；王国维更多的是觉得所谓革命，搞得一个国家乱哄哄的，仪礼不存，黑白不分，他看不惯。但若说此时还要想复辟，那是不可能的，潮流不可阻挡，清廷大势已去，梦回大清，不啻黄粱之想。

自然，意识到是一回事，感情上是另外一回事。王国维对于复辟，无疑也是心向往之的。张勋未起事之前，他已经听闻风吹草动，但又迟迟不见动静，他还写信向罗振玉坦陈了自己的焦虑。辫子军进京，他心情大好。复辟失败,他又一次写信,慨叹梦碎。如此起伏跌宕之心态,足见王国维的立场。

王国维是前清遗老的"自己人"。他认同这一点。

所以,罗振玉的好朋友升允才会向溥仪推荐王国维,而溥仪"下诏"任命他为"南书房行走"时,他毫不犹豫地答应了。

1923年,小皇帝溥仪17岁,尴尬地生活在紫禁城中,像个怪物。

普通人家的孩子,17岁,心智还没成熟,家庭条件好的,恐怕还在围着父母撒娇。但是对于溥仪来说,继承了帝王衣钵,就没了普通少年的幸运。一年前,他和他的监护人隆裕太后发布退位诏书,替大清王朝背了最大的一个锅,成为亡国之君。他本人也走下龙椅,正式开始了一生中的荒唐岁月。

说荒唐岁月,不是凭空而来,连溥仪自己也认可这一点。很多年之后,他这样描述退位后"暂居宫禁"时的生活:

> 我在这块小天地里一直住到民国十三年被民国军驱逐的时候,渡过了人世间最荒谬的少年时代。其所以荒谬,就在于中华号称为民国,人类进入了二十世纪,而我仍然过着原封未动的帝王生活,呼吸着十九世纪遗下的灰尘。①

"原封未动的帝王生活"自然不包含威加四海的权力。但溥仪依然富可敌国,排场很大。吃饭,一个人要吃一个流水席。做衣服,一做就是一大堆。紫禁城、颐和园、承德避暑山庄、沈阳故宫都是他的私人财产。

皇帝的威仪也还在,并且依然释放着源源不断的吸引力。不时有

---

① 爱新觉罗·溥仪:《我的前半生》,北京:东方出版社,1999年,第48页。

人鬼魂一样，想要来紫禁城附体，想尽千方百计贴近宫女太监，想走门路讨得小皇帝的赏赐。溥仪在《我的前半生》里讲过一个叫王九成的商人的故事。王九成有钱，一直想从逊帝那里得到穿黄马褂的赏赐。每逢年节他就混到遗老中间来磕头请安，见人就用钞票打点。那些传话的、掀帘子的、倒茶的太监，都能得到成卷的钞票。钱使够了，最后达到了目的，高兴得什么似的。溥仪还说，来讨赏的，王公大臣就不必说了，民国的一些将领也热衷此道，如果获赏"紫禁城骑马"或小皇帝赐春联、福寿字，也会视为莫大的荣耀[①]。

大树既然还有些枝丫未跌落尘埃，猢狲自然不会全散。直到后来溥仪被赶出紫禁城，还有三百多人伺候他。但宫里的人，宫女、太监居多，伺候个吃喝拉撒可以，大用场就派不上了。能在大事上依赖的，是被尊为帝师的那几个人。先不说跟小皇帝的关系，就基本看法来说，几位"帝师"对民国是非常不满意的。他们觉得革命党搞乱了中国，又一直没把天下弄出个正形，比较一下，还是大清王朝让人放心，所以一再向溥仪"进谏"：快点成长起来，学得知识，存了见识，才能争得一个复辟的希望。小皇帝受了鼓舞，也下决心要刷新"朝中气象"。他也像列祖列宗一样，挑一些品学兼优的"海内硕学"，一方面，给"南书房"撑门面；另一方面，让他们讲讲课，起草起草文书，侍奉左右，从他们身上沐得儒雅之风、渊博之学。

王国维就是在这种情况下被推荐入宫的。1923 年 4 月，溥仪以"朕"的名义发布命令：

杨钟羲、景方昶、温肃、王国维，均着在南书房行走。

---

① 爱新觉罗·溥仪：《我的前半生》，北京：东方出版社，1999 年，第 118—119 页。

小皇帝有没有权力再发布这样的命令？当然没有。他的命令，有没有法律效力？当然更没有。此时，一切权力归国民政府，所谓皇帝，只不过一个符号。但当年就是这样，国民政府对溥仪做的很多事，睁一只眼，闭一只眼，只要不真正闹复辟，也就由他去。

我们完全可以感觉到，接到“诏书”时的王国维，内心深处的悲喜。

少年时代，王国维被称为老家海宁的四才子之一，在寒窗下多年苦读，一次次到科场应试。那是一条艰难的道路，但也是那个年代耕读家庭的光明大道。祖坟冒青烟了，考中进士，自有高官厚禄等着；哪怕考成个举人，也可以被人称老爷；而一般般的，考中个秀才、生员，也会多一条谋生之路。

不幸的是，王国维并不适合科举考试。他对新学感兴趣——自然，这里的新，只是戊戌维新时之新，相对于五四前后之新，又成了旧。他不喜欢，也不擅长八股文，所以，一次次考试都只能望孙山之背影浩叹，最终，只得了个秀才的功名。那个年代，对于一个读书人来说，这也是一辈子的遗憾吧。

现在，王国维竟然成了“南书房行走”。那是什么角色？是帝师，只有翰林才能充任，是皇帝的机要秘书，是要参与军国大事的。地位显赫，权倾天下。并且，和他一起被任命的其他三位，都是进士出身，有翰林的资格，进入官场的起点比他这个老秀才高太多了。所以，“南书房行走”的地位，一定让他感到了莫大的荣耀。他在写给朋友的信里，用八个字表达了此时内心深处的感受：

> 南斋之命，惶悚无地。

进入紫禁城的王国维应该是非常尽心尽力的。三个月后，溥仪再次发布手谕，“加恩赏给五品衔，并赏食五品俸”，这算是给了他“体制内”正式的级别。又半年，溥仪又“降旨”：“着在紫禁城骑马。”受此隆恩，王国维喜出望外，赶快写信向罗振玉报喜说：康熙朝便有这种赏赐，一般都是内廷大员才有资格获得，清朝早年，即便是官居二品，也有很多人享受不了这项待遇。辛亥年后，施恩稍滥，而“若以承平时制度言之”，翰林同事杨钟羲、景方昶都算是特恩了，一介寒儒如己者，“则特之又特矣”[①]。

今天的人们，重读王国维的书信，重新咂摸他的“夫子自道”，可能会哑然失笑。本是过期的粮票，早就不能作数，一个如假包换的国学大师、博学鸿儒，竟然偏偏信以为真，拿稻草当金条。历史和人性之复杂，如何不令人感慨。

如果稻草永远可以举过头顶，向时人炫耀它貌似金色的光辉，那只是一幕滑稽剧而已。如果连那根稻草也失去，则滑稽剧就变成悲剧，悲到无可比拟。之后的岁月里，王国维就遭遇了这样的命运悲剧。

我们前面说过，国民政府对于小皇帝，平常听之任之，逢年过节，一些头面人物甚至还会赶到宫里拜年送礼。毕竟，不少官员早年受过清廷的恩惠，这是人之常情。然而遗老遗少们可不消停。张勋大闹了一场复辟，宗社党[②]人一直要和革命党死磕，溥仪自然也听之任之，甚至推波助澜。革命党很生气，后果很严重。结果，冯玉祥趁着北京政变，一不做二不休，干脆派人把溥仪驱逐出紫禁城，欲彻底了断他的千秋大梦。

王国维的不幸在于，他正好赶上了这一历史时刻。1924 年 11 月，

---

① 陈鸿祥：《王国维传》，北京：人民出版社，2004 年，第 537 页。

② 宗社党以清朝皇族中的良弼、溥伟为代表。辛亥革命之后成立。他们反对南北议和，誓言要与清廷共存亡。

小皇帝被逐出故宫时，他来南书房值班，充当小皇帝老师的日子还不到两年。小皇帝出宫，他是全程亲历的。他曾经这样描述当时的情景：

> 一月以来，日在惊涛骇浪间……维等随车驾出宫，白刃炸弹，夹车而行。[1]

字里行间，我们看到了一颗焦灼悲凉的心。王国维把自己和小朝廷紧紧地捆绑在一起，无论是命运，还是内心。罗振玉回忆，王国维向自己讲述溥仪出宫过程时"发指眦裂"，他们抱头痛哭，和朋友一起相约投河殉葬。又一想，如此时刻，死了也是白死，于事无补，只得隐忍不发，将奇耻大辱生生咽下。

小皇帝出宫之后，逃到天津，王国维"南书房行走"的日子也到此结束。

就是在这样的背景下，王国维受聘清华学校。

---

① 袁英光、刘寅生：《王国维年谱长编(1877—1927)》，天津：天津人民出版社，1996年，第412—413页。

第四章

吴宓，心安何处

一

王国维来清华，接待他的是国学研究院主任吴宓。

吴宓是陕西人，清华留美预备学校出身，曾在美国的弗吉尼亚大学、哈佛大学学习。哈佛期间的他，与梅光迪、汤用彤同窗，三人学习用功，成绩好，名噪校园，人称"哈佛三杰"。吴宓为人，胸无城府，常发意气之论，又古道热肠，常为不必为之事。他的性格，让他一生饱受非议。1921 年回国后，吴宓的日子并不顺利。他东挪西就，辗转不停，唯对于学问和事功的追求从来没有停止过。1925 年 2 月，31 岁的吴宓受校长曹云祥之命，筹划清华国学研究院。让研究院从纸上蓝图真正落地，该是他一生重要的事功吧。而其间，聘请几位导师的过程，一直到人生中最后的岁月，他仍然津津乐道。20 世纪 60 年代，一生桀骜不羁的吴宓已是风烛残年。病痛和孤寂之中，他为自己编了一个年谱。年谱里，生动地讲述了他邀请王国维到清华的细节。

吴宓来到王国维家，一见面，先恭恭敬敬地行了三鞠躬礼，然后把校长曹云祥的聘书奉上。王国维事后多次对人说，本以为时髦的清华派来的人，必定是西装革履，行握手礼，对坐而谈，没想到吴宓如此老派。王国维本没下定决心就聘，现在心情大好，马上答应了。

其实，这只是吴宓的一个说法而已。事情岂有如此简单。

王国维来清华，是胡适向曹云祥推荐的，而胡适推荐王国维，跟胡适的学生顾颉刚也不无关系。

今天的有些人，对顾颉刚往往有一种模糊的反感。多是因为鲁迅在小说《理水》里塑造了一个可笑的鸟头先生影射他，又在书信里多次称他为红鼻、鼻公。鲁迅曾在中山大学教书，顾颉刚也来了，还和鲁迅一个办公室，鲁迅向校方提出，顾若不走，自己就辞职。结果不顶用，校方没有向鲁迅妥协，鲁迅干脆辞职一走了之，可见鲁、顾积怨之深。后人并不认真追问背后的原因，只觉得鲁迅是无比正确的，他骂过的人当然既可笑又可恶了。

其实远不是这么回事。顾颉刚是个大学问家，在民俗、历史研究领域都是贯通古今、名扬中外的一流人物。他和鲁迅交恶，隐性原因是他和鲁迅的学术观点不同，不在一个“朋友圈”里；直接原因是顾颉刚认为，鲁迅的《中国小说史略》抄袭了日本人盐谷温的《中国文学概论讲话》。顾颉刚把自己的看法向朋友陈源说了，陈源在报刊上把此事公布了出去。

陈源，笔名陈西滢，就是被鲁迅骂为“‘丧家的’‘资本家的乏走狗’”的那位。

顾颉刚是胡适在北大的学生，一生都视胡适为学术之旅上的明灯。特别是在20世纪20年代，和胡适关系极好。老派学者里，他最佩服的是王国维，初次和王国维聊天便极有好感，再读王的书更是惊为天人。50年后顾还说：“我之心仪王国维，则是我一生的不变看法。”王国维丢了“南书房行走”的差事，顾颉刚很着急，专门修书一封问胡适：听说清华学校要组织大学国文系，托先生主持其事，不知道可否将王先生介绍进去？

顾颉刚这样对胡适说话，是因为他知道，胡适对王国维的学问评价也很高。胡适曾在日记里写道：现在的中国学术界，真是凋敝零落极了。旧式学者只剩王国维、罗振玉、叶德辉、章炳麟四人；半新半旧的过渡学者，也只有梁启超和我们几个人；内中章炳麟是在学术上已半僵化了，罗与叶没有条理系统，只有王国维最有希望。

胡适和王国维亦有交情。胡适曾专程登门拜访王国维，一交谈，更加确信自己的判断：这位王先生的学问确实异常了得。而王国维对炙手可热的新锐学者胡适，自然也不敢小看。二人见面的第二天，王国维马上依古礼到胡适家回拜。

顾颉刚给胡适的信发出三天后，胡适就陪着曹云祥到王国维家里拜访。一老二新，对清华国学研究院影响深远的三位先生，就这样见面了。

我们完全可以想象得到，三个人的苍凉之感和憧憬之心。

胡适与曹云祥，两位从遥远的美国回来的年轻人，正热血方刚。他们看惯了异国的繁华，看清了母国的荒凉，正欲以慷慨激越之意，投入再造新文明的潮流之中。

王国维，那位忧惧交加的中年人，因了两位年轻人的来访，该是增添了不少勇气吧。年近五旬的他，颠沛流离多年，踏遍山河，栏杆拍遍，所渴望的，不就是要把这个古老国家的文明家底，努力理清，藏之名山，传之后世吗？新潮奔涌，万舸争流，宁静的书斋，不可能挡住激荡的风雨，但他有着十足的倔强，更有“会当凌绝顶，一览众山小”的学术自信。两位代表着教育界、学术界风向标的年轻人盛情相邀，更是能够让他对学术前途有新的期待吧。

就是在这种情况下，王国维决心接受邀请，来清华学校就职。而吴宓之拜会王国维，也一定是王国维已经同意的情况下的来访。

二

对于吴宓本人来说，清华学校的邀请，是人生中一次重要转折。

回国以后，吴宓先是在南京的东南大学待了三年，后来，又远赴沈阳，在东北大学任教。这几年，用他自己的话说，是一生中“最精勤之时期”。他对自己的学问和讲课水平有充分自信。在他看来，别看新文化运动叫得那么欢，真正能够把新学问讲好的人并不多，能跟他相比的，也就是北大教授周作人等区区几位。而很多年之后，回忆起当年自己在课堂上的风采，他依然表现出了良好的自信心。《吴宓自编年谱》里讲了一个故事：

后来名动天下的梁实秋，当时是清华高等科四年级学生。留美临行前，梁实秋和同学一起，来东南大学玩儿。他连着几天听了吴宓讲欧洲文学史，极为佩服。虽然两人并没有单独交谈，返回清华之后，梁实秋还是忍不住在《清华周刊》发表文章称赞吴宓。梁实秋说，吴宓讲课，先把大纲板书到黑板上。真正开讲了，并不打开讲义，连任何纸片和笔记也不看，却滔滔不绝，口吐莲花，把一堂课讲得井井有条。吴先生是清华毕业出去的，不回母校教书，反为东南大学所用，真是太遗憾了。

吴宓说，清华学校能够聘自己来，应当与梁实秋的这篇文章有关。[①]他的意思是，梁实秋回到清华，把文章发表在《清华周刊》上，清华的校长、教授知道有这么一位博学的吴先生，成立研究院就想起来请他。可惜这不是真的。这只是浪漫主义者吴宓的浪漫说法，就像他说自己见了王国维，三鞠躬毕，王国维就答应来清华就职一样不靠谱。吴宓来清华，真正的原因是顾泰来的推荐。顾泰来是吴宓在哈佛大学认识的。当年，他到哈佛短暂停留，结识了吴宓、汤用彤，三人每天同吃同玩同学习，成为莫逆之交。顾泰来回国后，担任外交部秘书。是顾泰来向外交

① 吴宓著，吴学昭整理：《吴宓自编年谱》，北京：生活·读书·新知三联书店，1995年，第242—243页。

部出身的曹云祥做了推荐。而顾泰来之所以这样做，是因为时为东北大学教授的吴宓向他发出了请求。

吴宓对东北大学的小环境不满意。本来，他来这里，就是“专为个人枝栖计”[①]——找个吃饭、容身的地方而已。然而刚到沈阳，他就不安心。他觉得，东北大学地处偏僻，条件不好，设施不全，发展慢，不是久留之地，应该慢慢找个好地方。当他听说曹云祥风风火火地搞改大，就动了心。以清华条件之优越，假以时日，一定能跻身全国最好大学之列。再说，北京是中心城市，无论做事还是会友，都有大量机会，东北哪一所学校也比不了。所以，他就向老朋友顾泰来求助，请顾泰来帮着找找路子。

顾泰来对吴宓的求助很热心。事情很快有了结果。他写信告诉吴宓：清华正逢用人之际，曹云祥听说吴宓是清华出去的学生，又很有学问，就表示欢迎他来就职。

2001年，画家陈丹青先生创作了一幅油画《国学研究院》，作为清华建校九十周年的贺礼。这幅著名的作品中，赵元任、梁启超、王国维、陈寅恪、吴宓从左至右依次排开，无论是西装革履，还是长袍马褂，五位先生，脸上都散发出沉静和庄严。他们在一起，构成了一百年前中国学人生动的人文图景。

也就是因为这幅油画，很多人有种印象，觉得吴宓和其他几位先生一样，是国学研究院的导师之一。其实不然，吴宓的职务是研究院主任。他不是研究院的教授，不能称为导师。吴宓自己说，他学问不够，只配当主任。所谓主任，相当于秘书长，主要是为王国维、梁启超他们

---

① 吴宓著，吴学昭整理：《吴宓日记(第3册：1925—1927)》，北京：生活·读书·新知三联书店，1998年，第274页。

服务的，不是教授的领导，更不可能指导教授们如何做学问，做事反而要多听教授的。教授有什么意见，主任来执行。今天的人们往往会以为，谁的官大，谁的学问就大，话语权就大，这是因为不了解当年的大学——不仅仅是清华，基本上所有的大学都是如此。

不过，关于职务、权力与待遇，吴宓和曹校长至少有两次讨价还价。

一次是吴宓和曹云祥初见面时，他提出，学校要任命他为研究院主任，并且有全权办理事务，如果满足不了他的要求，他还是要回东北大学。曹云祥答应了。吴宓又提出，清华要为他提供住处，以方便办事、做学问。这一点有点难为曹云祥，因为清华学校之前从来不管教员住宿的问题。但曹云祥也答应了。想来，此君正是用人之际，求贤若渴，再加上顾泰来的面子在那里摆着，吴宓一说，也就顺水推舟，做件好事吧。他顶着校园里的风言风语，把清华园里的藤影荷声之馆空出，让吴宓住下。

还有一次是吴宓已经到清华安顿下来后。此时，他已经拜见过梁启超，向校方推荐了陈寅恪，和李济也见过一次面，甚至已经帮着把王国维在清华的新家都安排好了，他才接到学校的聘书。聘书上对他的薪水和职务都有说明。月薪三百元，他很满意，但聘书上写的职位是研究院国学部主任，而不是研究院主任，他有些想不通。研究院主任，要"主"整个研究院的"任"，权力涵盖研究院的各个部、各个科；而国学部主任，仅仅执掌国学一个部，名头和权力，自然小得多。当然，自始至终，国学研究院只有国学一个研究部门，不存在有更大权力的问题，但那是另一个问题。任性的吴宓把聘书当面退给曹云祥，说这样下聘书，他不能接受。曹云祥宽厚地一笑，很快派人把新的聘书送来，上面载明的职务已经改为研究院主任。吴宓这才高高兴兴地答应。

其实，研究院原来考虑设院长的职位，曹云祥心中理想的人选是王国维,给王国维的聘书上也是这么写的,但王国维坚决不干。王国维觉得,做个院长,院里大大小小的事情,什么都得办、都得管。他不想给自己找麻烦,坚持只做教授,搞学问,不担任别的职务。曹云祥尊重他的选择,不勉强他,吴宓这才有了机会。

三

在这里,我们可以看出吴宓和王国维的不同。对于王国维来说,活着就是为了做学问,也只为做学问。学术是命,读书是本。他心无旁骛,兀兀穷年,只有一个目标:当个学问家,尽可能在象牙塔里钻得更深。而吴宓,一方面想做学问;另一方面,也想以学术的方式,在中西之间、古今之间,寻求中国问题的解决之道。所以,他一边做学问,一边心仪着事功,始终想要把学问通过教书、办刊的方式,深深地植入中国的大地上,让它们生根、发芽、开花,结出新的果实。两种理想、两种思维的纠结,成为他一生的光荣,也成为他一生的毁谤之源,给他的学术和生活设置了一处处暗礁。

来清华学校担任国学研究院主任,仅仅是吴宓生活的一部分。他生活的另一部分跟一份叫《学衡》的杂志密不可分。关于《学衡》,鲁迅有一段著名的评价:

> 夫所谓《学衡》者,据我看来,实不过聚在"聚宝之门"左近的几个假古董所放的假毫光;虽然自称为"衡",而本身的称星尚且未曾钉好,更何论于他所衡的轻重的是非。[①]

---

① 鲁迅:《鲁迅全集(第一卷)》,北京:人民文学出版社,2005年,第397页。

图 4－1　吴宓

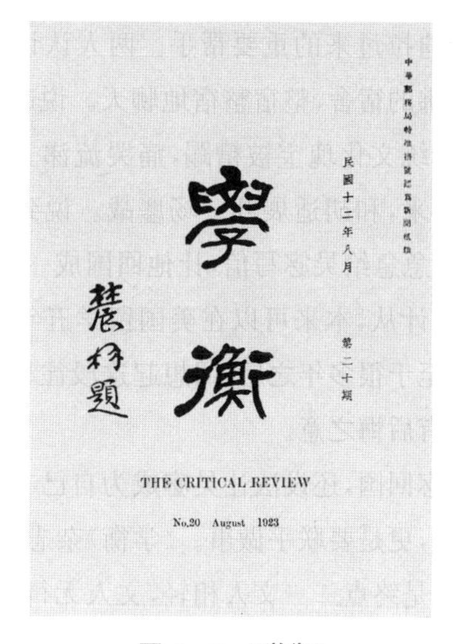

图 4－2　《学衡》

吴宓的一生和《学衡》密不可分，《学衡》让他几十年谤遍天下。

正是因为有鲁迅这样的名家恶评，才让这份本不该出名的杂志出了名。当然，出的名也是恶名。

我们不妨再花点笔墨，追溯一下吴宓与《学衡》关系的来龙去脉。

办《学衡》，本是梅光迪牵的头。这位梅光迪先生，是中国第一个留美的文学博士。他是胡适的同乡，也是胡适在美国时的朋友，二人都喜欢文学，但文学观念迥然不同。在美国时，年轻的胡适看到的是新文学大势不可阻挡，而他的好朋友梅光迪反对白话文，一辈子都在号召中国人捍卫传统。胡适曾向梅光迪致意，希望后者加入新文学阵营，后者不屑一顾，觉得胡适那一套是歪理邪说。胡适回国后，一支笔把一个古老中国的文化界、思想界搅动得天翻地覆，一时间大红大紫，名利双收，俨然已成新派之领袖。梅光迪看在眼里，不屑在心里，他也开始在美国寻找同道，要回国和胡适一决高下。

吴宓正是梅光迪拉过来的重要帮手。两人认识之后，梅光迪邀请吴宓来到自己在哈佛的宿舍，整宿整宿地聊天。说起胡适竖子成名，慷慨激昂；说起中国传统文化瑰宝被糟蹋，痛哭流涕。他们相约，时机成熟时，一定要携起手来，和胡适展开一场鏖战。说到做到，梅光迪从哈佛毕业回国不久，就急急给吴宓写信，让他回国成一番事业。吴宓对梅光迪心悦诚服，言听计从，本来可以在美国留学五年，但他只待了三年多便匆匆回国。以至于很多年之后，回想起这段往事，已经和梅光迪分道扬镳的吴宓还颇有后悔之意。

梅光迪催着吴宓回国，还设法让吴宓成为自己在东南大学的同事。同在一城，任职同校，更是要联手做事。《学衡》杂志就是他们集合的起点——遗憾的是，也是终点——文人相轻，文人无行，哪个年代都一样。他们喝喝酒，讨论一下学问，说说诗和远方，眺望一下高蹈的理想还可以，真正在一起做事，却很少不沦落到“百无一用”的境地。

吴宓撰写的《学衡杂志简章》里说，他们的宗旨是“论究学术，阐求真理，昌明国粹，融化新知。以中正之眼光，行批评之职事。无偏无党，不激不随”。看起来不温不火，包容理性，实则内藏锋芒，甚至一度锋芒毕露。

这是一个奇怪的群体。他们都有留学的经历，被新时代的风雨洗涤过头脑和心灵，但是，他们心里住着一种古老的文明。他们留恋、怀念，真诚地觉得，那是人类文明之至高境界。人类之进步，有赖于挖掘它、发现它，它是一盏沾满了灰尘的指路明灯，只要擦拭去外面的灰尘，就一定会发出最为耀眼的光芒，照亮一个时代，甚至照亮全世界、全人类。为此，他们不惜几面作战。以胡适为首的新派文化人，著名的鲁迅先生，以茅盾、成仿吾为代表的左翼人士，都是对手。

编这份杂志，让吴宓在学界出了名，也让他毁谤遍天下。虽然新派作家鲁迅的书大卖——一本《呐喊》，竟然挣到上万块稿费，顶他三年的工资——让他愤愤不平，但他仍为《学衡》而自豪。他觉得，《呐喊》不足道，是速朽之文，老大中国，如果没有人不计代价地做事，“昌明国粹，融化新知”万万不能。他似乎生来就是要办这份杂志的。《学衡》的事情很杂，头绪很多，可他乐此不疲。写稿、组稿、编稿，耗费了大量时间，他不在意；耽误他读书做学问，他不在意；杂志经费不足，他就自己拿钱贴补；同仁闹别扭，他干脆一个人把事情揽过来，还自封为杂志的总编辑，闹得那几个朋友很不愉快，他也不在乎。他一个人，焦头烂额又开心无比地支撑《学衡》好多年。来到清华学校的时候，正是吴宓这段生活的开始。

第五章

梁启超，人生败局中难得的喘息

一

王国维到清华园一周之后，梁启超来了。接待他的人也是吴宓。这一天是 1925 年 4 月 23 日。

吴宓当天的日记很简单，关于梁启超来的事情，要害的只有不到 20 个字：

> 午后三时，梁任公来，同见王国维先生，决定题目。①

简单的记述，告诉我们两个事实：

第一，梁启超到清华后，主动去见王国维，而不是等王国维来见他。这个举动意味深长。梁启超只比王国维大四岁，成名却早得多。戊戌变法之前，梁启超在上海的《时务报》当主笔，一系列极富煽动力的文章，搅起了狂涛巨澜，此时的王国维还一文不名。梁启超和报社发生矛盾拂袖而去后，王国维才来到报社。他一生的求学生涯从此起步。20 年过去，当年的后生小子王国维，已成圈内公认的学问家。梁启超也是心知肚明。对王国维，梁启超自然不能小视。但就当时的基本立场而言，二人无疑截然不同。几年前，当王国维的遗老朋友们醉心于复辟时，梁启超坚决地站在对立面，张勋率辫子军进京，他亲自起草了讨伐

① 吴宓著，吴学昭整理：《吴宓日记(第 3 册：1925—1927)》，北京：生活·读书·新知三联书店，1998 年，第 18 页。

通电。当时，王国维在写给友人的信里指出：张勋之败，段祺瑞、冯国璋、梁启超"实为元凶"，其中，梁启超就是段、冯背后那位摇鹅毛扇的。后来，随着时间的推移，小皇帝被驱逐出宫，帝制在中国完全没了市场，梁启超和他的盟友们的共和、宪政理念却深深地扎下了根。从这个意义上说，梁启超是胜利者，王国维是失败者。今日相见，旧事当然不必重提，两人却也很难相逢一笑吧。从后来的情况看，梁启超始终把王国维尊为国学研究院的头号导师，他这位"新思想界之陈涉"甘居次席，一向低调、内敛的王国维也当仁不让。可见王国维对自己的学术地位有巨大的信心，也可见二人关系之微妙。

第二，梁启超从这一天开始，就正式投入了工作。吴宓日记中的"决定题目"，其实就是为研究院招生出考题。他已经正式成为清华的教授了，在其位就要谋其政。什么样的年轻人是研究国学的苗子，谁可以来充满朝气的清华学校读书——录取标准，是他和他的同事王国维确定的。

梁启超能这么快进入状态，是因为他和清华学校来往一直很密切。他的两个儿子梁思成、梁思永都是清华学校毕业的，留学美国，都很成材，后来均成为饮誉天下的名家。梁启超本人也和清华有着割不断的学术联系。早在1914年11月他来清华演讲时，引《易经》中的"天行健，君子以自强不息；地势坤，君子以厚德载物"来勉励学生，后来，清华学校把"自强不息，厚德载物"八字定为校训。之后，一次次演讲，一次次交谊，一次次接受清华学生的请益，让他早就不把自己当外人，清华也不把他当外人。甚至，梁启超在写给朋友的信里说，清华国学研究院是他首倡的[①]。个中细节，现在已经不可稽考，但梁启超与清华关系之密

① 丁文江、赵丰田编：《梁启超年谱长编》，上海：上海人民出版社，1983年，第1029页。

切，由此可见一斑。他来清华当教授，无论是缘于胡适向曹云祥推荐，还是他本来就是国学研究院的策划者，反倒是次要的事情了。

二

来国学研究院当教授，是梁启超一生中与清华最为深刻的相遇。这次相遇，给了他一生中最为安宁的生活。但是，那几年，也有一种巨大的痛苦和苍茫之感，自始至终像一块巨石，压在他的心头。

梁启超是带着无边的悲憾来到清华学校的。

就在上一年，梁启超的夫人去世，这让他的内心受到了巨大创伤。夫人名叫李蕙仙，是前清顺天府尹——相当于今天的北京市市长——李朝仪的女儿、礼部尚书李端棻的堂妹。李端棻幼年丧父，李朝仪待他视同己出。李蕙仙与李端棻，自然跟亲兄妹一样。李端棻以主考官的身份主持广东乡试时，梁启超只有 17 岁，却考中了举人第八名。李端棻极为赏识梁启超，便将堂妹介绍给他。梁启超出身寒门，几代人只有几亩薄地，没有什么家业，与李蕙仙结婚，自然属于高攀。但李蕙仙一方面有大家闺秀的派头，另一方面，从没有嫌弃梁启超的出身。完婚后，他们在梁启超老家广东新会生活了一段时间，她对广东溽热的气候极不适应，但于梁家，她是全身心付出的，梁家上下，都称赞她是贤妻良母。结婚之后很多年，梁启超总是不在家，是她，操持着全家家务，让梁启超的后院固若金汤。梁启超年轻时追随康有为，为维新变法奔走呼号，没有李蕙仙的支持是不可想象的。百日维新失败，梁启超东渡日本，李端棻送了他一大笔钱，这才使得梁在日本的日子过得不那么艰难，然而等待着李端棻的却是免职、发配新疆的结果。梁启超跑到日本亡命，他的家人面临着官府的通缉，多亏李蕙仙“慷慨从容，辞色不变”，带领全家远逃澳门避难，才使得梁家免除了灭门之劫。

一个是社会最底端的一介寒士，一个是金字塔顶端的豪门小姐，梁启超和李蕙仙的婚姻并不对等。某种程度上说，他们的婚姻，还是多少有些感情之外的因素，梁启超一辈子也都有点怕老婆。但总体上说，两个人的感情一直都不错。然而就在他准备来到清华的时候，李蕙仙却因为乳腺癌在病榻上躺了几个月后撒手人寰。夫人的病痛和去世，让梁启超的情绪低到了极点。当年，他在一篇文章里说：

> 我的夫人从灯节起卧病半年，到中秋日奄然化去，他的病极人间未有之痛苦，自初发时医生便已宣告不治，半年以来，耳所触的，只有病人的呻吟，目所接的，只有儿女的涕泪。丧事初了，爱子远行，中间还夹着群盗相噬，变乱如麻，风雪蔽天，生人道尽……哎，哀乐之感，凡在有情，其谁能免？平日意态活泼兴会淋漓的我，这回也嗒然气尽了。提笔属文，非等几个月后心上的创痕平复，不敢作此想。①

我们完全可以想到梁启超的状态。他一夜一夜独坐在房间里，脑袋里一片苍茫。那个和他一起生活了三十多年，为他养育三个儿女，无论他风光无限还是狼狈仓皇，始终和他休戚与共的李蕙仙，再也不会向他展露她的柔弱或刚强，他永远不可能再看到她的身影和笑颜。人生中之至痛，有几人可以坦然对之。也许，此时，接受曹云祥的邀请，来清华园换一个环境，可以慢慢抚平梁启超内心深处的创痛吧。

---

① 丁文江、赵丰田编：《梁启超年谱长编》，上海：上海人民出版社，1983 年，第 1023 页。

三

如果说，丧妻之痛是此时的梁启超内心深处最脆弱的部分，那么，对国家的忧思，该是他头脑中最敏感之处了吧。

十年前，梁启超曾说：吾二十年来之生涯，皆政治生涯也。确实，他18岁出门远行，先是师从康有为，为公车上书和百日维新奔走。维新失败，东渡日本后，他写文章、办报纸，指点江山，激扬文字。返国后，他曾经与袁世凯为伍，做过袁手下的司法总长，也曾在段祺瑞内阁当了几个月的财政总长，也算是尝过权力的滋味。但他毕竟不是政治家，他本质上是个读书人。他可以和他的伙伴们一起，在中国的大地上刮起思想的风暴，但真正解决问题，毕竟不是百无一用的书生可以做到的。他一次次投身政治，换来的是一次次失望和沮丧。连梁启超自己都说，严格地说，他做的事情，没有一件不失败。而在他人眼里，梁启超和政治的关系，也就是多情的嫖客之于钟情的小姐。无论多么用情，最好的结局也不过是毁誉参半。

就拿梁启超最后一次投身实际的政治来说吧。

张勋率辫子军进京，梁启超得到消息，马上发表宣言表示强烈反对。段祺瑞挥动大纛，在天津马厂誓师，也是梁启超起草的讨逆檄文。讨逆军只花了几天时间，便把张勋赶跑了。所谓共和得以再造，梁启超功不可没。段祺瑞重新当上内阁总理，对梁启超自然要论功行赏。为了让梁启超上位，段祺瑞甚至不惜将前任财政总长逮捕下狱，同时对梁做了任命。可见段祺瑞对梁启超的看重。而梁启超也踌躇满志，欲在财长任上一展身手。他可不仅仅是想做段祺瑞内阁的大管家，止步于把国库的钥匙管好而已。他有更大的野心：借着执掌财政大权的机会，改变币制，乃至改革整个财税体制。但是，政治舞台毕竟不是报纸的版面，可以靠一支健笔便纵横开阖。他制订了一些新规矩，但新规矩在旧体系里运转不了，实行不动。对老规矩，他不熟悉——当然，他压根儿就不喜欢那些老规矩。三五个回合下来，他灰头土脸，苦不堪言。这才知道，空谈与实干，完全不是一回事儿。①

梁财长面对复杂的情况，一筹莫展。有人评价说，梁启超当财政总长，还不如请个理财家来，按常识安排事务，那也比他干得好。

梁启超不是拈轻怕重之辈，即使苦不堪言，他也苦中作乐。他之当财长，不为发财，不为过官瘾。对他来说，让母国成为理想国，让头脑中的念想在脚下的土地上生根发芽，才是一生最重要的事。然而，理想归理想，现实总是那么无奈。北洋政府的财政状况已陷入穷途末路，入不敷出自不待言，收钱、付钱的规矩都混乱不堪，谁主事谁作难，挪东墙补西墙、剜肉补疮都是常事。

最要命的是，讨伐张勋之后，北洋政府所要筹措的军费、善后费用，到了无法应付的地步，而段祺瑞依然不停地用兵。段祺瑞也很无奈：不用兵，几乎各个省份都有军阀割据，尾大不掉，不听命于中央；用兵，金库里的钱唰啦就下去了。梁启超纵使使出浑身解数想要补天，也只能徒唤奈何。

结果，梁启超只当了短短五个月的财政总长，便挂冠而去。此后，他坚决不再介入政治。

梁启超累了，身心俱疲。他已经年过五旬，经历的事情实在太多。来到清华国学研究院，在这里换个节奏，换种方式来生活，对于他来说，

① 惠隐：《梁启超任北洋财政总长时二三事》，载夏晓虹编《追忆梁启超》，北京：中国广播电视出版社，1996 年，第 255—257 页。

也算是不错的选择吧。

四

同段祺瑞分道扬镳之后,梁启超确实不曾涉足实际的政治活动。他自觉地远离那个是非场。然而,对于梁启超这一代人来说,不介入政治,并不意味着不关心政治。政治就是众治,同每个人有关系,不管你是谁,你不关心它,它也会反过来关心你。人是社会的人,政治的触角,可以深入到社会的每一个毛孔里,政治的急风暴雨一旦到来,必将会荡涤每一个人,从头到脚,从里到外。再说,梁启超年轻时便以改造天下为己任,至高理想是“为天地立心,为生民立命,为往圣继绝学,为万世开太平”,他怎能轻易地和那浸润到灵魂深处的政治意识划清界限?

即便如此,我相信,梁启超也一定听清楚了内心深处的声音:退一步吧!从喧嚣沸腾的人群抽身而出,从波谲云诡的政治场退回书斋,放下屠龙之刀,焚香净手,重新捧起经卷,恢复书生本色,以自己真正擅长的方式,来推进那未竟的事业吧。

政治能够解决问题,但仅靠政治是不能解决问题的。不解决人的头脑里的问题,就寻求政治问题的解决,常常是镜中看花,水中望月。

书生无用,书生也有无用之用。书生最大的用处是著书立说,教学育人,把这片土地上不存在的事情告诉大家:生活,还有另一种可能。可能的生活,值得争取,可以争取,有办法争取。它如春风化雨,润物无声。其结果,往虚处说,将会培养一个个站起来的人、大写的人;往实处说,革命、立宪、复辟,最终的结果取决于所有人的合力。也许,多数人的头脑改造好了,所谓社会革命,兵不血刃就成功可待。

1925 年 10 月 10 日,民国的国庆日、双十节,梁启超在清华学校北院，就“如何才能完成‘国庆’的意义”发表一番谈话。他说：“我们这位十四岁的小祖宗(借《红楼梦》称呼贾宝玉的名)——中华民国没有足月便出世，生下来千灾百难以至近日，前途还有多少魔星，谁也不敢说，但他是我们身家性命所托赖，不把他扶转出来，我们便没得日子过。扶转之法，头一步治病源；第二步养元气。治病源首在人人躬践道德的责任心；养元气首在人人增长实际能力率。”①

我们可以感受到梁启超的焦虑。而即便是近百年之后的今天，我们想要准确地描述那时的中国，也是相当困难的。它如此模糊、混乱，让人眼花缭乱，如堕五里雾中。一切似乎都在朝着最好的方向发展，一切又都面临着最坏的局面。当年，处在历史风口浪尖上的梁启超，“只缘身在此山中”，也只能“不识庐山真面目”。但是，对民国爱极痛极的梁启超，清醒地知道自己要做什么。民主“没有足月”，宪政“千灾百难”，国家的病象，令人揪心，知识分子有责任扭转这种局面，要以自己的方式，为国家民族“治病源”“养元气”，它是梁启超多年来思考的结果，也是他清华国学研究院时期的用力方向。

五

梁启超与国学研究院的相遇，还有另一层深刻的背景。

1918 年年底，梁启超和蒋百里、丁文江、张君劢等几位朋友一起，从上海启程，开始了为时一年多的欧洲之行。这次游历，是梁启超一生中最为重要的旅行，不仅改变了他对西方的看法，也彻底改变了对中国文

① 梁启超：《如何才能完成“国庆”的意义》，载《饮冰室文集(四二)》，上海：中华书局，1926 年，第 65 页。

化的看法，让一生摇摆不定的他，收回了一颗漂泊的心。从此之后，以善变著称的梁启超，思想再没有发生大的变化。

不过，出发之前，梁启超对自己的未来一无所知。

梁启超此行的目的地是欧洲。当时，第一次世界大战的硝烟刚刚散去，历史，似乎向中国人显露出了几十年来难得的乐观局面。毕竟，战争持续了好几年，被拖入炮火之中的列强打得不可开交，自然难以腾出手来东顾——它给了中国人稍许喘息的机会。那几年的中国，分崩离析、一盘散沙、内战不断，但就外交的层面来说，除却日本依然虎视眈眈，其他列强毕竟不能那么随心所欲。更有利的情况是，一战期间，在梁启超的强烈建议下，北洋政府选择了向协约国宣战，从而在那次改变世界格局的战争中，正确地“站队”。虽然中国只有一批劳工到欧洲战场做一些后勤工作，并没有真正派一兵一卒奔赴战场，但是，大战结束，中国得以位列战胜国阵营，获得了在国际舞台发言的机会。战后谈判，西方人抛出一个巨大的馅饼：无论国家大小，皆有平等地位，相互尊重主权和领土完整。这对于从鸦片战争以来一直饱受欺凌的中国人来说，可谓天大的喜讯：天赐良机啊，看来，废除西方列强在中国土地上特权的时候到了。北洋政府宣布，全国放假三天，以示庆祝。放假期间，著名的北大校长蔡元培动员全体师生，到天安门搭台演讲。喜悦之态，自无以言表。北京城里，更是非同一般的热闹，学校放假，工厂、商店歇业，到处彩旗飘飘，锣鼓喧天，人们以一种热烈的心情，迫不及待地眺望一个新时代的到来。

然而，梁启超的内心有着深深的担忧。国家外交，根本意义上是实力的较量。以中国的国力，想要在国际上争一个有利的地位，难度是巨大的。德国人的失败，并不意味着中国人的胜利——中国毕竟没有为一战的结束付出多少实际之力。凭一纸宣战文书而想搭协约国胜利的

图 5－1　梁启超出游欧洲，与参加巴黎和会的中国代表合影

便车,获取国家利益,究竟有多大可能性?他表示深深的怀疑。他的这一怀疑,和北洋政府不谋而合。此时的总统徐世昌正为此而忐忑不安,他派人找到梁启超,希望他能够以中国代表团顾问和记者的身份前往欧洲,进行民间外交活动,争取让中国通过参加和谈,有一个好的结果。

梁启超的欧洲之旅成行了。但是,欧洲之行,他收获的是巨大的失望。

最大的失望,自然是巴黎和谈的结果。众所周知,巴黎和谈,把德国原来在山东的特殊权力,全部让给日本。梁启超心急如焚,驰电国内。外交的失败最终导致了开创一个新时代的五四运动的爆发。

另一种失望,是更加深刻的。

旁观巴黎和谈之后,梁启超的欧洲之行,还没有结束。长达一年之久的时间里,他到过英国、比利时、德国、意大利、瑞士等地——欧洲的重要国家,都留下了他和朋友们的足迹。

一方面,梁启超想知道,惨绝人寰的多国大战,会给这片古老的土地带来什么样的震撼。另一方面,他也想实地考察一下,这片土地上的人们,是怎样生活、怎样工作、怎样思考的,他们的日常生活和思考方式,能够给古老的中国什么启示。

梁启超眼里的欧洲,一派没落景象。伦敦的天,“黄雾四塞,日色如血,一种阴郁闭塞之气,殊觉不适”[①]。酒店里吃不饱饭,想吃点糖都很稀罕。那时候是冬天,但因为煤贵如黄金,取暖只能靠木头。木头是半干的,怎么烧也点不着。房间里冷极了,梁启超想起在国内的生活,觉

① 丁文江、赵丰田编:《梁启超年谱长编》,上海:上海人民出版社,1983年,第878页。

得以前算得上“日日暴殄天物”。

当然,梁启超是富人,生活比一般中国老百姓好得多。但他在伦敦,住的是一等酒店,条件也是如此糟糕。

梁启超乘火车在法国大地上漫游,看到的是一堆一堆的瓦砾,以前的房屋,十有八九只剩下半截废墙,只教他想起杜甫的名句“国破山河在,城春草木深”,不由阵阵伤感。

目力所及,曾经为中国知识分子无比向往的西方文明,仿佛就这样轰然倒下。梁启超虽然心里有所准备,也不能不感到震惊。多少年来,他和他的朋友们一起,著书写文,一直鼓吹着把西方的科技、制度、人文,输入中国,让古老的母国告别颓唐和僵化,踏上现代文明的光明大道。而现在,他发现,欧洲不是天堂。幸福生活更不是科技发展的当然产物,相反,正是科技的进步,使得人类自相残杀的效率大大提高——一次战争,造成几千万人的伤亡——人类历史上哪一场战争会如此惨烈?

这一切是怎么发生的?梁启超不能不陷入深深的思索。

梁启超也不断地耳闻西方人的自我评价。

梁启超曾经讲过一件事:当时,他和一位著名的美国记者闲谈。美国人问他回到中国干什么事,是否要把西洋文明带些回去?梁启超说:“这个自然。”对方叹一口气说:“唉,可怜,西洋文明已经破产了。”梁启超反问对方:“你回到美国去干什么?”美国人说:“我回去就关起大门等,等你们把中国文明输进来救拔我们。”

梁启超还讲到,有一次,他向几位名士介绍了孔子和墨子的学说,对方一听,竟然惊喜地跳起来:“你们家里有这些宝贝,却藏起来不分点给我们用,真是对不起人。”

初听此言,梁启超以为对方在奚落自己。听得多了,才知道西方知识分子其实是早就有危机感的。他们认为,西方的物质文明、科学主义,是制造危险的根源,反而还不如世外桃源似的中国,依照中国的思想,似乎还有办法解决问题。

梁启超不愧是梁启超,他真的是不惜"以今日之我与昨日之我战"。以往,他和他的朋友们都认为,欧洲是先进文明的代表,西方是完美生活的象征,这样的理念,在他的头脑根植那么久,但现在,它开始动摇。

梁启超一边漫游,一边观察,一边思考。最终,他得出了与此前观点相反的结论:欧洲人其实是做了一场物质至上、科学万能的大梦,现在,这个梦破产了。相比之下,东方文明中一贯重精神、轻物质的传统,或许正是拯救世界的良方。

那么,对国学进行研究与发扬,不仅是中国的需要,也是全世界的需要。

1920 年 3 月,梁启超乘轮船返回上海,他的欧洲之行宣告结束。很快,他把欧游期间的所思所感整理出来,出版了一本著名的《欧游心影录》。他在书里,向中国青年大声疾呼:我可爱的青年啊,立正,开步走!大海对岸那边有好几万万人,愁着物质文明破产,哀哀欲绝地喊救命,等着你来超拔他哩。

梁启超对待中西文明的态度,至此发生了一百八十度的大转弯。他的这种心态,在另一段文字里显露无遗:

> 我在巴黎曾会着大哲学家蒲陀罗(Boutreu,柏格森之师),他告诉我说:"一个国民,最要紧的是把本国文化发挥光大,好像子孙袭了祖父遗产,就要保住他,而且叫他发生功用。就算很浅薄的文明,发挥出来都是好的。因为他总有他的特质,把他的特质和别人的特质化合,自然会产出第三种更好的特质来。你们中国,着实可

> 爱可敬，我们祖宗裹块鹿皮拿把石刀在野林里打猎的时候，你们不知已出了几多哲人了。我近来读些译本的中国哲学书，总觉得他精深博大。可惜老了，不能学中国文。我望中国人总不要失掉这分家当才好。”我听着他这番话，觉得登时有几百斤重的担子加在我肩上。①

这段文字告诉我们，告别政治的梁启超，也将要告别对西方文明的狂热追捧。他将会回到书斋，回到中国文化的深处，睁大眼睛，张开全身每一个毛孔，从几千年的传统里寻找博大、深挚的民族精神，争取“把本国文化发挥光大”，从小处说，解决中国的现实问题，往大了说，为解决全世界的问题出一份力。

此时，新文化运动的火焰，还在中国的大地上燃烧。

此时，整理国故运动，正是中国知识界的焦点话题之一。

---

① 梁启超：《梁启超全集》，北京：北京出版社，1999 年，第 2986 页。

第六章

青年导师

一

今天的人们，谈清华国学研究院，往往首先要谈“四大导师”。因为他们太著名了。不过，到底是“几大”、哪几位先生可以称为导师，说法不一。很长一段时间，国学研究院留下的资料不多，加上几位先生专业太冷门、学问太深奥，一般人很难弄懂，只能凭着一些零星的印象，仿佛知道他们的存在而已。人们往往模糊地怀着景仰之心，在夜晚的灯光下，从一卷卷发黄的书本之中，嗅闻那个年代的苍茫气息，寄托各自不一样的情怀，却不一定会花更多时间了解他们——花时间也基本搞不清他们的学问和想法。

不少人的印象里，四大导师就是指王国维、梁启超、陈寅恪、吴宓。因为这几位先生，情感所系的大略是旧学，跟所谓国学正相吻合。其实并不准确，吴宓是不能称为国学研究院导师的。我们在前面已经说过，他在研究院的职务是主任，是为教授服务的，属于行政后勤序列。他确实是清华校园里重要的教授，但教职在大学部的外文系，和国学研究院的导师们不一样。

四大导师的说法，源自赵元任的夫人杨步伟。杨步伟写了一本书叫《杂记赵家》，讲到赵元任初到清华任教时的一些情况：

> 张仲述和梅月涵两人坐汽车来接我们到清华园去，说，房子都预备好了，张说你们这四位大教授我们总特别伺候，梁任公、王国维都已搬进房子，现在就等元任和陈寅恪来。（上次刘寿民先生来还笑我说四大教授的名称，但是这个名称不是我们自诌的，这实在

是张找元任时信上如此说，第一次见面也如此说，而校长曹云祥开会时也如此称呼时，刘先生或忘了，或没听见过。其实正式的名称是四位导师，其余的都是讲师或助教。)[1]

张仲述指张彭春，梅月涵指梅贻琦，都是清华历史上的重要人物，此处不表。单说四大导师，杨步伟说得很明白，指的是王国维、梁启超、陈寅恪、赵元任。

不过，杨步伟说“其余的都是讲师或助教”，很容易让后人误解。因为今天的大学，教授及副教授、讲师、助教，分别是高级、中级、初级职称，既有关学术地位，也有关待遇。教授最高，讲师居中，助教最低。但当年的讲师，指的是职务而不是职称，不代表地位和资历，更多地体现出学者和大学之间的合作状态：不是全职的老师，只能聘任讲师，不能聘任教授，不管是谁。

北大教授陈平原先生说过，当年，严复出任北大校长时，解聘了一些兼职太多的教授。在严复看来，学者们要么全职当教授，要么兼职当讲师，不能横跨官学两界。当时教授的薪水远不及官员，于是好些人打几份工，想多挣点钱，日子过得好一些。严复反对这样做，他要建立学术尊严，要培养教授们对于学问的忠诚：当史学教授还是财政部的科长，随你挑，就是不能兼。陈平原认为，李济只被聘了讲师，不是因为他学问不好或被穿了小鞋，而是时势使然。比如鲁迅因为是教育部官员，只能当讲师，而陈寅恪在清华是教授，在北大就只能当讲师，因为他以清华为主。这里所说的讲师，说白了，就是兼职。[2]

---

① 杨步伟：《杂记赵家》，桂林：广西师范大学出版社，2014年，第80页。

② 陈平原：《大师的意义以及弟子的位置——解读作为神话的“清华国学院”》，载《大学何为》，北京：北京大学出版社，2006年，第21页。

有一个事实可以印证陈平原的话。1927 年 5 月 10 日，清华学校召开评议会，其中一项议程是，讨论李济的待遇问题。那时候，研究院面临解体，李济跟弗利尔美术馆的合作却有种种不确定因素，他一时之间不知道何去何从，就向校方写信询问此事。评议会的决议是，如果李济跟老外续约，那就仍然当研究院的讲师；如果不续约，就聘他当教授。结果，李济往美国跑了一趟，跟弗利尔美术馆谈得很好，下半年，仍然当研究院的讲师。可见，李济之为讲师，不是资格问题，完全是因为他在外面有别的事情做。

王国维、梁启超、陈寅恪、赵元任都是全职老师，从这个意义上，说国学研究院有四大导师是可以的。若从学术成就来讲，李济也完全称得上“大”，他是现代中国考古学的奠基者，后人尊称他为中国考古学之父，在中国学术史上的地位一点儿也不逊于其他几位教授。那么，我们完全可以认为，清华国学研究院有五大教授。

五大教授，从学术趣味上，可分为两种类型：王国维、梁启超、陈寅恪偏于传统之学，赵元任、李济完全是现代之学。从学习经历上讲，王国维和梁启超主要是习旧学、参加科举的，属于旧派人物；而陈寅恪、赵元任、李济，都是留学出身，是不折不扣的新派。从年龄和资历上讲，王国维、梁启超是一代人，陈寅恪、赵元任、李济是又一代人。前者 50 余岁，已经度过了激情澎湃的青年岁月，此时，人生的河流来到了广阔的平原，虽不再波澜壮阔，却多了几分宁静和壮美。后者都是 30 余岁，风华正茂，他们有很高的天赋，初出道就站在制高点上，历史终将证明，中国学术的未来，属于他们。

需要说明的是，清华国学研究院时期，是陈寅恪、赵元任、李济起步的阶段，直到研究院终结，他们都还未取得一生中代表性的成就。他们后来名满天下，成为学术泰斗，那是离开清华园之后的事情。

二

张彭春是赵元任的同学。1910年,他们和胡适一起,通过了清华庚款赴美留学考试,同年留学美国。当时,同榜70人,赵元任位居第2名,张彭春第10,胡适则是第55名。

张彭春曾在天津的南开中学学习,是这所学校的第一届毕业生。梅贻琦则是张彭春在南开中学的同学。那时,南开中学的校长正是张彭春的哥哥张伯苓——后来创办了南开大学。张彭春先后两次赴美留学,一共获得过两个硕士学位、一个博士学位。曹云祥执掌清华之初,张彭春是教务长,算得上权倾一时。他甚至自称:“改造清华的思想大半出于我。因为文字不便,都让别人用为己有去了。所谓研究院、专门科草案,都是我拟的。现在用我意思的人,一点也不承认谁是产生他们的。”①

张彭春的话,自然是极有可能的。清华改大是件非同一般的事,校长曹云祥尽量多方征求意见,倾听多种声音。所以,很多人都在这一历史性过程中发挥过作用,一点儿也不奇怪。

其中,张彭春所起的作用,肯定是比较大的,毫无疑问。这是因为曹云祥曾经聘张伯苓为清华大学筹备顾问,张伯苓向曹云祥推荐了张彭春——张彭春有教育学的硕士和博士学位,又帮助张伯苓创办了南开大学,大学怎么办、老师怎么请、学生怎么教,张彭春太清楚不过。他懂理论,又实际操作过。这样的人才,不可能不得到曹云祥重用。事实上,他

---

① 张彭春:《日程草案》(即其供职清华学校时的日记,未出版,原件藏于美国哈佛燕京图书馆),1925年10月7日。

确实是清华改大历史上的关键人物。他的想法,很多都变成了现实。

留学美国时,赵元任先是在康奈尔大学学习,后来又转到哈佛。

赵元任很快就显出了天赋。在康奈尔大学,他主修数学,选修了物理、哲学课。他的数学、天文学得分很高——数学得了两个100分、一个99分,天文学得了100分,在康奈尔大学的历史上,保持了好几年的记录。

赵元任的物理、哲学也学得很好,后来,却对语言学——不相搭界的学科——越来越感兴趣。他精力旺盛,各种事情应付裕如,在校园如鱼得水。大学的最后一个学期,几位教授告诉他:你可以同时申请数学或哲学研究生奖学金,希望你申请下来后,考虑留校。结果,学数学的赵元任,读了哲学研究生。

此后,赵元任却对语言学越来越有兴趣,以至于到哈佛大学读博士时,继续选修了语言学课。他还和胡适一起,用英文写了好几篇语言学的文章发表。

有趣的是,赵元任拿到博士学位后,回到康奈尔大学任教,学校给他提供的职位却是物理学讲师。

有点复杂,的确。

不过,赵元任可不是人们常说的杂家。一般而言,杂家,什么都懂,但什么都不精通,更谈不上专业。赵元任则是天生的多才多艺。他对科学、人文、艺术三个领域都极感兴趣,倾注了大量时间,在数学、语言学、音乐几个领域,都堪称专家。他曾在日记里说:"我想我大概是个生来的语言学家、数学家和音乐家。"又说:"我索性作个语言学家比任何其他都好。"[1]

---

① 赵新那、黄培云编:《赵元任年谱》,北京:商务印书馆,1998年,第82页。

无论任何年代，一个人的口碑，对他一生的发展，特别是人生转折时期的机遇，都会带来直接的影响。赵元任如此不凡，朋友们自然看在眼里。

胡适早在 1916 年就评价说，赵元任深思好学，用心细密，行为笃实，无论是做学问还是做人，他人很难望其项背，此兄前途，未可限量。

胡适一生，朋友遍天下，他的评价自然不能不引起别人注意。任是赵元任此人生性腼腆内向，他的名声还是慢慢传播开来。

张彭春对赵元任的实力，更是了如指掌。赵元任博士毕业时，得到的是讲师的职位——这是个跟职称有关的职位，不是兼职教授，更不是终身教授。清华酝酿成立国学研究院后，张彭春一再给他写信，告诉他这边的情况，迫切希望他能加盟。

常言道，选择大于实力。此时的赵元任和清华，双双面临着重要选择。

对于赵元任来说，学术生涯刚刚开了个头，将来怎么走下去，尚无定数。留在国外还是选择回国，他的人生将会是完全不一样的。如果回国，条件可能没有国外好，但一回来就是教授，还是前途无限的清华的教授；留在国外，还要沿着讲师、副教授、教授、终身教授的学术台阶一级一级攀爬。打个不恰当的比喻，就是选择做鸡头还是做凤尾。这是需要考虑的。当然，胡适的例子也在那里明摆着，一回来就是北京大学教授，年纪轻轻，就俨然成了知识界的领军人物。这样的前景，对赵元任不可能没有吸引力。

对于清华学校来说，赵元任这样的青年学者加盟，无疑会增添生机和活力。国学研究想要有新成果，必得有新思路、新方法。饱读洋学问的赵元任，一定会以截然不同的眼光，来审视国故，打量旧学，这正是清华国学研究院的追求，正是曹云祥、胡适、张彭春所渴望的。

图 6-1　在哈佛大学读博士的赵元任

杰出人物的造就,往往是历史风云际会的产物,只靠赤裸裸的才华,只靠单个人的赤勇孤胆是不可能的。天才的赵元任也不例外。

1925 年 6 月 9 日,赵元任和夫人杨步伟在张彭春、梅贻琦的安排下,住进清华园,正式开始了在这里的生活。

三

两个月后,另一位青年博士李济也来了。

这位李济先生,是清华国学研究院几位导师中最年轻的。他比赵元任还小 4 岁,此时,刚刚 29 岁。

对于中国人来说,李济的形象,一直非常模糊。从来没听说他名字的恐怕占了大多数,知道他的也往往语焉不详。最近几年,伴随着国学热,清华国学研究院几位先生的名字,常常被提及,人们往往这样排序:王国维、梁启超、陈寅恪、赵元任、李济……

那苍苍茫茫、如怨如诉的故事一般这样讲下来:

王国维学问冠天下,一死撼中国;

梁启超健笔纵横,暮年颓唐,被错割一肾,抱憾而死;

陈寅恪出身名门,傲视天下,一心向学,有独立之精神,自由之意志;

赵元任才华横溢,生性旷达,政治的烟云、人心的机巧,与他无关,他恰如超凡脱俗的骑士,鲜衣怒马,在东方与西方、历史与现代之间自由驰骋……

到李济的时候,讲者口干舌燥,听者也已审美疲劳,便一带而过——李济也是国学研究院很优秀的老师,只不过他学术资历不够,只能当讲师。

图 6-2　1928 年的李济

这样的讲述，再自然不过，基本上摹画了李济的面貌。

当然其中也不乏错讹，遮蔽了不少饶有意味的历史细节。

李济之子、中国人民大学教授李光谟[①]便颇不以为然。他说，无论把李济划入国学大师之列，还是说他是甲骨文专家，从而跟“甲骨四堂”[②]相提并论，都算是“想象力够丰富的了”；“更有人说他一生挖了二十多万块陶片，每片价值十万元……真可称卤莽灭裂，可以列入《天方夜谭》了”[③]。

李光谟这样认为，是因为李济实在是划时代的人物。他的学术底蕴不是来自传统，而完全是来自现代。他和旧学没有关系。他研究的是历史，是深埋于地下的文物，但他的思想是全新的，他是在用20世纪的全新眼光，颠覆性地审视中国人的历史、中华文化的形成过程。他不像梁启超，一只脚要往新学的道路上迈出，另一只脚依然停留在旧学的阴影内；他更不像王国维，当新学的霞光照耀在他忧郁的脸庞上时，旧学的辫子还一如既往地在脑后飘扬。

这样的评价究竟合适不合适，我们也许还需要时间继续验证。但是，一个显而易见的事实是，年轻的李济，从美国哈佛大学回到自己生长的国度时，没有包袱，没有传统的重负，正像他自己豪情满怀地所说的：恰如初出笼的包子，总是带着热气。

我想，李济确实有理由表达他的自信和骄傲。这名出生于湖北钟祥的年轻人，从那个小地方出来，几乎毫无悬念地考上清华学堂。然

---

① 李光谟，1926年出生，2013年去世，生前为中国人民大学教授。

② “甲骨四堂”指中国近代四位研究甲骨文的著名学者：罗振玉（号雪堂）、王国维（号观堂）、郭沫若（字鼎堂）、董作宾（字彦堂）。

③ 李光谟：《李济文集·编者的话》，载李济《李济文集（卷一）》，上海：上海人民出版社，2006年，第2页。

后，到美国，换了几个专业，来到哈佛大学，成为修完人类学博士学位的第一个中国人。最终，把自己的职业和兴趣，完美地结合在一起。

李济读博士期间，关注的是“中国民族的形成”，并以此为题目写出了博士论文。今天的人们，重读他当年的那些文章时，恐怕不能不产生一种感觉：这哪里是一个一百年前的中国人写的文章？

李济不是拿所谓天朝、南蛮、北狄、西戎、东夷的框架来研究中国人。他认为，研究中国人，要有以下方面的知识：考古学、民族志、人体测量学、语言学……

那是在20世纪20年代初。这些学问，中国的那些旧式读书人中，别说有没有人懂，有没有人听说过都是个问题。

此时此刻，新学与旧学的分野，我们一下子就看出来了：无论研究多么久远的人或事，如果眼光是新的，方法是现代的，那就是新学；若还是用传统的小学、金石之学，无论研究的是历史还是现在——甚至未来——都是旧学。

我们举李济的一个观点作为例子。

早在1922年，李济就发表了《中国的若干人类学问题》一文。他在文章中说，语言不仅是声音，更是一种表达，它能够影响人的心智，影响一个民族的文化：拼音文字飘忽流动，使用它的民族，思想像激流瀑布，容易表达丰沛的感情，但难以表达稳定的思想和感情；象形文字——比如中国的方块字——充实、优美，它承载的文明，容易稳定，不会因任何风暴和巨变而改动……

李济看待问题的角度，别说一百年前的中国人会目瞪口呆，即便是现在，没有接触过语言学的普通人，仍然会觉得新鲜吧。

文章发表30多年后，李济在写给胡适的一封信里，依然感慨万千。30年过去了，他从来没有怀疑过自己的观点，但多数的中国历史学家，对此依然感到隔膜,而支持他的,更多的是外国学者。

这是李济的光荣,也是李济的无奈。中国的学术,几千年来,在封闭的环境里,缓慢地演进、循环,和西学根本不是一个体系。所谓和世界接轨,在当年,只能是向西方学习。这一过程,漫长又痛苦,需要一代代学人的接力。

而在西方,大哲学家罗素对李济的看法非常赞赏。罗素有本叫《中国问题》的书,里面大段引用了李济的话,让名不见经传的李济一下子被人们注意到了。

1923年,李济从哈佛大学毕业,拿到了中国人的第一个人类学博士学位。他的博士论文,得到的评语是“极佳”,此后的学者,谈到中国的民族和人种问题,往往都会引用李济的观点。那篇论文,也成了一部不朽的名著。

徐志摩是李济的好朋友,他们同船赴美留学,还曾同住一个公寓。两人个性气质明显不同,徐志摩感性、活泼、爱动,李济理性、沉稳、爱静,但徐志摩对李济很有好感。两人住得近时,常常一起参加活动;离得远时,徐志摩就给李济写信。他曾经在信里这样对李济说:“刚毅木讷,强力努行,凡学者所需之品德,兄皆有之。”

徐志摩此言,可谓知人之论。李济一生,奉行一条处世原则:直道而行。无论做学问还是做人,他都尽可能地听从内心深处的声音,沿着自己所选择的道路行走。他不是生活在真空中,人情的冷暖、人心的善恶,他都懂,但绝大多数时候,他都会很快安静下来,让自己的目光穿过纷纭复杂的生活,牢牢锁定所钟情的事业。

李济后来成为中国考古学之父,与他的个性、气质,也是分不开的吧。

回国之后,年轻的李济来到南开大学,担任人类学、社会学教授,并很快就担任了南开大学文科主任。在校园里做学问、当教授，李济并不甘心。他似乎有着无穷的精力，对于中国新兴的学问，有着无限的兴趣。他也天生适合当一个学问家。他对于那些和自己专业有关的问题，总是有一种发自内心的热爱。

而李济后来干起了考古，和著名地质学家丁文江先生有关。

说起李济和丁文江的关系，还要追溯到在美国时。一天，他偶然在一本杂志上看到了一位中国地质学家的半身照片。照片上那位中年人，端庄、宁静，目光中透露出一种锐不可当的光芒，让李济一下子产生了仰慕之心。久在异国，不免常常寂寞，因为同道太少，更因为无数的新发明、新创见基本上与中国人无关，中国人想要在一份杂志上露面，委实困难。

这位中国人叫丁文江。李济一下子就记住了他的名字。

回到中国后，李济很快就拜访了丁文江。一番交谈，他觉得遇到了知音。丁文江学问渊博，为人热情，有一种处处考虑别人，让对方舒服的能力。其博大气象，让李济一见倾心。

丁文江当时在一家煤矿公司做总经理，要做生意，又要做行政，喜欢学问的他常常苦于分身乏术。他从生气勃勃的李济身上，看到了希望。这使他对李济更增添了一份喜爱。他说：你回国来，好极了，有不少研究工作都在等着你做。

丁文江不仅仅是嘴上说说，他对李济的支持，很快就落实到行动上。不久，听说河南新郑发现了一座未经盗挖的古墓，他赞助了二百银元的经费，鼓励李济前往发掘。那个年代，兵荒马乱，匪患多多，他们到的时候，古墓里的宝贝已经被挖走了很多，只拣了些挖宝者剩下的残铜碎骨。

虽收获不多，这却是李济第一次试水考古，而且，作为中国第一个人类学博士，他的专业表现引起了美国弗利尔美术馆派到中国的团队的关注。

弗利尔是个美国资本家，一生醉心于搜罗东亚文物，特别是中国文物，后来在华盛顿建了一个以他的名字命名的博物馆来展示。他专门派人来中国研究、搜寻艺术品。其中有一位叫毕士博的专门委员，对李济非常欣赏，希望他加入团队，一起在中国境内进行田野考察。

虽然，此时的李济，对考古已经有了感觉、有了兴趣，但跟外国人合作，他还没有把握。

李济知道，跟毕士博的合作是有隐患的。国门洞开之后，西方人一批又一批远渡重洋来到遥远的中国，在西藏、在敦煌、在陕西、在北京，打着探险与考察的旗号，连欺骗带盗抢，把中国的宝贝席卷出境。对此有所了解的国人，无不痛心疾首。那么，这群老外，会不会跟那些西方人一样，干着同样的勾当？他不确定。

满腹心事的李济，找到丁文江来商量。丁文江一听却非常赞同，鼓励李济说，一个从事科学研究的人，如有机会亲自采集第一手材料，就不可轻易放弃。他还给李济出主意说，跟外国人合作，要直道而行，有什么条件，先说到明处，谈好了再行动。

丁文江的建议极具建设性，让李济下了决心。

李济向毕士博提出两个条件：一是在中国做田野考古工作，必须与中国学术团体合作；二是在中国掘出的古物，必须留在中国。毕士博给李济的答复是：我们可以答应你一件事，那就是我们绝对不会让一个爱国的人，做他所不愿做的事。

李济对这样的答复很满意，他和弗利尔美术馆的合作从此开始了。

所谓“中国学术团体”，就是清华学校。所有的发掘工作，都是以清华的名义展开的。

李济就是以这种方式，离开南开，担任清华国学研究院的讲师，迈出了田野考古的一大步的。

李济的薪水一共400元，和研究院其他几位教授一样。不同的地方在于，400元中，300元是弗利尔美术馆给的，剩下的100元由清华学校支付。

第七章

开学日

一

选择教授让人纠结，把他们请到清华园，再一个个安顿好，更是不容易。

真正的学问家往往是时代的异类。他们当然有沉重的肉身，和所有人一样需要吃饭、穿衣，需要养家糊口，需要在金字塔型的社会结构中寻得世俗的安稳和体面。但是，本质上说，他们的使命是超越泥泞的大地，往思想的天空飞升。他们可以日复一日地低回于书斋之中、方寸之内，他们可能年复一年地注视着被泥土掩埋的历史、被红尘激荡的现实，然而，内心深处，他们永远关心天上的云霓和比云霓更高远的星辰。他们中，很多人不合时宜，不善自谋，永远学不会八面玲珑、长袖善舞——甚至为此而付出代价。但这无损于他们的人格，反而，他们往往会因为这样的孤绝、孤愤而增添了思想的动力。

面对这些学者，同时代的人如果能够理解他们，接纳他们，拥抱他们，给他们提供一张平静的书桌，让他们安身立命，那么，其功德，无论如何高估都不过分。

这代表了一个时代的善意。

这一点，1925 年前后的清华学校做到了，曹云祥、吴宓做到了。邀请国学研究院的几位先生，清华需要付出真金白银，这不是小事。更重要的是，清华人用诚恳和宽厚，感动了他们，让他们把清华园当成安身立命的空间。这一点，王国维、梁启超他们无疑感受到了。清华学校和几位教授，从此开始了伟大的相互塑造。

1925年9月，在北京的秋色之中，国学研究院如期开学了。此时，北中国正逢美好的时令。炎夏已逝，寒冬还远，秋高气爽，风轻云淡。虽然，在遥远的南方，革命与反革命正在进行白刃搏斗，反抗与杀戮的消息不时地传来，但是，此时的北京，有呐喊而没有硝烟，有暗流涌动还没有波涛汹涌，暴风骤雨未至，惊雷闪电还远。

此时，清华园里，应该是祥和而又平静的吧。

二

开学日，曹云祥应该可以松一口气了。他望着会堂里那一张张稚嫩的面孔，望着一个个正襟危坐的先生，内心深处肯定非常快慰。他不是学术中人，他甚至谦称自己不是教育专家，但是，自从他三年前来到清华，他所做的一切，都是为了一个明确的目标：用有限的钱，办更多的事，造就清华的学术精神，培养更高层次的青年才俊。

来到清华不久，曹云祥就有一种巨大的担心。他常常告诉自己的同事和学生：没有高深思想的引领，学生们无论出洋还是留在国内，只能是那种“袜线之才”。

袜线之才出自古代的一个典故，指的是不堪大用之才，类似于拆掉的袜线。袜线之才和专门人才的差距何止万里，前者对于学问、对于人生，大都一知半解。此辈虽多，但于国事家事天下事有何补益？

清华学校，学校条件在国内首屈一指。校舍好，设备齐，派出去的学生有出息、有名的多，海内外人所共知，但那只是起点。曹云祥的蓝图上，清华没有终点。清华人应该永远在求真、求善、求美的道路上孜孜以求。现在，国学研究院的开张，标志着清华离成为真正的大学，只有一步之遥。三年前播下了种子，三年来不停地耕耘、浇灌，现在，他似乎已经看到一棵生气勃勃的小苗，破土而出了。

值得注意的是，在曹云祥的计划中，研究院并非国学一门。用吴宓的话说就是，清华的研究院，“原拟规模甚大，兼办各科（如自然科学、社会科学等），嗣以经费所限，只能先办国学一科”。它的招生对象，是大学毕业生或者同等学力者。看起来，更像是如今大学的研究生院，和一个个专门研究所的累加。

也就是说，研究院要成为一个门类齐全的研究机构，自然科学和社会科学研究人才都要纳入其中。它的最终目标，是要训练出以学问为一生终极事业的人才。

在曹云祥的宏大构想中，清华从一所留美预备学校，向真正的大学转变，必须经历一个渐进的过程。

曹云祥是个实干家，他知道在中国办事的难度。所谓欲速则不达，要想一步登天，那是不可能的。必须慢慢来，一步一步走，向着改大的目标，坚定而沉着地走。

如果说，改造董事会，改变学校的课程设置、把学生分为留美预备生和大学本科生的计划，已经让清华作为一所未来的大学有了骨肉，那么，国学研究院的成立，让它有了魂魄，有了飞升的动力。学术，必得借助大师的羽翼，才能自由地翱翔于思想的天空。

从清华学堂到清华大学，需要经历这么一次蜕变。清华也正在经历这样的蜕变。

一所崭新的学校，呼之欲出。

三

这天一大早，吴宓就起床了。他认认真真地洗了一个澡，简单地吃完早饭，就马上到研究院去上班。赶到主任办公室的时候，刚刚八点钟。他叫来事务员，一点一点地交代着：座位怎么安排，会场怎么布置，谁先发言，谁后发言……他小心翼翼。他目光凌厉。他不放过任何一个细节。他要把开学仪式的每一个环节都考虑周到。

潜意识里，吴宓一定是把这一天当成他人生中的重大节日了吧。他一生都倾心于学问和事功。为此，他一生都怀着九牛不回的执念，甚至不惜孤军作战，四面树敌，如鲁迅先生所言，“横眉冷对千夫指”也在所不惜。他想给自己一个交代，也想向世人证明自己。他想做一个书生，写出好作品，或者做出大学问；他也想做一个入世者，教书育人，化民济世。然而他常常清醒地认识到自己的悲剧性。如他自己所说的，立功和立言、理想和现实、心爱之旧礼教与理想之新思潮，常常背道而驰、剧烈冲突。他想要勒紧命运的缰绳，但他面对的，是二马并驰，虽然常常抖擞精神，作英雄状，跃身上马，足踏马背，紧握两根缰绳于一处，奈何气力不足，难以持久。稍一松懈，两匹马分道狂奔，他所面临的，就是精神车裂的危险。

吴宓来国学研究院，一方面，想要认认真真做个教授，成就一番学问；另一方面，为清华办事、为几位导师奔走也是他心甘情愿的。半年多来，他要办的事情实在太多。他一次次来见曹云祥，商量王国维、梁启超、赵元任他们的住房、薪水，考虑怎么为他们买书，他们买的书怎么能够拿到研究院和全体师生共享。他也要一次次面谒研究院的两巨头王国维和梁启超，商量如何出题招生，如何判卷子，如何录取。学生录取之后，还要一个个通知，一个个确认。遇到麻烦的学生，还得不停地为他们什么时候来报到、允许他们请多长时间的假而反复“讨价还价”。他当然能感觉到事无巨细亲力亲为的痛苦，毕竟，他有自己的学术计划，他甚至一直想写一部小说——穷其一生也没有写出来，但他也一定是有巨大成就感的。他见证了清华从洋派的留美预备学校，向真正的中国大学转变的过程；他目睹了一代学术大家，是如何聚集在一起，开创中国教育史上的黄金年代的。

这算得上吴宓一生中最为耀眼的事功吧。

开学日，也许是因为太忙了，吴宓在日记里只写了二三百字。那二三百字中，有这样两句话：

> 宓坐前列，居校长之右。
>
> 宓以研究院主任资格演说。

读到这两句话时，一瞬间，我几乎哑然失笑。真诚的吴宓，老夫子吴宓，对于开会坐在什么位置是如此在意，大出我的意料。而他那么念念不忘“研究院主任资格”，也不能不让我想到，无论是一百年后还是一百年前，一个学院的主任，一个看起来只有义务没有多大权力的职务，对于人们的吸引力都是一样的。这是全人类的共性还是中国人的特性？

问题当然不会如此简单。

一般人心目中，权力和利益、贪欲，如狼之于狈。有了权力，哪怕是最小的权力，也要享受权力带来的好处，比如来自更小的权力甚至无权者的逢迎、巴结，比如成为每一个场合中心人物的自得感；还要千方百计地挖掘可能的利益，比如让猢狲爬到树顶，比如让鸡犬升天。

然而，权力，这个邪恶、含混的词语，无论如何，又有着它现实、迷人的一面。但凡有团体的地方，都会有它的存在吧，它也意味着付出和责任。

无论如何，研究院主任一职，吴宓很看重。他可不想尸位素餐。他要抓紧一切机会，为他的同事、为他的学生办事。

轮到吴宓发言了，他低下头去扫一眼面前的讲稿，又抬头看看会场，轻轻推一下鼻梁上的眼镜。他的眼镜，有着圆圆的镜框，正好和他那大而略显空洞的眼睛匹配。

没有照片，没有音频、视频资料。我们在今天，已经不能具体地看见当年的情景。我们只能够通过吴宓的文章，看到一代清华人深邃的目光，感受他们热烈的心跳。

在吴宓看来，学问是无穷的事业，它将永远伴随着人类的成长，也将永远是各色文明的维系。人的生命是有限的，但一定会有一些人，把金子般珍贵的时间，投入到无限的为学之中。国学研究院既然以“研究高深学术，造成专门人才”为宗旨，那么，对于学生，除了一般大学所追求的“示以未来之途径，使之他日得以深造”①之外，还应当有更大的企图、更为宽阔的襟抱。吴宓认为：

> 人事方面，如历代生活之情状，言语之变迁，风俗之沿革，道德、政治、宗教、学艺之盛衰，自然方面，如川河之迁徙，动植物名实之繁赜，前人虽有记录，无不需专门分类之研究。②
>
> 研究之道，尤注重正确精密之方法（即时人所谓科学方法），并取材于欧美学者研究东方语言及中国文化之成绩，此又本校研究院之异于国内之研究国学者也。③

---

① 吴宓：《清华开办研究院之旨趣及经过（开学日演说词）》，载清华大学校史研究室《清华大学史料选编·第一卷》，北京：清华大学出版社，1991年，第375页。

② 《研究院章程（1925年）》，载清华大学校史研究室《清华大学史料选编·第一卷》，北京：清华大学出版社，1991年，第375页。

③ 吴宓：《清华开办研究院之旨趣及经过（开学日演说词）》，载清华大学校史研究室《清华大学史料选编·第一卷》，北京：清华大学出版社，1991年，第374页。

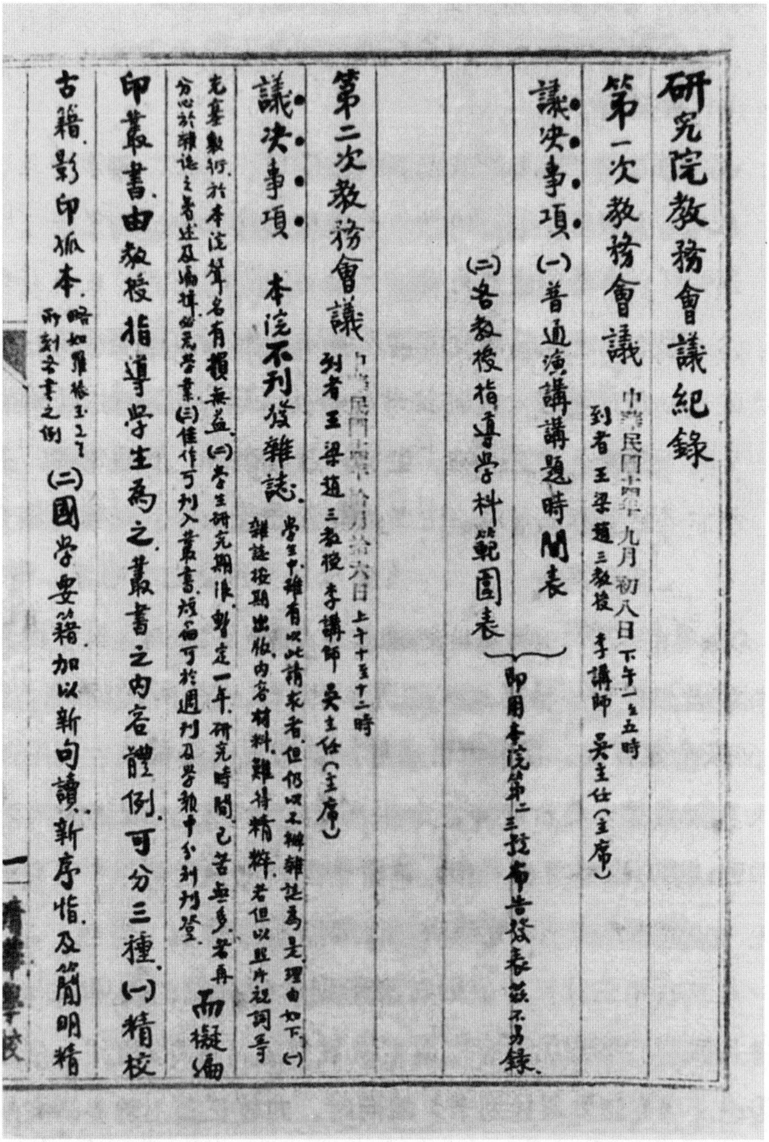

研究院教務會議紀錄

第一次教務會議　中華民國十四年九月初八日下午二至五時

到者　王梁趙三教授　李講師　吳主任（主席）

議決事項　（一）普通演講講題時間表　（二）各教授指導學科範圍表　即用本院第二三號布告發表茲不另錄

第二次教務會議　中華民國十四年九月十六日上午十至十二時

到者　王梁趙三教授　李講師　吳主任（主席）

議決事項　本院不刊發雜誌。學生中雖有以此請求者，但仍以不辦雜誌為是，理由如下，（一）雜誌按期出版，內容材料，難得精粹，若但以臨時徵稿等充塞敷衍，於本院聲名有損無益，（二）學生研究期限，暫定一年，研究時間已苦無多，若再分心於雜誌之著述及編輯，妨礙學業，（三）佳作可列入叢書，短篇可於週刊及學報中分別刊登。而擬編印叢書，由教授指導學生為之，叢書之內容體例，可分三種，（一）精校古籍，影印孤本，略如羅振玉[illegible]所刻各書之例　（二）國學要籍，加以新句讀，新序指，及簡明精

图 7-1　吴宓为清华国学研究院第一次教务会议所做的记录

吴宓的看法，不是他一个人的。他是研究院主任，他的观点，是研究院的官方观点。

我们完全可以感受到清华人的雄心。他们所关注的，绝不仅仅是一时一地，更不局限于五经四书、子曰诗云。他们希望审视的，是中国文明的整体。他们的目光，已经透射出了新世纪的色彩。面对中国的经史子集，将以"正确精密之方法"，开创出学问的崭新道路。一百多年来，中国一代又一代学人，正是沿着这样的道路，走到今天的。他们毕竟处在崭新的时代，经历了欧风美雨的涤荡。他们注视的当然是古老的母国，但是，他们的目光，必将飞越母国的大地，而以世界性的眼光来观察故土上的一切。

四

有意思的是，一贯以"洋"著称的清华，在改大的道路上，却要把传统的"土"保留下来。

就像吴宓在《研究院章程》里所说的，国学研究院，要把中国旧日的书院制度和英国的大学制度结合起来：学生来了，让他们选自己喜欢的老师；以教授的专长而不是按照学科来分组；为了方便学生向老师请益，大家都要住在学校里，不能够想来就来，想走就走。师生之间十天半个月见不到一面的情况，是不能允许的。

这样的安排，并非一种创新，更多的是一种复古——复传统的书院之古，让中国书院的流风余韵，飘散在洋派的清华园里。

这样的安排并不是清华人拍脑袋的产物，也不是浪漫主义的梦想，更不是为了借助这样的形式让死去的书院借尸还魂。它其实是实用主义的考虑，寄托了梁启超、胡适等时代代表性人物之所思所感。

1923年,年轻的胡适就在南京的东南大学发表了题为“书院制史略”的演讲。在他看来,书院,不啻是学术的桃花源,是自由思想和自主研究的福地。中国的几乎每一座书院,一定有一位富有学识的山长,他有学问,有道德感召力,还有丰厚的薪水。他不必为柴米油盐操心。他甚至也有足够的钱,让那些倾心学问的年轻人,能够在人生的某段时间,过一段安心读书的逍遥时光。一座又一座书院开张了,山长,以温暖而又宽厚的胸怀,迎来一批又一批学生。在这里,学生们白天倾听山长娓娓的讲课声,看山上的花开与日落;夜晚,一盏青灯,几杯热茶,他们和自己的老师围拢在一起,或寂然凝虑,思接千载,或谈论诸子百家,或谈家事、国事、天下事。一道道智慧的光芒,就这样凝聚起来,构成一个时代的精神景致。胡适特别指出,戊戌维新之后,千年的书院制度被完全推翻,代之以所谓的新学校、新制度,实在是失去了“中国精神”。

历史就是这样复杂。一般人心目中,新文化运动的主将、留美归来的洋派教授胡适,擅长于借助西人的眼光展望未来。究竟有多少人知道,他其实也要从东方传统里,发现中国通往未来的坦途?

1920年代初的知识界,梁启超和胡适的关系,颇为微妙。一个是渐成过去的思想巨子,一个是风头无两的新派明星,总被看成歧路之人。如果一个要往东,另外一个大概是想要往西的;如果一个人倡导打狗,另外一个人恐怕是要高呼救鸡的。特别是梁启超,隐隐约约,总有点和那位后生晚辈争锋的意思。但是,在对待中国的书院传统问题上,两个人的看法基本一致。

新式学堂的风行其实并没有太长时间,但是梁启超觉得,出现的问题已经令人痛心。

在梁启超眼里,学校里天天摇铃上课,摇铃下课,学生们的头脑在历史、地理、物理、化学之间绕来绕去,只能学得一些可怜巴巴的死知识。而那些国外回来的教员，在课堂上，往往以“有一些所谓的知识”而扬扬得意。他们像商人一样，把知识贩卖发售，谁能多买到一些，就算是好学生了。梁启超的疑问是，人之一生，应有知、仁、勇三种德行，若学生在学堂，只学了一点点机械的知识，虽也算是有“知”，可知识之外的东西，比如老吾老以及人之老的仁、泰山崩于前而色不变的勇，怎么学得到？

梁启超希望，把中国古代的书院制度引入清华园，让教授们自由讲学，让他们的思想和话语春风般吹入学生的内心。他更希望，那些年轻的学生，能够常常把目光转向教科书之外，用敏锐的目光观察社会，用敏感的心灵感受一个时代的脉搏。

我想，1925 年 9 月，清华国学院开张的这一天，梁启超一定会感慨万千吧。内心深处，他觉得自己是个失败者。从早年追随康有为开始，他四处奔走，他高声呼号，时而春风得意，最终却如丧家之犬。现在，他端坐在满室的同事和学生之间，开始一点点地找回希望和信心了吧。也许某一个瞬间，万木草堂的快乐时光，会闪电般地在他的头脑里掠过。

万木草堂，那个让梁启超一辈子魂牵梦绕的地方，藏书万卷，满置鼓、箫、笙、竽。先生每天过午开始讲课。两三个小时里，讲者和听者，目光炯炯，物我两忘。业余生活更是丰富而充满欢欣。先生召见学生，有时是一个人，有时是几个人。无论怎样，那些在山上溜达着的学生，总会在不经意间看到先生。春秋佳日，万木草堂的先生和学生，会在每一片山色中留下自己的身影。先生和弟子的高谈阔论，穿越树木，穿越山林，飞向高天，飞向茫茫宇宙，飞向无边，飞向终极。

在清华国学研究院，梁启超一定能够在梦中回到自己的少年时代吧。只不过，时光倥偬，当年，他那么年轻，而现在，他是一个年过半百的先生。但是，无论如何，他都会感到快慰吧。

第八章

那时的校园

一

今日清华大学，校园里依然有一片片湖面和林地，一处处小院门扉紧闭。外来的人，无暇，也往往鼓不起勇气来打扰那份安静。但是，从总体上说，它毕竟已在闹世中。校门外宽阔的道路、林立的高楼、拥挤的车流、匆匆而过的行人，无不在提醒人们，时光已经来到了 21 世纪。阳光、天空、风雨和气温的变化，依然遵循着亘古不变的逻辑，但是，大地上行走的人们，早已是不同的心境了。

近百年前，清华远离市中心。它的周围，除了被洗劫成废墟的圆明园之外，没有其他更多引人注目的建筑。平常的日子里，这里一点儿也不繁华。校门口，只有老师和学生，或西装革履，或长袍马褂，或白衫黑裙，三三两两地出入。除此之外，它委实有点寂寞，有点荒凉。自然，它也因而远离了世俗的喧嚣和浮华，让人们感到一种温暖的宁静。

梁实秋曾经描述过自己的清华岁月。在他的记忆中，每次从市内的家里来学校，都要经过漫长的路程。那是一条官道，总是有清道夫站在路边，一铲一铲地往路上撒土，然后，又一勺一勺地泼着清水。道路两侧铺上了石头，那是专门给马车行走的。路边的垂杨柳，好几丈高，放眼望去，常常是一片鹅黄，“更动人的时节是在秋后，柳丝飘拂到人的脸上，一阵阵的蝉噪，夕阳古道，情景幽绝”。

梁实秋是旧制生，1915 年来清华上学，八年后离开。

当时的学生入学，基本有两个渠道：

一是由各省选送，各省教育厅自己出题招考，每个省的指标数大略根据各省对庚子赔款承担的比例来确定。中国的国情，什么时候都一样，人情面子的因素往往大于其他任何因素。在多数省份，学生成绩只是参考，看谁能脱颖而出，基本上看学生背后说话的人，看谁的面子大。不少学生来到清华，再一考试，就露了馅，结果又被退了回去，或者在漫长的学习过程中被淘汰掉。所以，各省自己选送的办法，很受诟病。

另一个渠道是学校的公开招考。一开始只在北京进行，后来，慢慢就扩大到上海、武昌和广州。这种招考，类似于现在大学的自主招生，但自主性更强——学校出题，教授判卷，看成绩录取，也不用过统一高考那一关。当然，其中肯定也有人情因素起作用。一方面，我们不能不承认，无论哪个年代的人，无论他的才华、学识和道德水准怎样，一定会有人情或感情的因素影响他的取舍，这是没办法的事，只能期待着掌握权柄者自我约束；另一方面，人情因素有时候也确实能突破僵硬的制度，成就一些佳话，帮助那些从人类庸常轨道旁逸斜出的人才成长——比如曹云祥、梁启超之于陈寅恪。只不过，凡事都有代价，人性、规矩总不可能是完美的，只能看其基本面吧。

扯远了。还是回到国学研究院来。

以今天的眼光来看，那些来研究院读书的学生，确实是想做学问的。

清华国学研究院筹划的时间很短，很大程度上是凭主事者的一腔热血往理想主义的方向来办，对于学生毕业之后的出路，并没有认真考虑，更没有承诺。学校并不能给学员们授予学位，他们结业后，既不能像旧制学生那样顺理成章地出国，也不能像大学部学生那样拿个学位。他们完全是因了学校的巨大影响，奔着几位教授的学问来的。

1925 年 7 月 6 日，酷暑逼近的时候，国学研究院组织了第一届学生的入学考试。

一共四个考点，分别设在北京、上海、武昌、广州。

招的学生，需要有大学毕业的水平。如果没有文凭，有相当的水平也可以。哪怕你是来自一个偏远的小地方，哪怕你从来都是自学的，只要你能证明你的学识，只要你能通过考试，研究院都欢迎。

是几位教授一起出的题。吴宓看过后，向学校备了案。我们把当年的"考试科目表"找出来看一看，就会知道，考试的范围还是挺宽的。中国历史、语言、文字、音乐、学术史、哲学史、佛教史、金石学……应有尽有。单单把长长的科目表读完，就挺费力气的。想来，当年的考生，无论读书多少，拿到考卷时，内心都会有一些忐忑，都会流露出或多或少的窘迫吧。

学生还可以选考外语，英文、法文、德文、日文都可以。答题的时候，完全用外语来答也没关系，不用担心研究院没有判卷的老师。

我们可以感觉到研究院的气魄和抱负。虽然只有几位导师，虽然他们并没有在一起共过事，但是他们有共同的希望：招天下英才而聚之，把平生所学传授给他们，让他们从清华园出发，走向成才之路。

这次考试，持续了三天才结束。

姜亮夫①先生是清华国学研究院的第二届学生，1926 年考进来的。他写过一篇《忆清华国学研究院》，把他入学考试的过程讲得很详细：

已经到 10 月份了，此时的姜亮夫在北师大读了一两个月的研究生，听闻清华国学研究院不好考，反而萌生了挑战的想法。他给梁启超写了一封信投石问路，表达了想要参加考试的意思。

---

① 姜亮夫(1902—1995)，云南昭通人。清华国学研究院毕业后，先后任教于大厦大学、暨南大学、复旦大学、河南大学、云南大学、杭州大学(今浙江大学)等。姜亮夫先生在楚辞学、敦煌学、语言音韵学、历史文献学方面都卓有成就。李学勤先生评价他的研究范围"宽无涯涘"。

也是巧合，那一年，革命党正在大举北伐，战事吃紧，南北交通处处阻隔。招生启事发出去，响应者比第一届少多了，参加考试的人也不多。结果，只录取了24名——而第一届一共录取33名。

没过几天，姜亮夫收到回信，是清华教务处通知他去学校参加面试。

姜亮夫怎么也想不到，见他的竟然是梁启超。

梁启超简单地问了问姜亮夫的情况，得知他在成都上过学，就出了一个题目：试论蜀学。

题目的内容，正在姜亮夫的知识范围内，他当场写了一篇两三千字的文章，交了卷。梁启超当着姜亮夫的面，一边看文章，一边提问。姜亮夫对答如流。梁启超频频点头。十点多，这场考试就结束了。

接下来，考的是王国维出的题，是关于小学的。这场考试也没用太长时间。初出茅庐的姜亮夫，面对学问深不可测的王国维，侃侃而谈，滔滔不绝，虽是一家之言，毕竟能够自圆其说。临了，王国维让助手告诉一墙之隔的梁启超：这个学生我看可以取。

但是梁启超并不表态，只对忐忑不安的姜亮夫说了一句：对不起，现在考完了，你回去听消息。

就这样，第一次考试，两门功课，在两位先生的亲自主持下完成了。

让我们想象一下当时的场景：遥远的南方，革命军正在攻城拔寨；北京，清华园里，两场考试，都是一位教授、一个学生、一张桌子、一张试卷。时间在静静地流逝，太阳越升越高，十月的风，透过窗棂，轻轻地吹进研究院的办公室里。这一切，让1926年秋天，那混乱动荡的中国，显出了难得的一份安静……

两天之后，姜亮夫接到了清华来的电话，让他带着行李，带着笔墨纸砚再次到研究院去。只要考及格，就可以直接入学了；考得不好，那就大事不妙了——他知道，这是决定他最终命运的时刻。

姜亮夫一边暗自高兴，一边也有点紧张。

复试考的是普通常识。所谓普通常识，就是要看一个学生知识面有多宽。

姜亮夫这一次并不幸运，因为许多考题都超出了他的知识面。

很多年之后，姜亮夫在回忆录里，清清楚楚地写下了当年的几道难题：写出十八罗汉的名字——他一个也写不出来；按要求写出二十几个地名——他只能写出十六个，因为他既没有去过，也不知道；佛学的知识——他也答不上来。

幸运的是，姜亮夫的汉语言学和哲学题答得还不错，虽然他在回忆录里没有提及每一门课的成绩，他还是猜想，这两门课为他的整体成绩加了分。

卷子拿过来，王国维和梁启超两位巨头在一起商量半天。末了，得出了结论，姜亮夫被录取，门房马上就把姜亮夫的行李送到研究院宿舍去。

姜亮夫临走时，梁启超正色告诉他，你真幸运，因为正取生中有一名学生去美国了，你才能够以备取生的身份被录取。

正取还是备取，又有什么关系？姜亮夫要的是结果。被录取了，才是最重要的。

和姜亮夫一样幸运的学生，为数不多。清华国学研究院存续四年——第三年招生便开始锐减，第四年几乎停止招生——一共录取学生 106 人，最后毕业的实际人数只有 70 人。

二

作为一所以庚款退款为资金来源的学校，清华可不是——也绝无可能是——世外桃源。山河变色、大地倾覆的变革时代，风暴，绝不可能从京郊这个看起来还算平静的园子绕道而过。

我们在前面已经说到，建校之初，清华就明显地西化，特别是美国化。个中逻辑，很好理解：它是一所留美预备学校，学生们绝大多数毕业后是要到美国去的，放洋之前，先要对美国的生活有所适应——到新式的图书馆读书，到大礼堂、体育馆、科学馆参加集体活动，要习惯使用暖气炉、钢丝床和抽水马桶。更重要的是，得体验美国式的学习和生活方式——从语言、学制到课程，从学习方式到课外活动。历任校长固然是中国人，但是，学校董事会中，能够起决策作用的主要是美国人，占主导地位的老师也是美国人。所以，一点儿也不用奇怪，英国著名哲学家罗素先生来清华后有一句著名的观感：这是一所从美国移植来的学校。

美国人既然把清华作为亲美领袖人才培养基地来看待，首要的便是要传播美国式的，起码是西方式的价值观，一有风吹草动，他们就会表达密切的关注。

国学研究院正紧锣密鼓筹划时，清华校园里发生了一场风波。

那是1925年4月21日，王国维来到清华的第三天，距国学研究院正式开学还有将近五个月。

这天晚上，苏俄政府派驻中国的全权代表加拉罕应邀来到清华，做了一场题为“苏联政府与远东人民之关系”的演讲。加拉罕的演讲，有两个关键词，一个是“帝国主义”，另一个是“争自由”。

这也是那个年代，全球范围内使用频率最高的两个词语。共产主义思潮正在蔓延，蔚蓝色的星球上，从西方到东方，正在掀起一场赤色风暴。东方与西方中间地带的俄罗斯，率先成立了苏维埃政府。它不是简单的政府更迭，也不同于那些古老王国的改朝换代。它是一种颠覆性的、天地倒置的变化。它的背后，是完全不一样的意识形态。

加拉罕的演讲传达出一种信息：苏俄政府的成立，遵循的是革命性的政治逻辑，它有强大的历史必然性，因而会有永恒的生命力；苏维埃政府是与中国为善、与远东人民为善的政府，与传统的只知一味掠夺的西方列强相反，要以崭新的态度面对中国，要把以往沙皇政府掠夺来的一切还给中国。他自信满满地指出，资本主义无论作为一种思潮还是作为一种政治制度，正在走向溃败，走向灭亡，苏维埃政府要站在新生的政治力量一边，争取自由，挣脱压迫。

我们完全可以想见，1925 年春天那个夜晚，加拉罕给清华校园带来的震动。头发稀疏的大胡子加拉罕站在演讲台上，努力表现着自己的风度。他的语调时而低沉，时而高亢，他沙哑的声音，漫过昏暗的灯火，进入每一位听众的耳朵。点头的、摇头的、窃窃私语的……听众们的反应各不相同。但是，加拉罕的话，无疑如一块巨大的石头投入水中，让这个还算平静的夜晚荡出一圈一圈的波浪。

加拉罕的内心，兴奋又不安。此前，他已经代表苏俄政府发布了三次对华宣言，每一次宣言，都在传达一种信息：苏俄对中国是友好的；苏俄对中国，不追求利益和特权，相反，到手的利益和特权要放弃；苏俄不是帝国主义，相反，要站在反抗帝国主义的弱小民族一边……

事实上，无论是加拉罕的演讲还是宣言，并不是苏俄政府正式文件的内容，并无真实的法律效力，更多是一种宣传，或者说是外交上的政治鼓动。而当年的北洋政府，并不能准确判断加拉罕的宣言中，哪些内容仅仅是一种外交说辞，哪些内容会付诸实施。北洋政府一直没有拿出正式的态度。直到孙中山和苏联共产党接上了头，中国人对苏俄关于中国的外交政策才有了真正的回应。不过，那是后来的事情。

苏维埃政权，如旭日初生，如胎儿坠地。新的政权，将在人类历史上描绘出什么样的蓝图，对中国会有什么影响，没有人能够想清楚。加拉罕一定深深地明白，很多话题，都是敏感的。当天晚上，他的面部表情、他的语言表达，甚至他的一举一动，都会成为关注的对象，他不能不小心翼翼。

事实正是如此。加拉罕演讲之后的第三天，英文京津《泰晤士报》就发表了社论——《清华之过激主义》。社论说：

> 俄使加拉罕在清华演讲，以其过激主义，煽动学生。清华为美国赔款所设立，美政府既不承认苏俄，当根本不承认其所持之主义，更不容其主义之宣传于清华。清华学生，皆专心求学，预备留美，过激主义之侵入清华，将妨碍彼等留美之权利。[①]

"过激主义"约略等同于后人熟悉的"激进"一词，前者包含了更多的贬斥，但和后者的基本含义差不多。我们还会在下文中看到这个词语。它让梁启超忧心忡忡，让王国维惴惴不安，让此后几十年间中国大地上掀起强烈的旋风。

《泰晤士报》的看法，正是西方视野中的苏俄形象。既然苏俄是以一种制度的颠覆者的姿态出现，被颠覆者当然要严加防范。给加拉罕提供了演讲场地的清华被攻击，那是当然的事情。

曹云祥未必对加拉罕有多少好感。他是个坚定的亲美派，无论是情感还是理智上，都更多地倾向自由主义，相反，却对来势汹汹的过激主义颇有微词。但是，他并不认为加拉罕来清华演讲有什么问题。他在给《泰晤士报》的回函里，表达了清华的立场：清华是教书育人的，要追求完美的教育。无论是什么思想，无论那些思想有何优劣，学生们都

---

① 《清华之过激主义》(1925年4月23日)，转引自蔡德贵《清华之父曹云祥·传记篇》，西安：陕西师范大学出版社，2011年，第283页。

会做出发自内心的判断。加拉罕的演讲,和清华的无数场演讲一样,是一次关于学术、关于文化的演讲,没有什么可以大惊小怪的。

《泰晤士报》并不这样看。他们觉得,此时的美国政府,并没有承认苏俄政府的合法性,相反,是以反对乃至敌对的目光来看待苏维埃政权的。清华学校的"后台大老板"是美国政府,理应与美国保持一致。

不光是媒体有如此反应。美国驻华公使馆也很关注。公使知会清华学校董事会,要了解事情的来龙去脉。

当年的清华的董事会,完全由美国人主导,也可以说,是公使的下级。接到了公使的指使,自然不敢怠慢,赶紧召见校长曹云祥,让他做出解释。

面对"政治不正确"的指责,曹云祥考虑再三。加拉罕的演讲内容,当然有不少敏感的地方,但是,谁也不能指出来,加拉罕具体地冒犯了谁、有多大的问题。那么,作为一个教育家、清华这所特殊的学校的主事者,美国人的面子要给,清华学校也要保持独立。

这是无奈的选择,也是必然的选择、唯一的选择。

曹云祥和同事们起草了一个函件表达看法:清华固然靠美国庚款退款来运行,但它是中国的学校,首要任务是为中国培养人才。美国人不承认苏俄政权,那是美国人的事。中国政府已经承认苏俄,那么,清华人邀请加拉罕来演讲,就是中国的事,和美国人无关。无论是《泰晤士报》还是美国使馆,他们对所谓"过激主义"的反应,是自己的事。但是,要把这样的反应,移挪到清华学校头上,实在是"过激",也实在是找错对象了。

美国人对于清华学校的解释,表现出了跟以往一样的开通。最终,使馆对曹云祥的解释表示认可,一场隐含着大国之间政治角力的小风波,终于烟消云散。

今天的我们，回眸一百年前的这场风波，可能会看得更清楚。一所学校，看起来偏居一隅，实则渗透了各方力量。清华运行在时代的夹缝里，有着种种的不得已。

三

曹云祥不能不深深感到，当清华的校长，可不是个轻松的活儿。不说别的，光是学校里种种力量的角力，就颇让人头疼。

五四运动之后，中国的大学校园里，纷纷成立了学生团体，说是自治——治学生自己，其实，也介入校园里的学习、生活事务，更要介入公共政治。学校里，其实有好几种力量存在：以校长、教务长为代表的管理层，教授会，学生团体。尤其是学生，很厉害。曹云祥的几位前任，应该有最深切体会——他们都是在尴尬的状态下去职的。

曹云祥前面的那一任清华校长，名叫金邦正，原来是外交部的参事。外交部管理清华的一个重要办法，就是从部里的职员中挑选长官认为合适的人来当清华学校校长。

金邦正 1920 年 9 月来到清华。但是，上任不久就遇到了大麻烦，以至于几个月后就黯然去职。他去职的主要原因是，处理学潮不当。

那次学潮，是因为 1921 年 6 月 3 日的“六三惨案”。

当时，北洋政府财政吃紧，很长时间没钱给老师们发薪水。北京大学、北京女子高等师范学校等八所高校的教职员们，日子实在过不下去了，联合起来，制造了一个比五四运动规模还大的群体事件。6 月 3 日，教职员们来教育部集体讨薪，并喊出了“教育经费独立”的口号。当时，没有人敢做教育部部长，只有一个叫马邻翼的次长，代理部长主事。马代部长倒是个有担当的人，一口答应跟大家站在同一个阵营，跟大伙儿一起到总统府来找徐世昌。哪知道徐世昌如临大敌，派了一批军警出来，在新华门，把八所高校的员工们包围得结结实实，一番刀枪棍棒的痛打，使得新华门外血流遍地，伤者无数，连马邻翼都未能幸免。这就是当年非常有名的“六三惨案”。

清华不需要教育部拨款，跟“六三事件”本来没有关系，但是学生们觉得，他们有责任站出来，声援受害者。他们要罢课。

作为学校的最高管理者，金邦正当然不会同意学生们罢课。马上临近期末大考了，有人说，学生们罢课，是因为不少人要逃避期末考试。他心急如焚，赶紧召集董事会开会商量对策。董事会的决定是，不能鼓励学生罢课的行为，凡不参加考试者，留级一年。

几天之后，清华举行期末考试，竟然有不少学生不来参加，他们宁可接受处分，也要表达对那八所高校的支持。

当处分如期降临在学生身上时，家长不干了，他们推选了几名代表，到外交部来交涉。

外交部支持金邦正的意见，总长颜惠庆专门派人会见家长代表，向他们表达了外交部的看法：学生们是来上学的，应该心无旁骛，以学业为重，无论何种情况，没有理由罢考，罢考的学生不处理，绝非学校之福，亦对学生无益。

有外交部强力支持，学生、家长都只能无语——他们也没办法对金校长提出处理意见。

然而，硬的来不了，学生们就进行软抵抗，给金邦正制造难堪。新学期开学时，学校举行开学典礼，来参加典礼的学生稀稀拉拉的，多数学生都不到礼堂开会。学生们用这种方式，表达对金邦正和外交部的抗议。

这一下，轮到金校长无语了。思来想去，他痛感清华今非昔比，远远不是自己所能掌控得了的，长此以往，出大事是必然的，此地不可久留。他找了个借口，悄然远遁美国。学生们知道他要走，还专门写信提醒他，“不必作卷土重来之梦想”。

金邦正一不做，二不休，干脆辞职了事。

金邦正的前任是罗忠诒，但这位罗先生，压根儿就没有上任。

原来，外交部任命罗忠诒当校长，但学生们觉得，校长是为学校服务的，而学校是为学生服务的，学生有权利知道校长到底是什么样的人。得知罗先生要来，就派出代表，到他家里看个究竟。派出去的学生回来报告说，罗先生身体不好，而且从言谈举止上来看，也不能让人放心。学生会就决定，力拒罗忠诒来当校长，动员学生们人人写信，劝他不必来校。结果，面对几百封表示不欢迎的来信，罗先生屈服了，还未到学校就“被辞职”了。

罗忠诒之前的校长张煜全也是被赶走的。

张煜全并非等闲之辈。他读过日本的东京帝国大学、美国的加州大学和耶鲁大学，硕士学位是在耶鲁拿的。他还有个进士的出身，曾经跟随晚清五大臣出洋考察过宪政。应该说，他的学识和见识，都相当出色。可惜的是，胸怀韬略的张校长，对于五四之后校园涌动的潜流，没有正确认识。学生会要开成立大会，报告给他，他坚决不同意。在他眼里，学校是学习的地方，学生们取得学识、增长见识才是最主要的，成立学生会，组织游行、集会，根本是不务正业。学生们视他如寇仇，最终，逼得他去职回了外交部。

清华毕业的梁实秋先生描述过当年的“驱张运动”：

清华因为继续参加学生运动而引起学校当局的不满，校长张煜全先生也许是用人不当，也许是他自己过分慌张，竟乘学生晚间

> 开会之际切断了电线。他以为这一着可以迫使学生散去,想不到激怒了学生,当时点起蜡烛继续开会,这是对当局之公然反抗。事有凑巧,会场外忽然发现了三五个衣裳诡异、打着纸灯笼的乡巴佬,经盘问后,原来是由学校当局请来的乡间的"小锣会"来弹压学生的。所谓小锣会,即是乡村农民组织的自卫团体,遇有盗警之类的事变就以敲锣为号,群起抵抗,是维持地方治安的一种组织。糊涂的学校当局竟把这种人请进学校来对付学生,真是自寻烦恼。学生们把小锣会团团围住,让他们具结之后便把他们驱逐出校。但是驱逐校长的风潮也因此而爆发了。[①]

梁实秋的文章,带有明显的感情色彩,基本上完全站在学生一边,对于学校当局的苦心,没有抱持多少理解和同情,但他讲述的细节,应该是真实的。那是一个飞速变化的时代,世界在变,中国在变,学校在变,学生在变,主事者如果不能俯下身来,认真聆听校园内外的种种声音,仅凭一腔热情,仅凭师道尊严来应对羽翼日渐丰满的学生,已经行不通了。

而学生们的活动,某种程度上也左右了校园局势。后来,围绕校长、教务长的去留,围绕国学研究院的存废,他们也起到了搅浑一池深水的作用。这自然是后话了,我们在下文中会慢慢讲到。

---

① 梁实秋:《清华八年》,载《梁实秋文集·第三卷》,厦门:鹭江出版社,2002年,第30页。

第九章

先生意气

一

无论如何，清华国学研究院如期开课了。

现在，我们已经采访不到当事人。岁月久远，当年最年轻的学生，也已经不在人间。我们也很难找到第一手材料，来还原国学研究院的第一堂课。我们只知道，1925 年 9 月，经历了一个炎热的夏天之后，北京城天高云淡，清华园里秋意渐起。微凉的风，吹过园子里的荷塘，水面上荡漾着一波波水纹，荷叶沙沙作响。研究院的几位先生，开始了新的生活，三十几名醉心国学的学生，站在了新的起点。

第一学年，王国维开的课是古史新证、《说文》练习和《尚书》研究。梁启超讲授中国历史研究、读书法及读书示例。赵元任教方言学。李济指导学生学习民族学课程。陈寅恪此时已经接受了聘书，人却还在欧洲。他也给出了课表：西人之东方学目录学、梵文(《金刚经》研究)。

我们从上面的课表可以看出，国学研究院真是个有趣的所在。

王国维和梁启超开出的课程来自传统，无论是研究对象还是研究方法，都脱胎于古老的中国学术。初出茅庐的李济和赵元任，视野和思路基本上来自西方。陈寅恪不中不洋，不东不西，亦中亦洋，亦东亦西。

自然，我们也可以看出，几位先生无论有多少不一样，都有一个共同的指向：他们都关注中国的思想和文化，都希望在历史的转折点上，探究中国的真相。

不同的思想组合在一起，也会构成一种别样的风光吧。恰如古老的清华园，有古木参天，有新芽初绽，参差的花草各竞其艳，各种各样的

图 9-1　1925 年冬,清华国学研究院导师合影(前排左起:李济、王国维、梁启超、赵元任)

生命相互衬托而各得其所。人世间最好的所在,也不过如此吧。

当然,不同的思想,随着时间的推移,也会发生微妙的变化。国学研究院里,几种不一样的思路,从一开始,就为后来的风波埋下了伏笔。

二

在姜亮夫的记忆里,第一堂课是王国维先生上的。姜亮夫的回忆录里,只用了一句话来描述当时的情况:“静安先生上课不大抬头看学生。”①

王国维留给同时代人的印象是旁若无人、惜言如金,很少有多余的表情。和人聊天,他常常不说话,主要听对方讲,自己很少表态。学生讲什么事情,他认为讲得对,就会说:那倒很有意思。如果不同意对方的话,他就会摇摇头表示否定,或说上一句:怕不可靠。从外表看,他实在算不上是个有魅力的教授,不像他的晚辈胡适,风度翩翩,一表人才,举手投足一派名士风度;也不像年长他几岁的梁启超,眼睛总是闪闪发光,官话虽然不太好,讲起话来却也常常和他的文章一样感情充沛,时有感人至深处。王国维个子不高,面貌不好看,很难说有什么气质和风度。他只有五十来岁,却让人觉得比实际年龄大得多,以至于不少人会称他为老头、小老头。他的南方口音,无论是日常聊天还是上课,总让听者如堕五里雾中。他表情寡淡,似乎从来没有开怀大笑过。他好像总是若有所思,心事重重,人生的欢乐和幸福,仿佛从来不曾在他的头脑里掀起过波澜,你也很难从他的言行中看到一种灿烂的、坚定的——

---

① 姜亮夫:《忆清华国学研究院》,载《姜亮夫全集·二十四》,昆明:云南人民出版社,2002年,第73页。

更不要说豪迈的——表情。

清华园里，这个小个子的中年男人，一定蕴藏了和别人不一样的能量吧。

王国维外表最异于别人的地方，是他脑袋后面的辫子。这辫子实在刺目，无论是同时代人还是后人，谈王国维，写王国维，基本都不会忽略他外形上这一特征。

很多年之后，清华国学研究院的学生在追忆王国维的文章里还大惊小怪地写道：第一次看见这位传说中的人物，是在一次公开场合，王国维坐在曹云祥对面，戴着红顶的小帽儿，穿着马褂，一脸谦恭宁静，脑后垂着的那条小辫，和周围的环境显得格格不入，以至于学生忍不住指着他窃窃私语。而课堂上王国维背过身子面向黑板的时候，脑后那纤细的辫发，完全暴露在学生的视线之中，令人震撼，给大家留下了不可磨灭的印象。

住在清华园的时候，王国维的女儿王东明还小，但已经能清晰地记得当年的一些细节。几十年后，定居台湾的王东明老人回忆道：清华学校里，有两个人的特征最明显，不用看脸，远远地瞧见背影，就能分辨得清清楚楚。一个是梁启超，一个肩膀高，一个肩膀低，可能是因为被割去了一个肾的原因；另外一个人是父亲王国维，因为他脑后垂一条辫子。

一条辫子，绝非可有可无的身体末梢。从它盘踞在中国人脑后的第一天起，就和文化、政治密不可分。它铭刻着历史，铭记着血泪，意味深长，意义非凡。

清军入关之后，所到之处，发布告示，强令百姓剃发悬辫，所谓“留头不留发，留发不留头”。它自然遭到了汉人的抵抗。那些矢志于反清复明的人士，更是视之为奇耻大辱，宁可被杀头决不留辫子的，大有人在。改朝换代的狂澜，在人们的脑袋后面，留下了斑斑血痕。对于清廷来说，辫子是国体，是清朝的象征，不留辫子，便是对朝廷的不认可、不承认，意味着敌视和对抗。而普通百姓，最终还是留了辫子，弯了脊梁，屈了膝盖，把身体匍匐下来，把倔强的表情低落到泥土和尘埃里，一任求生的欲望压倒对尊严的主张。

那条辫子，作为胜利者的旗帜，作为投降者的标志，在中国人的脑后悬挂了 260 多年。260 多年，在中国的历史上不算很长，但也足以改变一个民族的心理认知。“做稳了奴隶”的人们从血泊中站起来之后，生活终于安定下来。岁月流逝，老人们一个个凋零，人们对凌驾于这片土地上的掌权者，慢慢地竟然有了足够的认同。不认同又能怎样呢？辫子便成了人们身体的一部分，牢不可分了。

不过，历史的翻转，毕竟是一种常态。清朝末期，风雨飘摇，山河变色，皮鞭和屠刀的威力平复不了这片土地上躁动的人心，越来越多人认为，无论是身体上还是精神上的辫子，都到了必须剪除的时候了。特别是一些年轻的军人和学生，干脆落实到行动上，他们手起剪刀落，那条脏兮兮的辫子转瞬便被扔到身后。

早在 1900 年，章太炎便剪掉了自己的辫子，还写出《解辫发》一文为剪辫太晚而“忏悔”。谓清廷无道，内外交困，天下怨诽之声汹汹，自己还着“戎狄之服”，拖着辫子，保持着外表的驯顺，真是莫大的罪过。

章太炎既是学问家，又是革命家，在那个年代，颇有“登高一呼，应者云集”的意思，他的影响力无远弗届。他沉痛的言论，影响了鲁迅、邹容这样的青年人。

1903 年，远在日本的鲁迅坚决不愿再做大清顺民，毅然剪掉了被日本人视为猪尾巴的辫子。剪完之后，他专门去让他的好朋友许寿裳看，两个年轻人露出了略微紧张又非常轻松的笑容。鲁迅还专门拍了一张照片，并写诗一首表示纪念，那首诗，题为《自题小像》：

灵台无计逃神矢，
风雨如磐暗故园。
寄意寒星荃不察，
我以我血荐轩辕。

不仅仅是章太炎、鲁迅这些“处江湖之远”的先觉者在行动，慢慢地，连某些“居庙堂之高”的王公大臣也明里暗里主张剪辫。他们意识到，历史，已经不属于大清了：权力不让人们自由地剪掉辫子，那些拖着辫子的人们就要来剪灭权力。

辛亥革命爆发后，刚刚成立的军政府更是在第一时间就发布了剪辫子的命令。那些早就耐不住性子的人们，眉飞色舞，兴高采烈，唯恐迟剪辫子一天。甚至还有人相约着，选择黄道吉日，燃放鞭炮，拜仙祭祖，一起把辫子剪了之后烧掉。“不剪发不算革命，并且也不算时髦，走不进大衙门去说话，走不进学堂去读书”的说法不胫而走。那条辫子，俨然成了不祥之物。

此时的清廷，行将就木，也不得不打起精神发布谕示：凡我臣民，均准其自由剪辫。

孙中山就任临时大总统后，也马上拿辫子问题来做政治文章，他通令全国，立刻剪辫：“凡未去辫者，于令到之日限二十日，一律剪除净尽，有不遵者以违法论。”

辫子和革命的这些故事，最迟的，也发生在清华国学研究院成立十几年前。十几年来，中国的近代历史，上演了最为混沌、复杂的一幕。

就像鲁迅先生后来感慨的：

> 革命，反革命，不革命。
>
> 革命的被杀于反革命的。反革命的被杀于革命的。不革命的或当作革命的而被杀于反革命的，或当作反革命的而被杀于革命的，或并不当作什么而被杀于革命的或反革命的。
>
> 革命，革革命，革革革命，革革……①

生旦净末丑，神仙老虎狗，乱哄哄你方唱罢我登场。但是，关于辫子，人们早就达成了共识：剪掉它，是顺应历史的潮流，意味着政治正确，意味着进步、开明、跟得上时代的步伐。

实际上，1922年春天，在洋师傅庄士敦的影响下，连紫禁城里的末代皇帝溥仪都干净利落地剪掉了辫子，一点儿也不心疼。

1925年之后的中国，固然还有数不清的长袍马褂招摇过市，但中国的大地上，洋装、洋货已随处可见，洋派的清华学校里，西装革履的学生、老师更比比皆是。作为校园里最著名、最受尊敬的教授，王国维的辫子，不能不让人侧目。

没有人会相信，王国维留辫子真的仅仅是个习惯而没有任何意味。他从来不向人解释，也没有专门写文章袒露心迹。他是个隐忍的学问家。也许，在他眼里，作为一个学者，应该理性、冷静，不宜过多流露个人情感，也不宜在文章里过多地讲自己吧。

王国维的内心，实在是太深沉。

但是，有一个细节足以说明王国维的态度。那是1927年，他投水

---

① 鲁迅：《鲁迅全集（第三卷）》，北京：人民文学出版社，2005年，第556页。

自尽之前，北伐部队逼近北京，城里人心惶惶。他的学生问他：国民军要来了，先生的辫子有问题吗？王国维只有长叹一声说：我的辫子，只能是别人来剪，我自己怎么能把它剪掉呢？

女儿王东明倒是讲过王国维辫子的故事。那时，每天早晨洗漱完毕，母亲都会给他梳头、编辫子。有时候母亲太忙，或者心情不好，也会嘀咕他：人家的辫子都剪了，你又留着它做什么呢？王国维只淡淡地回一句：既然留了，又何必剪呢？在王东明看来，辫子是父亲外表的一部分，和父亲浑然一体，不可分割。自父亲早年从日本返国之后，他在任何一个时期剪去辫子，都会马上成为报纸上的新闻，那一定不是父亲所希望的。王东明认为，从父亲"保守而固执的个性来看，以不变应万变是最自然的事"。他坚持留辫子，没什么可奇怪的。

保守而固执，王东明的这一感觉，呼应着鲁迅的评价。

鲁迅对王国维的学问是真心佩服的。心高气傲的鲁迅说过，要说国学，王国维才真正算是研究国学的人物。对于王国维的性格，他的评价是"老实到像火腿一般"。字面上是贬，内里是深深的理解。

作为一个天生的学问家，王国维无暇，更不善于伪饰、夸张。他本能地驱使着自己往信仰的峰巅攀爬，一旦坚定了看法，便心无旁骛，一条道走到底。他不会被路边的奇花异草诱惑，不会因为采摘到一些果实便欢呼雀跃，更不会以学问为筹码，换得围观，赚得奖赏，赢取喝彩和掌声。

不过，孤独的王国维，绝不是个冷漠的人。他心里藏着燃烧的火，即便那火看不出有多旺盛、火苗看不出有多大。他不是那种活泼的、见面熟的性格，对于生人，他自然表现出来的是木讷、寡言的一面，一旦熟悉起来，往往也会很健谈。他最喜欢谈的，一是国事，二是学问。"他对于质疑问难的人是知无不言,言无不尽。偶尔遇到辩难的时候,他也不坚持他的主观的见解,有时也可抛弃他的主张。真不失真正学者的态度。”①

是的,由于王国维居于时代的学术巅峰的位置,我们今天重温他的只言片语时,往往会发现是吉光片羽,回望他日常的一个手势,往往有惊鸿一瞥的感觉。

刚搬进清华园不久,日本汉学家青木正儿来拜访王国维。

青木正儿回忆,两人见面,自己向王先生提到刚刚从西山游玩回来。王国维正色道:我从来不知道有个什么西山。接着又说:我自从住到这里,就从来没有进过城。

望着王国维的辫发,青木油然生出尊敬之意,他“想起了好几年足不入城的易代之际的古圣先贤的风格”,不禁“不期然地俯首无语”。

青木浸淫中国文化多年,自然知道,中国历史上,逢改朝换代或不义之世时,先贤们的姿态。你尽可以说,他们有极大的精神洁癖,他们是被时代抛弃的人。然而这和他们无关。他们有自己的标准、自己的看法。他们以高蹈独立、不阿当时自许,哪怕是孤独终老,哪怕是落魄无地,他们也会偏居一隅,闭门不出,一任时代的车轮隆隆驶过。

王国维问青木:你到中国来,于学习于研究,有什么打算?

青木说:我关心的是戏曲。元朝以前的戏曲,先生您的大著已经研究得很透彻了。我希望尝试着研究明朝以后的戏曲。

王国维谦逊地说:我的著作并不好。然后又正色道:明朝之后的

---

① 殷南:《我所知道的王静安先生》,载陈平原、王枫编《追忆王国维》,北京:中国广播电视出版社,1996年,第138页。

戏曲，没什么意思，它是死文学，明朝之前的戏曲才是活的文学。

满腔热情，却被王国维兜头泼了一瓢凉水，青木很尴尬。他当然同意王国维的看法：元曲好，是因为它活跃在元人的生活中，是人们的日常；明清戏曲少了自然之气、烟火之气，多了文人雅士的雕琢之风，成了诗之余、词之余。但他也有自己的观点：从全局来看，明清戏曲未必就比元曲差——几百年过去，剧作家积累了大量的写作经验，后人稍微有点师承，再抖一些机灵，怎么写都不会太差，至少不会比元曲退步。把它作为研究对象，应该也是值得的。青木心里有点不高兴，也有点不服气。

即便如此，青木对王国维依然非常佩服。王国维去世后，他还写文章表达敬意：王先生的大著《宋元戏曲史》，资料搜集之全面、观点之犀利，是无与伦比的。除非发现珍奇的新资料，否则想要对王先生的研究进行增补修正是很难的。

青木正儿的回忆告诉我们，王国维低调、谦虚，但他可是个坚持自己意见的人。于人事，于学问，他都有稳定的、确切的看法。他安静如水，但静水之下有深流，其汹涌澎湃之气，一点儿也不输于激流险滩。

王国维曾自我评价说，自己天性矛盾，欲为哲学家，而感情过于充沛，理性欠一点；欲为诗人，感性又弱了些，而理性多了点。他的夫子自道非常沉痛，却非常准确。自沉之后，梁启超评价说，王国维头脑很冷静，脾气很和平，情感很浓厚，三种特点，三个方向，相互矛盾，合而为一，最终导致了他人生的末路。因为有冷静的头脑，什么事情都能看得很清楚；因为脾气好，遇事往往压抑自己，不能采取激烈的反抗手段；因为有浓厚的情感，所以常常发生莫名的悲愤。时间既久，悲愤既烈，郁积下来，最终导致了悲剧的发生……

三

我常常在想，当年，清华的学生们，不论是在校园里，还是在课堂上，看到梁启超与王国维同时出现的话，一定会忍不住哑然失笑吧。

国学研究院的两巨头，似乎完全相反。

王国维内敛沉静，梁启超外向热烈；王国维留一根辫子，老是戴一顶帽子，梁启超几乎是光头；王国维不善言谈，梁启超出口成章；王国维精深，梁启超博大。王国维做学问，兀兀穷年方敢言有所得，梁启超有捷才，写文章倚马可待。

当教授，除了做学问，最重要的是讲话。梁启超讲话的样子，有不少人描述过。他方言重，官话说得不好。当年维新变法时，光绪皇帝亲自召见他，按惯例，本来可以封个翰林，四品，但他"孝""好"不分，"高""古"不分，皇帝听不懂他讲话，心生反感，最终只给了他一个六品的职务。平日里和学生问答，梁启超也总是"啊啊""这个这个"的，口头语不断。有时候，外校的学生慕名而来，听了课却败兴而归。原因无他，就是因为听他讲话太费劲。

但无论如何，梁启超上课，讲得是真投入、真忘情。他记性好，谈到某一部具体作品需要引用的时候，张口就背了出来。如果背着背着忘了下文，就用手指敲敲自己的秃头，连敲几下，似乎又恢复了记忆，又能够背诵下去了。所以，梁启超的演讲，有时候就成了一种表演，时而手舞足蹈，时而低头掩面，时而仰天大笑，时而叹息不已。

1922 年，梁实秋还在清华上学，梁启超的儿子梁思成是他同学，梁思永、梁思忠也都是清华学生。学生们通过梁思成邀请梁启超来演讲。那一天给梁实秋留下了深刻印象。后来，梁实秋回忆道：

听他讲到他最喜爱的《桃花扇》，讲到“高皇帝，在九天，不管……”那一段，他悲从中来，竟痛哭流涕而不能自已。他掏出手巾拭泪，听讲的人不知有几多也泪下沾巾了！又听他讲杜氏讲到“剑外忽传收蓟北，初闻涕泪满衣裳……”，先生又真是于涕泗交流之中张口大笑了。①

梁实秋还有一个记录：

他讲得认真吃力，渴了便喝一口开水，掏出大块毛巾揩脸上的汗，不时地呼唤他坐在前排的儿子：“思成，黑板擦擦！”梁思成便跳上台去把黑板擦干净。每次钟响，他讲不完，总要拖几分钟，然后他于掌声雷动中大摇大摆地徐徐步出教室。听众守在座位上，没有一个人敢先离席。②

戏剧理论家熊佛西先生也听过梁启超的课。“先生讲学的神态有如音乐家演奏，或戏剧家表演：讲到幽怨凄凉处，如泣如诉，他痛哭流涕；讲到激昂慷慨处，他手舞足蹈，怒发冲冠！总之，他能把他整个的灵魂注入他要讲述的题材或人物，使听者忘倦，身入其境。”③

把“灵魂注入他要讲述的题材或人物”，可谓知人之论，不禁让人们想起梁启超对自己文章的评价：笔端常带感情。梁启超知识面极为庞

① 梁实秋：《记梁任公先生的一次演讲》，载夏晓虹编《追忆梁启超》，北京：中国广播电视出版社，1996年，第312页。

② 梁实秋：《讲演》，载《梁实秋文集·第四卷》，厦门：鹭江出版社，2002年，第385页。

③ 熊佛西：《记梁任公先生二三事》，载夏晓虹编《追忆梁启超》，北京：中国广播电视出版社，1996年，第354页。

杂，常以不知一事为耻，表达思想时，又往往如火山爆发，如高瀑飞溅，哪顾忌什么形象。他的热烈和忘情，是不由自主、绝非表演出来的。他不像王国维，无论内心是欢乐还是落寞，是欣慰还是不满，永远呈现出一副寡淡的表情。

王国维、陈寅恪一生都是学问家，都是书生，也把自己定位为书生，他们靠学养和思想的穿透力间接影响人和时代。

赵元任和李济是分工严密的现代学术体系培养出的专业知识分子。他们也关心时代，关注社会的政治风向，但任凭窗外风雨如晦，内心忧思万千，他们投入生活、拥抱生活的真正方式，是拥抱自己的学科。

梁启超是五千年文化诞生出的复杂动物。他曾是天子近臣，和一度主宰中国命运的大小军阀、各路诸侯多有往还，他当过不折不扣的"部级干部"，他是报界闻人、学界闻人。50 岁之后，他自觉地撤出惊风密雨的政治中心地带，但他的感召力、影响力，别的教授是望尘莫及的。他本质上属于"国士"。他是个失败的政治家、不称职的官僚，却是文化人中的大牛、优秀的教授、成功的父亲、和蔼可亲的长者。他透明而复杂，清晰而混沌，聪明又不世故。

梁启超本不是个低调的人，无论是接近权力中心，参与谋划维新事宜，还是鼓吹文学革命，极言"新民"，他的声音一直是高亢的、中气充沛的，就像他的演讲，裹挟着思想的洪流，窒人呼吸，震撼着每一个在场的人，似乎不容置疑。消沉和颓唐从来不是他的选项。他一直都在行动着。50 岁生日时，他专门到北京一所学校发表了一次演讲，言及孔子的"五十而知天命"之论，他大发感慨。他说，50 岁是一生的里程碑，该"知天命"了，然而天命绝不是八字先生嘴巴里常常提到的那两个字，而是一个努力的人躬行力践后悟出来的道理。就比如，面前有一堵墙，一个人想要努力把它推倒，但常常是无济于事的，这就是天命。天下万事，必有限度，人只能在一个限度内活动，勉力而行是达不到目标的。愚公移山、精卫填海，那是寓言，是传说，绝不是现实。然而人之为人，明白限度在哪里是一回事，放弃不放弃又是一回事。

这可谓梁启超的肺腑之言。几十年来，他一直以改造中国为大任。理想，让他一次次险遭杀戮，让他背上了无数骂名，却也成就了他，让他沿着自己设计的道路一步步成为他想象中的自己。年过半百的梁启超，此时清醒地认识到，把中国改造成理想之国，绝无可能在他有生之年完成，这是天命，但中国还是要继续改造的，它是一代代人必然的选择。

梁启超此时 53 岁。单就年龄而言，仍然是如日中天的壮年，无论做事还是做学问，都有完全的可能。但青春毕竟已经远去，少年意气被岁月的炉火熏蒸过久，梁启超的内心，少了一些尖锐，多了一些柔软。所以，我们完全可以理解，国学研究院里的梁启超，为什么是以一个热情又宽厚的师长形象出现。

梁启超对同事客气。特别是王国维，虽然小他几岁，社会影响远逊他一筹，但孤傲的王国维俨然是头牌教授，梁启超也尊之为国学研究院的“祭酒”。他夸王国维学问好，举世罕见，即便是王国维还没来得及研究的，见识也比自己高十倍。他反思自己，想做学问，但兴趣太广，时间又不够用，哪一门学问都没办法做精。而王国维脑子好使，用心专一，方法对路，人又谦虚，能够一起共事，深以为荣。

梁启超推崇年轻的陈寅恪。坊间流传，陈寅恪能来清华国学研究院当教授，除了吴宓鼎力相助，跟梁启超的大力推荐也有关。曹云祥问梁启超：“陈寅恪是哪国博士？”梁答：“他不是学士，也不是博士。”曹问：“他有没有著作？”梁答：“著作也没有。”曹云祥说：“他既不是博士，又没有著作，怎么能来当教授！”梁不高兴了：“我梁某算是著作等身了，但总共还不如陈先生寥寥数百字有价值!”曹云祥大吃一惊,当场拍板聘请陈寅恪为清华国学研究院导师。

今天,我们并没有切实的证据,证明“曹梁对”真实发生过,但梁启超对陈寅恪的看重,是毫无疑问的。

当年的陈寅恪,在海外学子中很受推崇,但在国内没啥名气。用古人的话说,他还没出山呢,谁知道他是骡子是马呢。梁启超的力荐,给了他一展身手的机会。

从辈分上讲,梁启超是长辈,对陈寅恪还有知遇之恩,然而,因为一个学术问题,他们之间,闹出了一场小小的风波。

事情的起因,是二人对陶渊明的不做官有不同看法。梁启超认为,陶渊明归隐,是因为看不惯世风日下,不愿意同流合污,他要保持自己的人格。陈寅恪却说,看起来陶渊明是奔着田园生活去的,其实那是表面现象,真正的原因是“耻事二姓”——不做两个朝代的臣子。清华园内不止一个人觉得,陈寅恪说话冒失又过分,话里在隐约指向梁启超做事“不在乎在清朝还是在民国”,看着是搞学术争论,却暗含人身攻击的意思。有人替梁启超鸣不平,梁启超只呵呵一笑:不管是批评寅恪还是讥讽梁某人,都把我们看小了。

对于学生,梁启超更多的是给予鼓励、奖掖和提携。他有资源——这一点,是研究院里其他教授所不具备的。

1925年9月23日,梁启超开始讲授中国历史研究,这是他在研究院开设的第一门课。

我们试着揣摩一下梁启超的逻辑。

作为一个敬天法祖的民族,中国人对历史的关心,跟对老祖宗的关心一样。中国的二十四史,不仅是历史,是文学,也是关于中国社会学、地理学的百科全书,是中国传统学问的开关。读懂了几千年的中国历史，就读懂了中国社会，读懂了中国的人心、人性，就会明白中国何以为中国。

当时，有学生问梁启超，天下学问太多，想做的学问也太多，应该把精力集中到哪一点时，梁启超坚定地回答他：历史，历史！

梁启超讲儒家哲学时，每星期三上课，由他的学生周传儒现场记录。有人开玩笑，制了一条灯谜：梁任公先生每星期三讲哲学，打一人名。谜底是：周传儒。引得大家哄笑不已。

跟某些冬烘先生完全不同，梁启超上课没有讲义，从来不按部就班。他读书多，记性好，天文地理、子曰诗云，都在肚子里，一出口，无数的文集、笔记、传记，信手拈来，供他驱使，为他化用，一一成为他观点的证据。有的学生程度差一点，课堂上听不太懂，会觉得没有多大收获——只看到一个光头在台上晃，一双大眼睛在前面闪，别人笑，自己莫名其妙地也笑一笑，一堂课就过去了。

其实，不太懂又如何。那是一种熏陶。大学之大，本不在大楼，而在大师也——此一命题，提出者正是清华人。清华园里，年轻的学生，日复一日，沐浴在思想的光芒里，他们一定会觉得，自己是幸运的。多少年之后，回想起这段日子，他们一定会有一种宁静和澄明的感觉吧。

住进清华学校的梁启超，忙碌而又满足。他几乎每天都有安排。他要上课，要开会，要安排公开演讲，要写文章，要读书，要接待学生来访。事务太多，有亲戚朋友们来清华看他，他常常抽不出时间迎送，以至于不得不在报纸上发表启事：没啥重要事儿，来我这里聊天，请不要超过 15 分钟。

即便如此，梁启超依然分身有术。他是好几家图书馆的馆长，得操好几份心。那时候的图书馆都是初创，国内没有几个人知道怎么分类、怎么编目、怎么把馆藏价值最大化，哪像现在，围绕图书馆发展出很多

图 9－2　梁启超(左)在著名的饮冰室里(郑雄摄于天津梁启超纪念馆)

专门的学问——连图书馆里的职员评职称都单独成为一个系列。最难的还是缺钱，社会动荡，经济凋敝，军队要发饷，民众要吃饭，不可能把很多钱用在这里，梁启超不得不四处“化缘”。特别是私立的松坡图书馆①，经费来源不稳定，常常有上顿没下顿，梁启超就卖字补贴。他写字，往往是在晚饭后，先休息一会儿，抽支烟，然后来到那放置着一个大瓷筒的书房写字。瓷筒里装着很多宣纸，都是求字的人送来的。他一般都是站着写，别人持纸。他名气大，字又写得好，一个大字卖八块钱，经常每月能卖两三千块。

能力越大，责任越大。这话用在梁启超身上，一点儿没错。清华国学研究院的学生都是自费的，家庭条件不好的学生常常有生活困难。梁启超干脆动员他们给松坡图书馆编目录。学生们干活心细、踏实，是很好的雇员。反过来，图书馆可以给学生一些钱，让学生的生活好过一些。有的学生一月可得二三十元，也有的一月可得五六十元。学生毕业，梁启超又常常把他们推荐到合适的地方，当编辑、当教师、当职员的不乏其人。

梁启超对传统的师生关系有着深深的好感。他不希望教授就是个贩卖知识的，靠讲课赚钱，下课铃一响，夹着书本就走，和学生没有什么关系。他心目中，教授和学生应该是师生关系、长幼关系、同道关系的相加，可以一起研究学问，更可以一起谈人生、论世事，一起感受大自然的日出日落，咂摸人生中的种种况味。

快放暑假的时候，梁启超就会招呼自己的学生到北海去。他们一起，放眼碧波荡漾的水面，呼吸着湿润的空气，一路走，一路聊天。有时

① 蔡锷，字松坡，是梁启超在长沙时务学堂任总教习时的学生。1916年，34岁的蔡锷去世。梁启超痛惜之余，发起成立松坡图书馆以纪念。

候他会请自己的朋友来,就一个问题专门和学生谈话。朋友腾不出时间,他就一个人陪着大家。1927年,他和学生们边玩边聊时讲的话被学生记录整理成《梁先生北海谈话记》,发表在清华的校刊上。学生笔下的梁启超,意气风发而坦率真诚。他一边走,一边招呼着身边的学生。他和他们聊做人、做学问。梁启超说,研究院的学生,成为不逐时流的人是最重要的,中国的改变,需要这样的青年人来做事。而做学问,"造成一种适应新潮的国学",是尤为重要的。无论中国往何处去,文化的新生,只能是靠着无数人,沿着正确的方向,慢慢走,踏实地走,一步一步来。除此之外,别无他法。

梁启超的言谈之间充满了感慨,也透露出了深深的甘苦。他知道,自己的一生已经定型、不能改变,干更多的事、做不一样的学问,需要依靠他的学生,依靠像学生们一样的更多的青年。青年,才是中国的将来。

我想,北海之游时的学生们,一定会忘情地倾听老师的谈话。而他们的老师,脑海里一定会浮现出孔子和三千弟子的故事,一定在体味着"暮春者,春服既成,冠者五六人,童子六七人,浴乎沂,风乎舞雩,咏而归"的快慰吧。

王东明说,清华园里的梁启超,从后面看一个肩膀高、一个肩膀低。这是她童年的印象。她认为其原因是梁任公的一个肾脏被割,则完全是一种推测。

不过,梁启超确实是被割去了一个肾。此事当年就引发了轩然大波,也成了梁启超晚年最大一桩公案。

梁启超身体素质原本是非常好的,轻易不怎么得病,得病了,也往往不当一回事儿。他是个闲不住的人,读书、写字、演讲,一天不干点什么就着急,哪怕是生病的时候。来清华当教授之前,他就老是小便带血。他觉得没什么,身体不疼不痒,一切都跟健康人没啥两样,只要小便时闭着眼睛不看,就跟什么事都没有一般,所以也没在意。后来,夫人患癌,医生宣布不治,一家人心揪得紧紧的,梁启超不想让家人担心,就更是没有声张。梁夫人的病越来越重,最终撒手人寰,弃一家老小而去,梁启超饱受刺激,情绪更加低落,这对他的身体也有不好的影响。安葬夫人之后,梁启超成了惊弓之鸟。夫人得的是癌症,他影影绰绰地怀疑自己得的也是癌。病情越来越严重,不看是不行了。

1926 年 1 月,梁启超住进了一家德国医院。虽然他还比较乐观,觉得精神头不错,但是,疾病的发展并不以他的意志为转移。几天以后,医生给出一个初步的诊断:膀胱上长了个小疙瘩。他不能不小心了。

但这家德国医院的医疗水平实在有限。一会儿说是膀胱里有病,一会儿又说是血管破裂,一直到最后也没能确诊。反而是一次又一次地用折光镜插入尿道来检查,让梁启超痛苦之极。大夫劝他说:"安静是第一良药",每日需多卧少动,好好休息。可他是名人,一进医院就有报纸发了消息,挂念他的朋友看到后就来探望。他常常要打起精神和朋友寒暄、聊天,反而让他更累,心里更加不安静。

梁启超决定出院,回到自己家中,用中医来调养。中医认为,他的病不是什么急症,小便带血,就算是持续二三十年,也不足以致命。用些中药,慢慢调理,很快就会减轻的。

然而中医并没有让梁启超的病情减轻。束手无策的梁启超和亲友商量,决定转到被认为医术第一高明的协和医院。

1926 年 2 月 23 日,正逢梁启超 54 岁生日。协和医院的病房里,梁启超取过纸笔,用一只吃饭用的盘子垫着,给远处异国的孩子们写了一封信。写信时的他,刚刚被医生灌了一杯蓖麻油,然而他在信中还是用"快活顽皮"几个字来形容自己的状态。他兴致勃勃地说,活到 50 多岁了，膝下儿女成群，过个生日，却被医生禁止吃晚饭，“过生日要挨饿，你们说可笑不可笑”。他还说，想写一首诗来记下这有趣的一天，想来想去，却没有想好怎么写，也就罢了。

即便是重病，梁启超也安之若素。这就是他的性格。无论顺境还是逆境，他都是豁达的。他活了半个世纪，变法、革命、改良……经历的实在太多了，但他在退思之后，更多的却是坚信和乐观。

协和医院的检查结果和德国医院不一样。医生用了 X 射线来透视——当时，X 射线算得上极为先进的诊断技术了——发现梁启超右肾有黑点，恐怕是得了肿瘤了，而他的出血，也是身体右边的事。医生认为，需要手术，把右肾切掉才可以消除病灶。

20 世纪 20 年代的中国，几乎每一个工厂都是血汗工厂，工人们在昏暗的车间里埋头干活，每月领取着寥寥的几块钱。而几乎每一个偏远的乡村，古老的犁耙在耕地，从日出到日落，农民们弯下腰去就直不起来了。他们要用粗糙的大手，去耕种，去收获。这是历史的一面。历史的另一面是，中国的城市在发展，中国的大地上有无数的火车和汽车在飞驰，河流和大海上轮船在不停地喷吐着黑烟。生逢清末的梁启超，不仅在自己的国度看到了工业文明的晨光，而且，他本人也享受到工业文明的成果。X 射线、西医、手术，就是其中的重要内容。当然，正如梁启超在《欧游心影录》里所感慨的，科学也有限度，远非万能——他的病并未在协和医院治好，还引发了关于“科学有限”的感慨，引发了“中医先进还是西医先进”的争论。

给梁启超做手术的，是当年协和医院的院长刘瑞恒。这位刘院长，虽只有 36 岁，却很有来头。他是中国第一位哈佛大学医学院的博士，也是中国现代西医外科的名医，后来当过国民政府卫生部的部长。

让刘瑞恒来做这台手术，梁启超很认可。本来，医院里也有医术高明的外国大夫，但梁启超认为，自己是个中国人，请一个中国人来做手术，是中国的光荣，也算是自己为中国的医学发展增加一分力量。

仅从外科手术来说，是成功的。刘瑞恒大夫轻车熟路，手起刀落，很顺利地取出了梁启超的右肾，一点儿也不拖泥带水。但是，令所有在场的人吃惊的是，取出来的这只肾，颜色无异，形状完好，跟正常的肾一模一样，根本没有什么病变的迹象。

梁启超的弟弟梁仲策在当年的一篇文章中，描述了当时的情景——那只肾取出后，一干人等，尽皆愕然，梁启超的朋友力舒东跟刘瑞恒开玩笑：莫不是把别人的肾取出来了吧？刘瑞恒说：那怎么会，明明是从右边取出来的，当然是右肾，怎么会错呢？两人相视而笑。

刘瑞恒的助手是个美国大夫，他说：我还从没有见过这样的情况呢。

待到将肾剖开时，看到中间有一颗樱桃大的黑点。正是它让大夫怀疑，梁启超得了肿瘤。但是，它不是癌，甚至也不是肿瘤，就是一个病变。至于是什么病变，凭当年的医学条件，是无从判断的。

梁仲策虽然觉得刘大夫有些年轻，还远未到炉火纯青的时候，但是他也认为，就凭梁启超手术后身体没有发烧，恢复得又快又好这一点而言，刘瑞恒的医术是高明的。

问题在于，割去一个肾，梁启超的病并没有好转。刀口是长好了，可尿中依然带血，跟手术之前几无两样。看来，肾上的问题，和尿血是没有关系的。

梁启超和家人很快得出了结论：他无谓地，或者说，被错误地割掉了一个肾。他在给孩子们写的信里说，是医院"孟浪"了，他的肾有问题，但它不是尿血的原因，也不是尿血的结果，而是根本就没有关系……

梁启超被错割了一只“腰子”的消息，马上成为新闻事件。陈西滢、徐志摩在报纸上发表文章，批评协和医院的大夫，就势也把西医当成了靶子。

陈西滢说：“中医只知道墨守旧方，西医却有了试验精神。可是我最怀疑的就是医生的试验的精神。”“我们怎能把我们同类做试验品？”“我们至少希望医者在施行手术之先，声明他做的是试验。这样，不愿做试验品的，也有一个拒绝的机会。”

徐志摩是梁启超的入室弟子，对梁启超尊敬至极。老师吃了亏，他的内心自然不会平静，他也写文章对西医大加批评。他说：西医所说的所谓“科学精神”，不过是拿病人当试验品，或当标本看罢了。病人本来眼睛有毛病，一个大夫或是学生来检看了一下出去了；再一个大夫或是学生又来查看了一下出去了；又一个大夫或是学生来看一次，他们简直是为看病而看病，偏偏不像是替病人看病。为协和医院考虑，为社会上一般人对协和乃至西医的态度考虑，希望协和医院当事人能给出一个说法。

梁启超一生坚定地支持西医。几十年来，他多次专门写文章对比中西医的异同。他并不反对中医，但他觉得，中医凭着教条化的阴阳五行学说，凭着那种意会式的诊断面对病人的生死，实在叫人担心。西医则完全体现了科学的态度。他的立场，一边倒地站在西医的一边。即便是白白地被割掉了右肾，他的立场也没有改变。

拖着病体，梁启超提笔作文，发表了一篇《我的病与协和医院》。他说：

右肾是否一定该割，这是医学上的问题，我们门外汉无从判断。……据那时候的看法,罪在右肾,断无可疑。后来回想,或者他“罪不该死”,或者“罚不当其罪”也未可知,当时是否可以“刀下留人”,除了专门家,狠难知道。但是右肾有毛病,大概无可疑,说是医生孟浪,我觉得是冤枉。

梁启超为医院辩护道:

出院之后,直到今日,我还是继续吃协和的药。病虽然没有清楚,但是比未受手术以前的确好了许多。……想我若是真能抛弃百事绝对的休息,三两个月里,应该完全复原。至于其他的病态,一点都没有。虽然经过狠重大的手术,因为医生的技术精良,我的体质本来强壮,割治后十天,精神已经如常,现在越发健实了。

最后,梁启超实心实意地说:

我盼望社会上,别要借我这回病为口实,生出一种反动的怪论,为中国医学前途进步之障碍。——这是我发表这篇短文章的微意。

也许,对于梁启超来说,个人的病是私事,对西医中医的态度是公事。私事再大,遇到公事,也总得让路。中医西医之争,往小了说,牵涉到梁启超对医学的看法;往大了说,是一个民族是否能够坚守科学精神的问题。科学是有限的,医学也是有限的。一次不成功的治疗,说明不了西医不行,正像科学有限,不等于科学无用,是一个道理。

梁启超的用心,原是超越了一己病痛。

第十章

赵元任，一个异类

一

任何社会都不是铁板一块。人们追忆一个时代、一段往事的时候，往往会使用某些总结性的话。一般而言，这些话，精练，甚至精彩，极具概括性，却容易放弃讲述历史多个侧面的努力。讲一个立体的故事，需要下更大的功夫。

倒不一定是想偷懒，实在是因为事情本来就很复杂，有太多的暗角、太丰富的细节。就比如，我们观察大河的一个转弯时，往往会情不自禁地说，大河是汹涌澎湃、震撼人心的。然而河床之下，无数生物、无数沙砾，构成了另一个世界。它们随着波浪翻滚、漂浮，最终都会迎来自己的命运。这样的世界、这样的命运，当然包含在“大河转弯”的总体性说法之中，又远远不是“大河转弯”这几个字可以说得清的。

在今天想象20世纪20年代，我们仿佛总是能看到，革命的火焰在中国蔓延，战争的阴云笼罩大江南北，炮声隆隆，硝烟阵阵，呐喊和厮杀的声音传遍每一个角落。但实际上，社会太庞大，每个人感受到的具体生活都不一样，甚至，可能和那种总体性说法是南辕北辙的。

而我们在谈论国学研究院的时候，往往会这样概括：动荡年代里，一代学人，风骨嶙峋，以独立的人格、求真的意志，勉力前行。他们的人格，坚毅又孤绝，肩负着中国人的文化使命，留下了学术的血脉。他们以颇具悲剧性的命运，书写了中国知识分子的完美神话。

这自然是不错的，但是历史自有其复杂性。历史的硬币的另一面，有着不同的色彩、不同的图像。

赵元任便是清华国学研究院这枚硬币的另一面。

徐志摩和赵元任在美国时就认识，回国后，一个在城里的北大，一个在城外的清华，虽然来往不那么方便，却也有事无事地就想起对方。徐志摩和陆小曼举行那个在当时人眼里大逆不道的婚礼时，赵元任专门赶到城里道贺，还端起相机为二人照相。应该说，直到1931年徐志摩搭乘飞机失事，命赴黄泉，二人之间关系都很好，可谓一生的朋友。

徐志摩专门写了一篇文章，讲他对赵元任的印象。这篇文章的副题叫"一大群骡；一只猫；赵元任先生"。文章里，徐志摩毫不迟疑地把赵元任定位为"天生快活人——现代最难得的奇才"。

徐志摩曾经把胡适拿来和赵元任对比。他说：胡适是个有名的"不可救药的乐观主义者"，嘴唇上总是荡漾着一种看了叫人开心的微笑，五四一代人中，已经算是很难得了。但胡适还不能算是天生快活人，赵元任才算。赵元任的微笑比胡适"幽雅精致"得多，他的笑容毫不掩饰、毫不做作，"像早上草瓣上的露水"。赵元任是一个真快活的人，爱音乐、爱唱歌，"莲花落，山歌，道情，九连环，五更，外国调子，什么都会。他是一只八哥"。

同代人的描述，应当是准确的。作为好朋友的徐志摩，对赵元任的观感，应该是真实的吧。

徐志摩不愧是个天才的文学家，仅从他对赵元任的这一段描述，我们便可以发现他的敏锐。那个国家失败、民生凋敝的时代，他一定能够从无数的亲人、无数的朋友脸上，读出生活的沉重、生命的迷茫。而当他看到赵元任脸上的微笑时，他也一定会产生一种欣慰、一种轻松、一种发自内心的感慨吧。

关于中国人脸上的表情，不唯徐志摩一人敏感。百年后，画家陈丹青发了一段感慨。他说，第一次去美国，大吃一惊，因为街上的男男女女，人人都长了一张没受过欺负的脸。而这样的脸，在中国是不容易看到的。

什么叫作"没受过欺负的脸"，陈丹青并没有仔细解释。有人问起来，他也只是补充说："我的原意是，在那里，满大街的人，都是没给侮辱过的样子。"

作为一个画过几百张中国人物像的画家，陈丹青先生对于国人面貌的观察，自然下了非常的功夫。他所发出的感慨，不能不让国人深思。

巧合的是，陈丹青从美国回来后，应清华大学美术学院之聘，在清华园做了几年教授。清华大学九十周年校庆时，他为学校画了一幅油画——《国学研究院》。画面上是五位先生：王国维、梁启超、陈寅恪、赵元任、吴宓。画中其他几位或着长衫，或长袍马褂，唯赵元任西装革履，系领带，头发显然精心打理过，他两手插在裤兜里，身体外倾，一副潇洒自若的样子，仿佛是另一个时代的人。

俗话说，相由心生。一个人有一张什么样的脸，一定和他的遭遇、他的内心、他与命运的互动密不可分。而一个民族有什么样的面孔，也一定是和这个民族的历史、现实和对未来的判断有关系吧。

一张愁苦的脸，必定对应着一段愁苦的岁月。

一颗清澈而明亮的黑眼珠，往往折射着它的主人安静、平和、充满希望的生活。

这是个人禀性所致，更是命运的造就，无可选择。

集体的脸、集体的表情，便是集体的命运、集体的生活。

徐志摩用"悲哀，忧愁，烦闷"几个词，来总结那个时代的心理状态。他接着说，因为大家天天不开心，所以脸慢慢拉长了，变成了骡子一样的脸——"全遭了骡化"；而老是微笑的赵元任，脸是圆的，站在人群中，就像是一群骡子中间的一只猫。

徐志摩调侃了一番：

> 赵先生对这时代负的责任不轻。我们悲，赵先生得替我们止；我们愁，赵先生得替我们浇；我们闷，赵先生得替我们解。[①]

也许，赵元任是时代的异类吧。学者的生活，往往是枯燥的。孤坐书斋，面壁读书、思考、写作应该是多数学者的生活。毕竟，他们需要安静，需要有独立的空间容纳思想的旋转。赵元任不是这样。他有很多爱好，他有很多好朋友一起玩，他的生活丰富多彩。

所以，当我们今天追忆清华国学研究院的几位先生时，我们往往会有不一样的感觉：想起王国维，会感受到沉重与悲怆；谈到梁启超，会感觉出热烈而昂扬；想象陈寅恪，会体味一种深刻与沉静；回看李济时，会感到冷峻与坚毅；提起赵元任，人们常常会觉得有趣、好玩，附带着，心里的压抑和沉重似乎一瞬间一扫而空。

当时，每逢周末，清华园里有一个同乐会，老师、学生都可以参加。大家在一起，讲故事，说笑话，背书，唱戏，唱歌。严肃的教授插科打诨，年轻的学生常常在灯光摇曳之中感受着先生们的意气，也一定能够感受到一个时代的趣味吧。

赵元任的表现，可以用技惊四座来形容。

有一次，赵元任把师生们面前的茶杯收过去十多只，颠倒过来颠倒过去，敲敲打打地试了试音。不一会儿，试好了，他就拿着一根棍子，演

① 徐志摩：《话匣子(二)——一大群骡；一只猫；赵元任先生》，载韩石山编《徐志摩全集·第二卷》，天津：天津人民出版社，2005年，第234页。

奏出一首乐曲来。

当然不会是什么正式的曲子，就是一些音符的组合，一种节奏的展示吧。然而也让人们看到一个天才的智慧，电光石火般闪烁在一个个茶杯之间。

还有一次，赵元任给大家表演“全国旅行”：从北京出发，到西安、兰州、成都、重庆、昆明、广州，最后到上海，每“到”一个地方，就用那个地方的方言介绍当地的风土人情。他学得惟妙惟肖，逗得大家哈哈大笑。

这样的表演，当然不可能有什么微言大义。兴致来了，撸撸袖子，一展身手，让大家开开心而已。就是在这样的谈笑间，赵元任表现出来的音乐和语言学方面的才能，已经足以让学生们深深佩服。也许，这样的表演，只有赵元任才可以做到，前无古人，也很可能后无来者。

赵元任不仅会很多种中国的方言，还懂好几种外语。他的英文、德文、法文都很好，日文、希腊文、拉丁文、俄文也都还不错。赵元任曾自言，对于学术的兴趣，仿佛是一个女人对于心仪的男子的爱，极深极浓，哪怕是没有如痴如狂，也总是喜欢永久，忠心不变，即便偶尔一时间迷上了其他事情，最终还是回到他的身上。他认为自己对于学问，恰如那个女子对自己的恋人一样，热烈起来，不是熊熊大火，是那种跳动的火苗；热度如果稍微减退，似乎可以不想了，可猛一回头，发现还是不行，还是不能少——离开那一份热爱，生活似乎完全就没有了光彩。

赵元任一生从没做过官。他不想做官，他的志向是读书、做学问，对于摆布人事、也被人事摆布的行政工作，他向来是深恶痛绝的。对于他来说，学问不是身外之物，而是生命的一部分，发自内心，无须考虑功利。也许，他全身的每一根血管里都流淌着文字、音符和数学符号吧。

一个人，当他的一生，能够和自我相遇，能够在无边无际的生活中始终保持本真，他的内心一定是自由的。

我们可以从赵元任的一篇《语条儿》里，感受一下。

▲笑话笑着说，只有自己笑。

笑话板着脸说，或者人家发笑。

正经话板着脸说，只有自己注意。

正经话笑着说，或者人家也注意。

▲现在不象从前，怎见得将来总象现在？

▲要改一个习惯，得拿上次当末次，别同他行“再见”礼。

▲节制比禁绝好，禁绝比节制容易。

▲要作哲学家，须念不是哲学的书。

▲肚子不痛的人，不记得有个肚子。

国民爱国的国里，不常有爱国运动。

▲有钱未必有学，可是无钱更求不到学。

物质文明高，精神文明未必高。

可是物质文明很低，精神文明也高不到哪儿去。

▲没有预备好“例如”，别先发议论。

▲凡是带凡字的话，没有没有例外的。

发在清华校刊上的这篇短文，是向青年学生灌输的所谓心灵鸡汤？是赵元任自己的座右铭？是他常常思考的人生问题？似乎都有一点。又似乎都不尽然。无论如何，赵元任不是象牙塔里的人。他的内心，和身边的生活连通着。从日常生活中的一地鸡毛,到物质文明、精神文明这样宏大的主题,他都关心。他的关心,未必全都是用做学问的方式,他只是投入其中,物我两忘,常常是孩子般嬉戏着。

赵元任这样的人,任何困境下都不会让人觉得可怜吧。

毕竟,赵元任是"时代的新人"。他本来是中国的种子,被历史的风潮吹向异国。在塑造一个人精神生活的年龄,他呼吸的是不同的空气,经历的是不同的人生。回到中国时,他的人格,已经与这片土地上的多数人不一样了。

认真说来,王国维、梁启超亦有多年的国外生活经验,但他们更多的时候是流亡,是人生危急存亡之秋的暂时安排。他们内心的负担太重。他们的身体在异国,但灵魂永远飘荡在中国的土地上。我们完全可以想象,在异国,哪怕是那些风清月明的夜晚,他们也很难有闲暇享受人世间难得的清静。他们会披衣起床,注视着头顶的一方天空,而脑海里想象的永远是故国家园。事实上,无论何时何地,兼济天下这几个字,一直高高地悬挂在他们精神的天幕上,一旦时机合适,便会释放出思想之箭、行动之矢。

赵元任没有这样的包袱。他当然常常会涌起家国之思、命运之慨,也关注历史的大风大浪,但穷其一生,他也不像王国维、梁启超那样,对政治生活有切肤般的感觉,更没有投身具体的政治。他是一个专业知识分子,只愿意在倾心的领域有所作为。

所以我们不难理解,赵元任其实是国学研究院的一个异类。他做学问的路数和几位老派的先生不一样,和同事的关系也可以说是若即若离。王国维蹈水身亡之后,研究院的师生们悲恸至极,吴宓、陈寅恪更是对王国维的遗体行三叩九拜之礼。但赵元任的态度却耐人寻味。师生们集资为王国维建纪念碑,绝大多数学生都掏了腰包,收入不菲的赵元任却一文不出，不少人啧有烦言，甚至让陈寅恪对研究院的前途都有点心灰意冷了。

二

如果说，在清华园，赵元任以他的多才多艺、幽默好玩儿著称，那么，赵元任夫人杨步伟也不遑多让。这一对夫妻，可谓校园里的明星，他们总是能折腾出动静来，成为大家谈论的话题。

杨步伟在她的《一个女人的自传》里说，赵元任在美国待的时间久，人早就美国化了，刚回到中国时，完全是个美国脑袋。杨步伟的脑袋何尝不是个"全新的"。真可谓不是一家人，不进一家门。

这位出身皖南名门望族的赵太太，不是个家庭妇女，更不是那种小脚太太。她是日本东京帝国大学的医学博士，毕业回国后在北京开过私立诊所，专职当医生，不仅给小孩子看病，还能够为产妇接生。就是在她的诊所里，两人相识了，分别退了幼时家里订的娃娃亲，一步步走到谈婚论嫁的阶段。

赵元任和杨步伟的婚礼，在那个年代，也足够另类。

两个年轻人把结婚的时间定在1921年6月1日。常人把时间确定到日就行了，他们不一样，还确定了具体时间："下午三点钟东经百二十度平均太阳标准时。"

很多年之后，杨步伟回忆起当年结婚时的情形，自己都觉得挺好笑——"太阳标准时"的说法，实在超出一般人的认知了。而赵元任有个天文学家朋友，收到这么另类的通知书，感觉这两人真有意思，顺手把它贴到观象台上。所以，杨步伟笑称，他们的结婚"成了一种天文现象"。

结婚通知书是当天上午，两个人一块儿来到邮局向亲朋好友寄出的。通知书里说，两个人下午就要自主地、幸福地结婚了，为了“破除近来新旧界中俗陋的虚文和无为的繁费的习气”，不收任何贺礼。当然也有两个例外：一个是送礼人“自创的非物质的贺礼”，比如书信，比如诗文，比如音乐；另一个是送礼人用自己的名义给中国科学社①的捐款。

前几天赵元任和杨步伟才找好房子，把两人的东西搬到一起。连续几天不停地奔忙，让他们感到极度疲劳。1921 年 6 月 1 日上午，来到邮局寄通知书的两个年轻人，一点儿也不像幸福的新郎、新娘，倒像是刚刚打了一架。累是累了点儿，心里却是充满兴奋的。

寄完通知书，两个人又打电话给胡适和朱徵两位朋友，请他们晚上到新家吃饭。

赵元任和杨步伟是有佣人的，但杨步伟还是坚持自己亲手做几样菜。为了“可以留一个话把子给人说”，她特意准备了四碟四碗。

好朋友相见，自然是开心的。欢声笑语中，一顿简单又可口的晚餐结束了，正戏却刚刚开场。

此时的赵元任，笑眯眯地取出一份文件来，说是要两位朋友给做个证明。所谓的文件，其实就是赵元任自己写的结婚证书，也是他们两个人这天上午去邮局给亲戚朋友寄的结婚通知书。

本来，两个人连这个形式都不想走。有人劝他们说，你们俩标新立异，当然不要紧了，你们自立又成熟，有没有婚礼的形式无所谓，可那些不懂事的年轻人如果跟你们学，就是瞎闹了。最低限度，得找两个证人，签上字，贴四毛钱的印花税，才能算是合法婚姻……

① 中国科学社是赵元任和任鸿隽、杨杏佛等人，于 1915 年在美国发起成立的学术团体，旨在向国内传播西方的科学知识。发起人回国后，中国科学社迁至国内。任鸿隽一直是负责人。

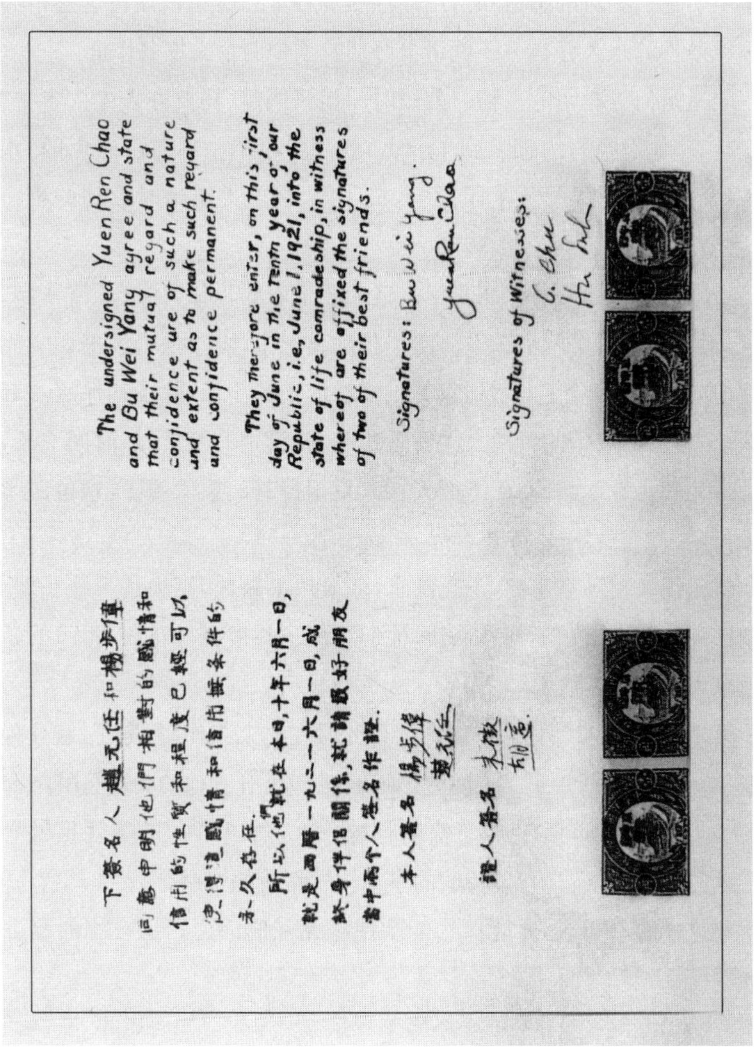

下簽名人趙元任和楊步偉
同意申明他們相對的感情和
信用的性質和程度已經可以
使得這感情和信用無条件的
永久存在.

所以他們就在本日,十年六月一日,
就是西曆一九二一六月一日,成
終身伴侶關係,就請最好朋友
當中兩个人簽名作證.

本人簽名 楊步偉
趙元任

證人簽名 朱徵
胡適.

The undersigned Yuen Ren Chao and Bu Wei Yang agree and state that their mutual regard and confidence are of such a nature and extent as to make such regard and confidence permanent.

They therefore enter, on this first day of June in the tenth year of our Republic, i.e., June 1, 1921, into the state of life comradeship, in witness whereof are affixed the signatures of two of their best friends.

Signatures: Bu Wei Yang.
Yuen Ren Chao

Signatures of Witnesses:
C. Chu
Hu Shih

图 10－1 赵元任、杨步伟的结婚证书

结婚证书上还有两位新人的特别表态:“下签名人赵元任和杨步伟同意申明他们相对的感情和信用的性质和程度已经可以使得这感情和信用无条件的永久存在……就请最好朋友当中两个人签名作证。”

胡适是何等聪明的人物。前段时间他风闻赵、杨要办人生大事,这一次赴宴,他隐隐约约感觉到了什么,就随身带了一部自己圈点的《水浒传》来。这部书果然派上了用场,成了赵、杨二人结婚时收到的唯一的“物质的贺礼”。

转眼之间,时光来到1925年。赵元任带着杨步伟,住进了清华园。此时,他们已经有了两个孩子。清华园远离闹市,固然是个读书做学问的好地方,却也常常让人感到寂寞。医学博士杨步伟,除了和保姆一起带孩子,偶尔给清华的教授太太看看小毛病,没别的事情做,时间一长,就觉得无聊。她琢磨着,不能天天在家里闲待着。想来想去,这位医学博士打定了主意:还是干老本行,开诊所吧。

赵元任教授不是富商,不是高官,但显然不缺钱,至少是不缺小钱。杨步伟开诊所应该赚不到什么钱,他们租房子却很舍得花钱,租下的是景山东大街一所三进的院子。

第三进房,杨步伟让三哥住。三哥此时在北京工作,没房子,就让他搬来,顺带着看房子。第二进院就热闹了,由赵元任和他的朋友们用。

杨步伟的诊所,医生本来就只有她一人,所以第一进院就足够她用。她的诊所,专做“生产限制”的事情——帮着妇女避孕。

开这样的诊所,是要有勇气的。用赵元任的话说,“那在当时是非法的”[1]。

---

① [美]罗斯玛丽·列文森:《赵元任传》,焦立为译,石家庄:河北教育出版社,2010年,第84页。

古代中国，是没有避孕一说的。女性，某种程度上，是要作为生儿育女的工具而存在的。生儿育女，又往往伴随着血和泪。黑夜来临的时候，恐惧也跟着到来，常常会有一些女人，她们睁着空洞的眼睛，在提心吊胆中挨过一个又一个月份。新的生命孕育在腹腔中时，她们当然能够感受到一种难以言说的激动，但是，如果不希望有孩子，不希望孩子诞生，她们束手无策。漫长的孕期里，她们中的一些人会到中医那里寻求帮助，但是，却需要付出极大的代价。有人因此而彻底损害了身体，更有人付出生命的代价。

说起来，中国女人科学意义上的避孕，正是从 20 世纪 20 年代开始的。当年，有一位叫张竞生的学者，从法国取得博士学位回来后，又是在报纸上发表文章，又是出版书籍，提倡避孕，提倡节制生育。那个年代，在中国，连婚姻自由、恋爱自主都是新鲜事，遑论节制生育。一时间引得舆论大哗，人们骂他是"神经病"，是"卖春博士"，搞得张竞生心灰意冷，颜面扫地，一度产生了蹈海赴死的念头。

不过，张竞生毕竟打破了一些禁忌。以往，男女之事，国人只会私下里悄声谈及。而现在，已经被作为一个问题提出来，即便仍然敏感，却已经成为话题了。

任是杨步伟性格大大咧咧，她也知道开这个诊所是有风险的吧。

我想，杨步伟之开节育诊所，一定是和两个因素有关系。

一个因素是，杨步伟毕竟是海外回来的年轻人。在那西风东渐，唯"新"是举的年月，她并没有太多的顾忌。中国的政体、国体都变了，皇帝都被赶下龙庭了，还有什么是不可以变的。她的先生赵元任和一帮朋友们所做的事情，哪一件不是"新事"？再往前看，以往担着血海似的干系的事儿，已经成了日常生活的一部分；以往冒天下之大不韪的话语，慢慢成了人们的口头禅。她的心中，一定和她的先生赵元任一样，有一个目标,这个目标,也是20世纪初中国青年的共同目标。

另一个因素是,那个年代,举国上下,派系林立,割据遍地,北洋政府对社会的控制远远达不到天衣无缝的地步,那个社会存在着大大小小的权力真空地带。权力的爪牙够不着的地方,就是杨步伟这样有自由意志的青年顽强成长的空间。

我们现在已经难以具体地知道,杨步伟大夫在节育诊所工作时的种种细节。岁月苍茫,当年的故事到今天完全成为一种传说。后人书写那段往事的时候,最多能描画出一个轮廓,而故事的细部,都像轻烟一般融汇到时间的洪流之中,消失得无影无踪。我们可以确定的是,孕或不孕,生或不生,当女人没有选择的权利的时候,她们只是一种工具。她们中的一些人,常常要面对的不是新生命诞生时的欢乐,而是巨大的烦恼乃至灾难。到不靠谱的医生那里寻求帮助,她们可能会面临血光之灾。如果有专业又负责任的大夫给她们提供帮助,她们一定乐意摆脱那种深深的焦虑和恐惧。那么,杨步伟的诊所,有一种拯救女性生命的意义吧。

三

诊所生意并不太好,可赵元任那一帮朋友,用杨步伟的话说,“玩意儿可多了”。赵元任等人组织了一个沙龙,大家不时来聚会,吃饭喝酒,高谈阔论,称得上“谈笑有鸿儒,往来无白丁”。这个沙龙名为“数人会”——数个“大人物”在一起,研究国语罗马字拼音方案。

“数人”的说法,是从隋朝陆法言的《切韵序》中借用的。

陆法言是隋朝的语言学家,本是鲜卑人,一生仕途不顺,就一门心思研究学问。他写的《切韵》是音韵学上一部划时代的韵书。普通话和各地方言中发音的方法，都能够从《切韵》中得到很好的解释。

陆法言在《切韵序》里说了一句话："我辈数人，定则定矣。"意思是，我们几个人，确定下来就好了。哪几个人呢？就是陆法言的几个朋友。他们在一起吃饭喝酒的时候，聊起了汉语的音韵问题，说是要把前朝流传下来的音韵学著作研究一下，写一本靠谱的书出来。大家趁着酒兴豪言：靠数人之力，开风气之先。

赵元任参加的"数人会"，是刘半农提出来的，成员除了赵元任，还有钱玄同、黎锦熙、汪怡、林语堂、周辨明，有人戏称为"竹林七贤"[①]。

"数人会"是在饭局上诞生的。

那是 1925 年 9 月 26 日的晚上。此时，中秋节过去不久，真正的秋天刚刚到来。景山东街的那个小院大门虚掩，秋风把笑声带到了胡同里。走在胡同里的人们只闻人声，并不能听清里面在讨论什么话题。也许会有人停下匆匆的脚步，凝视一下大门、廊柱和窗棂。那一瞬间，他们一定会被院子里欢乐的气氛感染吧。那座院子里的人，早就被自己感染了。

李白言："人生得意须尽欢，莫使金樽空对月。"良辰佳日，好友团坐，几杯酒喝下去，通体舒泰，语言和思想，都会像行云流水一样生动起来。

刘半农成立"数人会"的话一提出，立刻得到大家的热烈响应。他们决定，以后的日子里，每隔一段时间就要聚会一次。每次都要有一个议题，所有的议题都要围绕国语罗马字拼音方案。

不光是说说，更要付诸行动。几次聚会之后，大家确定了想法，干

---

① 其实不仅仅是以上七人。杨步伟回忆，胡适有时候也会来，王国维也想加入，但还没加入就出事了。黎锦熙的回忆录里，有更多人的名单。

脆开始动手，弄一个方案出来。主要执笔人的任务，落在了赵元任头上。

百年后的今天，人们讲述赵元任和他的朋友们的故事时，往往会描画出一个个天才的形象。他们像天外来客，穿过浩瀚的天空，毫无预兆地降落到古老中国的土地上。其实哪有这么简单。人和历史，从来都是互动的。所谓神话，从来都不是凭空产生的；所谓波澜壮阔，所谓激流飞溅，一定是因为，上游的上游，大水从远方奔淌而来，无穷的浪花在涌动过来。

赵元任等人心心念念的国语罗马字方案，其实是五四之后汉字改革运动的一部分。说它是旧学，倒不如说是新学；说它是国学，但所谓国学的祠堂里并无它的牌位。它是一批中国人，站在现代人文学科的立场上对汉语的观察；它也是五四时期，在“德先生”“赛先生”旗帜下，学问家们回望中国文化的一种努力，是新文化运动的一部分。

1918 年钱玄同就在《新青年》发表文章，极言汉字面临着革命，甚至应该废除；汉字之新，同中国之新、青年之新，是一回事；汉语和汉字，不经过一场外科手术式的治疗，甚至斩草除根而后布新，想在普通民众中普及文化，那是不可能的。他们甚至放言：汉字是中国劳苦大众身上的一个结核，细菌都潜伏在里面，倘不首先除去它，中国一定是死路一条。他们认为，古文是古人说的，活着的人不能说死人说的话；汉文的书籍是“维护封建专制主义制度和纲常名教的载体”，“几乎每本每页每行，都带着反对德赛两先生的臭味”。

太极端了吧？是的。

可这就是那个年代的思维方式：矫枉必须过正，宁可过头，不能妥协。那个时代的人眼里，中国文化太黏稠，想让它流动得快一点儿，想稍微让它改变一下色彩，都要付出极大的代价。正如鲁迅先生所说：

“中国太难改变了，即使搬动一张桌子，改装一个火炉，几乎也要血；而且即使有了血，也未必一定能搬动，能改装。”（《娜拉走后怎样》）也正是在谈到文字改革的时候，他说：“中国人的性情是总喜欢调和，折中的。譬如你说，这屋子太暗，须在这里开一个窗，大家一定不允许的。但如果你主张拆掉屋顶，他们就会来调和，愿意开窗了。没有更激烈的主张，他们总连平和的改革也不肯行。那时白话文之得以通行，就因为有废掉中国字而用罗马字母的议论的缘故。”（《无声的中国》）

这当然是历史的遗憾。时间已经过去百年，今天的我们，可以轻易指出那时人的偏激——事实不是他们想象的那样。文言废了，可中文的魂魄还在；汉字简化了，中国古老的精神还在。一个个方块文字，依然承载着中国人的文化血脉，在古老文明的河床上奔涌——几千年来，从刀刻铜铸，到泥刻火烧，从江河之滨，到大漠以远。特别是今天，我们在任何一台电脑上都可以轻松地操控它，都可以看到它们像一个个精灵在优美地舞蹈的时候，我们的内心常常能感受到血缘的温暖吧。

说起来，当年，赵元任算是够温和了。至少，他的声音不是最高亢的，态度不是最激烈的。毕竟，他不是社会改良家，更不是革命者。他是个学者。他的内心当然也会有某种价值判断，但他更愿意伏下身子，倾听一个个汉字的声音，发现一个个偏旁部首的微言大义。内心深处，有八个字时时刻刻回响在他的耳畔：现代方法，科学态度。

文字和语言的废与存、变与不变，原不是靠人力可以短期改变的。更何况，振臂而起的，是几个手无寸铁的书生。他们尽可以说出自己的看法，可历史的流向，毕竟不是他们可以左右的。

还是先踏踏实实地整理国故吧。无论汉字的未来在哪里，朋友们，还得先“凿破鸿蒙，廓清迷雾”，为国人报告出真相来。无论它是国粹，还是“国渣”，先生们，先睁大双眼，努力用全新的目光，寻一个光大文明的新路来。

一年里,“数人会”召开了大大小小的讨论会22次,朋友们轮流做东,轮流做主席。其中,在景山东街赵元任家的次数最多。大到整体方案,小到一个具体的符号,都是他们的话题。有时候开会时人不齐,有时候不开会,他们就写信讨论。

1926年9月,“数人会”拿出了一个方案:《国语罗马字拼音法式》。这是中国人制定,后来由官方公布的第一个罗马字汉语拼音方案,也为后来的《汉语拼音方案》起到了开山辟路的作用。

此时,赵元任就任清华国学研究院教授整整一年。

四

赵元任一生只愿意做一个学者,在思想的天空里高飞低回,但这并不意味着他可以置身于时代之外。象牙之塔,无论多么华美,终究安放在现实世界。人之一生,无论有多少兴味,总会有遭遇乌云蔽日、电闪雷鸣的时候。

1926年3月18日,景山东街赵元任的那座房子和全体中国人一起,见证了惊心动魄的一幕,经历了“民国以来最黑暗的一天”(鲁迅语)。

“三一八”惨案的起因与细节,直到今天还众说纷纭。那本是一个混沌的年代,道理是讲不通的,因为强权不允许讲道理。而强权本身,最终又会遭遇更强的强权。看起来,人们都在讲道理,实际上,比较的只是拳头的大小。

一个正常的社会,应该给人们讲道理的自由,哪怕道理最终没有被接受。讲道理,可以抬高嗓音飞扬文字,却必须收起拳头放下武器——

武器是用来对付武器,而不是用来对付人的肉体的。公义自在人心,一百年前和今天并没有区别。

然而,直到今天,我们仍然发现,在这个蔚蓝色的星球上,暴力和强权依然横行,爱与善意软弱无力。公义和道理,对于此起彼伏的武装冲突依然无可奈何。从这个意义上说,1925 年孙中山去世时,“革命尚未成功,同志仍须努力”的遗嘱,不仅仅映射了那个年代的沉痛,即便在今天的世界上,也是切中肯綮的吧。

对于“三一八”惨案,赵元任表现出了难得的镇定。他后来在接受采访时回忆,“我敢说我不记得任何一件当时把我吓坏了的事情”,也没有亲眼看到任何打斗和混战①。然而,一百多名青年的血流在北京的街头,几十人的生命也就此戛然而止。血写的历史,无从回避,不能改写。

那一天,赵元任和杨步伟都不在城里,杨步伟的嫂子在诊所里。一群血肉模糊的青年撞门而入。他们翻出来药棉、纱布,在身上擦洗、包扎。嫂子哪见过这场面,她吓得半死,赶忙让护士帮助那些年轻人,他们也不理会。一时之间,诊所成了乱糟糟的伤员救护所。

这样的情况,当然得让杨步伟知道。嫂子把电话打到了清华园。

杨步伟异常吃惊。她在西方国家待久了,对于民众游行示威、向执政当局提出要求早就见怪不怪了,哪里会想到,在中国的土地上,游个行,竟然能搞到流血的地步。

很多年后,杨步伟在她的《杂记赵家》里记下了当时的观感:

---

① [美]罗斯玛丽·列文森:《赵元任传》,焦立为译,石家庄:河北教育出版社,2010 年,第 98 页。

> 没料到政府公然对请愿的人民开起实弹的枪来，这是在民主国家很少听见的手段。不过在那时虽然算是革命以后，可是到底革命尚未成功，仍是军阀当政，有几个人真知道什么叫民主的政治呢？[①]

诊所在城内，清华在城外，依然是没有公共汽车，杨步伟和赵元任一起，雇了个人力车到城里来。

车子在官道上颠簸着。车夫气喘吁吁，夫妻俩忧心忡忡。他们不知道，迎接他们的会是什么样的局面。

来到西直门外，却发现，城门紧闭，岗哨森严，道路已经封死。原来，城里出了乱子，当局担心城外有更多人进来加入学生运动，干脆把西直门关了，城外的人进不来，城里的人出不去。

直到第二天早上，杨步伟才进到城里。这一次，是一个人来的。诊所的一幕，让她惊悸、愤怒，也让赵元任和朋友们出了一身冷汗。

来到诊所门前，杨步伟看到有一个巡警站在那里。她顾不上理会那么多，想要到诊所里一看究竟。那个巡警却伸手拦住了她。杨步伟生气地同巡警理论，这是自己的诊所，她是这里的主人。巡警说：是你的诊所，你就要负责，为什么要窝藏匪徒？你也是闹事的人吧？杨步伟说：那些人都是学校的老师学生，他们关心国家的事才出来请愿，怎么就是匪徒了？你说我闹事，更是没有道理。我要是参加活动，怎么会一大早才从城外跑进来？你连青红皂白都分不清楚，怎么做巡警？

杨步伟推门而入，看到诊所内一片狼藉。桌子、椅子东一张西一把，沾着血污的绷带、纱布、药棉扔得到处都是。诊所里还有两个年轻

---

① 杨步伟：《杂记赵家》，桂林：广西师范大学出版社，2014年，第95页。

人。事情已经过去一夜了，他们仍然表情惊恐，脸色苍白。说是前一天请愿的时候，他们本来走在队伍的前面，听见卫队下令开枪，就赶快招呼着学生往后退，可是已经来不及了。人的腿脚怎能跑得过出膛的子弹。子弹呼啸而来，飞向密集的人群，进入一个个年轻人的身体。

两名青年幸运地没有受伤，却早就吓得魂飞天外。人流汹涌，人们四散奔逃，他俩歪打误撞，不知怎么回事就闯到了杨步伟的诊所里。杨步伟好生安抚他们一阵子，他们才恢复了平静。

根据杨步伟《杂记赵家》里的回忆，那两个年轻人，一个是钱端升，一个叫顾淑型。

钱端升此时26岁，是清华大学的政治学、法学教授。钱端升一生，著述无数，喜欢参与政治。“为天地立心，为生民立命，为往圣继绝学，为万世开太平”，中国传统知识分子的理想是他的使命。他作为国民参政员，在国民政府的无数会议上大胆放言，连蒋介石对他都不得不有所忌惮。1926年的钱端升，风华正茂，才华横溢，校长器重，教授喜欢，学生愿意追随，他是清华学校改组委员会的成员，清华改大，钱端升贡献出了他的真知灼见。而一年之后，在国学研究院的去留存废问题上，钱端升也给了吴宓重重一击。

顾淑型的名字，知道的人不多。但近年来，她的生平渐渐为人们所了解。她是无锡人，是明代著名的东林党人顾宪成的后代。20世纪20年代，见过照相机的中国人寥寥无几，而顾淑型已经立志要成为一名摄影家。她也确实用手中的相机，为后世留下了珍贵的历史影像。比如“三一八”惨案中，相机就一直没有离开她的双手。29岁的她，拍下了师生们游行示威时的情形，拍下了学生们设计的宣传画，甚至还拍下了卫队开枪前两分钟时的情景。那些给人心灵带来冲击、令人震撼的瞬间，经由她的双手，凝固成历史的永恒。顾淑型的丈夫陈翰笙此时在北京

图 10－2、10－3　顾淑型镜头下的“三一八”惨案

大学做教授，几十年后，成为中国农村经济学研究领域泰山北斗式的人物。

“三一八”事件打破了景山东街这个院子波澜不惊的日常安排。而平静一旦被打破，也就很难再恢复到从前。之后，就有警察三天两头过来，调查诊所的业务。警察告诉杨步伟，开节育诊所，明摆了是要限制生产，减少人口，属于大逆不道，于法于理都不容。

杨步伟哪里会想到这一层。海外遍地都是这样的诊所，医生教人避孕，谈笑之间就完成了，跟看个感冒发烧之类的小病没啥区别。她是中国人，自然知道中国人对于避孕、节育这样的话题本就是避讳的，谈两性关系，公开场合自不必说，私人场合也必得小心翼翼的。可她哪里知道问题如此严重。她更不知道，当时，北洋政府的法律明文规定，堕胎有罪，凡有堕胎，医生、药材商、孕妇都要面临惩罚。国民政府时期，这一条文仍然没变，甚至在1935年公布的《中华民国刑法》中，堕胎还是一项罪名。直到几十年后，她才意识到，当年太年轻，把问题想得太简单了。

杨步伟闷闷不乐。本想着做个积德行善的事，没想到一不留神成了“坏人”，还违法。赵元任向胡适讨主意。胡适请来一帮朋友吃饭，大家一起安慰杨步伟。杨步伟仍然很生气，说这样的政府一点也不替人民考虑，干脆关门算了。几个朋友嘻嘻哈哈地和稀泥，宽她的心。蒋梦麟大笑着说，革命这么多年还没有成功，不知道往后有多少困难，大家要做的事情多着呢。赵太太不要灰心丧气，慢慢来，个人往前走，社会也总会往前走吧。

诊所“违法”的事情还没完，警察又开始调查“数人会”的事。警察的逻辑，想一想也可以理解：一个于法不容的诊所，一个各色人等出入的院子，一个收留异议人士的窝点，太容易引发敏感的想象了。数人会、数人会，听起来就有点可疑：怕不是一个反政府的会党吧。

“数人”们的身份保护了他们。所谓数人，基本都是当时的教育部国语统一筹备会委员。他们做的事，上头也认可。他们都还有另外一些头衔：教授、博士、媒体的总编。

事情稀里糊涂过去了。没有罪名，没有处罚，没有说法，如此而已。杨步伟的诊所不办了，赵元任和他的朋友们该干什么就干什么。权力和法律，如果本来就是不合理的，再貌似强大，都会被事实和人性抗拒，几千年来，概莫能外，更何况，时间毕竟是20世纪了。

“三一八”惨案过去十来天，刘半农发表了《鸣呼三月一十八》一诗。不久，赵元任给这首诗谱了个曲子，也发表了。刘半农的诗是这样的：

鸣呼三月一十八，
北京杀人如乱麻！
民贼大试毒辣手，
半天黄尘翻血花！
晚来城郭啼寒鸦，
悲风带雪吹飏飏！
地流赤血成血洼！
死者血中躺，
伤者血中爬！
鸣呼三月一十八，
北京杀人乱如麻！

鸣呼三月一十八，
北京杀人如乱麻！

养官本是为卫国!
谁知化作豺与蛇!
高标廉价卖中华!
甘拜异种作爹妈!
愿枭其首籍其家!
死者今已矣,
生者肯放他?!
呜呼三月一十八!
北京杀人如乱麻!

这也许是那个年代,知识分子所能够做的唯一的事情吧。

这也许是所有年代,知识分子常常要面临的困局吧。

知识分子总会有自己的立场。多数情况下,他们不可能拥有世俗的权力或威势,他们也常常有性格、知识甚至道德方面的缺陷,他们的声调常常是低沉的甚至是微弱的,他们的目光也不一定多么明亮。但是,无论声音多么微弱,肉身多么脆弱,一俟有合适的时间、合适的舞台,他们的话语都会像夜半的打更声一样,提示人们到了什么样的时刻。

五

一个真实的情况是,赵元任在国学研究院的日子,并不如今天的人们想象得那么热闹。岁月流逝,时间遮蔽的细节太多,也留下了太多想象的空间,人们书写历史、追忆往事,往往带了情感、带了主观。所谓的大事、大人物,便往大了去想;所谓的琐屑小事,又容易往小了去想。就像清华国学研究院,后人总说它无比辉煌,几位大师做出了大学问,书写了中国学术史上的一段辉煌。其实,国学研究院存在的时间不足四整年,王国维死得早,陈寅恪来得晚,梁启超社会活动多,赵元任、李济常常到外地采风、考察,几大巨头并不是天天可以聚到一起。更加重要的是,几位先生,一生中最重要的学问,并不是在清华国学研究院完成的。对于王国维、梁启超来说,研究院是他们的人生终点,他们的辉煌业已完成;对于陈寅恪、李济和赵元任来说,研究院是学术生涯的起点,他们羽翼已经丰满,但毕竟是大鹏初展翅。他们的学术试飞,无疑是非常精彩的,但毕竟还没有到自由翱翔的状态,他们离辉煌的峰顶还远。

上导师们的课,感受也不一样。王国维、梁启超的学问,是沿着传统中国的学术道路往上攀爬的。无论他们的高度有多高,无论他们发现了多么美妙的人文风景,甚至他们自身也成为风景,追随他们,对于学生们来说是熟门熟路,至少是有迹可循。未出国门的青年学生,从小就浸润在传统中。考证、训诂、笺注、点评……早就烂熟于心,甚至已经内化为思维的一部分。而赵元任和李济少年时便离开了中国,他们做学问的方法完全不同。他们是从概念、定义、范畴出发,沿着逻辑推理的框架展开。在西方,它是一条再普通不过的道路。但是,20 世纪初,东方和西方还没有全面接通。对于他们来说,学问的种子在东方萌芽,却在西方拔节,现在返回故国,他们的使命是打通两条道路,把东方的灵感之光芒和西方的逻辑之架构连接起来,最终从学术的高山上采摘新时代的果实。他们做学问的方法,毕竟不是内化于中国青年心灵的,能够理解他们的追随者并不多,他们没有太多合格的学生。所以我们就不难理解,为什么在国学研究院,能够称为赵元任、李济亲炙弟子的其实很少。从 1925 年到 1928 年,清华国学研究院招收了四届学生,共 74 人。毕业的 70 人中,选梁启超作导师的人最多,王国维次之,然后是李济，选择赵元任作导师的只有王力一人。

对于王力来说，从穷秀才家的孩子到中国著名的语言学家，他的一生算得上顺风顺水。而那短短一年的清华园生活，和赵元任建立起的师生关系，让他一生都受用无尽。

1982 年，90 岁的赵元任在美国去世。此时的王力，也已年过八旬，风烛残年的他，泪眼蒙眬中写下一篇文章，回忆和赵元任在一起的日子。他记忆里的赵元任，是一个容易接近的人。作为全班唯一一名跟赵先生学习语言学的学生，他和赵元任最亲密。到家里看老师，会碰到老师在弹钢琴，弹的是自己谱写的曲子。如果老师正在吃饭，杨步伟就会笑眯眯地对他说，不怕你嘴馋，我们边吃边谈吧。完全是居家的平常生活。

赵元任是个随和、热情的人，这一点，跟晚年的梁启超根本上是一样的。不一样的是，梁启超看学生像长者看晚辈，对学生的帮助和提携总是流露出一种温情、慈祥和温暖。赵元任对学生更像是对朋友，随意、平等、直来直去——当然，他比自己的学生，本来也没大几岁。

随和的赵元任，对学生的要求并不随意，甚至有点苛刻。王力回忆说，他的研究生论文，让梁启超和赵元任批改。梁启超大大地夸奖了一番，说是文章妙得很，简直是为一个学科开辟了一个新方法。赵元任只是轻描淡写地表扬了一句，接下来用铅笔写的小字眉批都是“挑刺儿”的。王力的文章里说，有一种语法现象，西文里“罕见”。赵元任的批评是，对一种语言不熟悉，断不能说它没有某一种文法，做学问，“言有易，言无难”。言有，一个例子就够了；言无，一个例外就被推翻了。老师当头棒喝，学生并没有一下子接受教训。不久，王力的又一篇文章里，又谈到某种发音两粤的方言里是没有的。赵元任很欣赏这篇文章，把它推荐出去发表了。谁想一年后，赵元任到广州调查方言，发现根本不是王力说的那么回事儿。此时的他，虽然还在清华授课，却已经不是全职的教授。他的正式工作，调到了傅斯年主持的中央研究院历史语言研究所。此时的王力，已经离开清华，远离故土，负笈巴黎求学。赵元任就专门写下一封信，把自己的发现告诉王力。

这一次，给了王力难忘的教训。老师的话，他一生都奉为座右铭。他明白，老师之为老师，有着自己独特的做人与为学之道，学生求学，不仅要学得一种“术”，更要从“术”中寻出一种“道”来。

调查方言，对于赵元任的个人生活来说，不能算多大的事。可对于中国的语言学研究，算得上一个了不起的创举。语言学家不能光待在书斋里读书。书是死的，人是活的，语言永远在发展变化。语言的大树上，总有词汇的老枝渐渐枯萎，新枝慢慢抽条。到远方去，到城市，到农村，到散发着不同气息、发出不同声音的地方去，倾听人们的每一个声调，注视人们说话时的每一个表情和动作，才能够研究出活的语言来。

赵元任的方法，和中国古代的语言学家是完全不一样的。临行前，他和助手杨时逢一起，准备了一个月。声母表、韵母表得有，例字表、词汇表少不了，还要准备好发音材料——到了目的地，让人照着读，一边听，一边记下来发音方法——这是来自第一现场的学术笔记，整理出来，就是研究报告了。

1927 年 10 月 10 日，微凉的秋风中，赵元任从北京出发，暂别他执教了一年的课堂。他的目标是江苏、浙江一带。他的任务是，对吴侬软语做一次系统全面的调查。

选吴语为调查对象，赵元任是认真考虑过的。他老家在地处江南的常州，来往的亲戚都说江南话，属于吴语系统。对吴语，他本就天然有一分亲近。他生在北方，平常说国语，反而会让他对南方方言的发音更为敏感。

吴语调查不是赵元任的私事，而是代表清华，是学校的学术活动。为此，国学研究院的课表上，一个学期都没有排他的课。他可以轻轻松松、心无挂碍地出行。“所谓大学者，非谓有大楼之谓也，有大师之谓也。”四年之后，赵元任的好朋友、清华大学校长梅贻琦在就职典礼上提出的著名论断，到21世纪的今天还闪耀着动人的光辉。这样的命题，梅贻琦提出来之前，早已植根于清华园，深入每一位教授、每一名学生的内心了吧。1927年10月10日，赵元任离开了那没有大楼的校园。

赵元任要到遥远的地方去。

赵元任走在通向大师的道路上。

今天的人们，从北方到江南，乘飞机、坐高铁，要不了一天便能够完成一次往返。然而，那个年代，旅行是一桩苦差事。赵元任到南方去，得转好几种交通工具：人力车、火车、汽车、小火轮、小划子。没有节外生枝还好，有一点意外，就会耽误一两天，甚至十天半个月，严重一点可能连性命都保不住。毕竟，那是个动荡的岁月。幸好赵元任是个如假包换的文人，不争不抢，不群不党，哪里的官员和乡绅都不会视他为敌人。相反，留洋博士、新派教授的头衔，任谁都会觉得他有益无害，到哪里，哪里都好像歌舞升平了些，似乎都能够让愁眉不展的人们长舒一口气。那么多人为了权力、武器、钱粮打得头破血泪，而对赵元任来说，那一切并不存在，那是另一个世界，和他的世界没有什么交集。

赵元任的助手叫杨时逢，是杨步伟的侄子。半个多世纪之后，他在追思赵元任的文章里，记下了那两个半月的时光。每到一个地方，就要找一所学校，选出学生来做发音人。担心人家面对他这个大教授、大博士紧张、不自然，赵元任不说国语，而是用当地的方言来交流。一个地方的方言，他总是想办法找两个人发音。有时候，还让同一个发音人重复读文章和例字。几次重复，发音一样，说明可靠；发音变化了，说明此人的方言不准确、不标准，不是个好的样本，那就得换人。

就这样一个地方一个地方跑，一个人一个人地找，有时候一天要去两三个地点，找好多人。如果工作时间太长，天黑之前就会收不了工，赵元任和助手只能在江南的夜晚，头顶满天的星斗寻觅住宿的地方。找不到条件好一点的旅馆，就找鸡毛小店。如果还找不到，只好借宿在农家。杨时逢清晰地记得，有一次，从无锡到苏州，两个人跑了一天，实在太累，上了火车，见车上人不多，就各自枕着小提箱休息一会儿。那本来是个短途，想来用不了太长时间，也不敢踏踏实实地睡。谁知道一觉醒来，发现还在原地，前面的几节车厢却已经开走了。赵元任无奈一笑：现在也不容易找旅馆，就在车上睡到天亮吧。[①]

这一切能算得了什么。赵元任是个无可救药的乐观主义者，也是个能吃苦的实干家。行走在先辈生活的地方，倾听一方水土的声音，感受它们，记录它们，揭开一个个音符、一段段声调里潜藏的谜底，让他痴迷，让他愉快。

赵元任也深深明白，一门学问，单靠一个或几个人来做是远远不够的。中国的方言有千千万万种，它们像千姿百态的树木和花草一样，生长在中国的每一片土地、每一个角落。自己穷尽一生，也只能触摸到某些叶子、某种花朵。什么时候有千千万万个训练有素的研究者投身田野之中，日复一日、年复一年地采集那些语言的标本，方言调查才可以完成。自己所能够做的，也就是开创一种新方法，在中国一隅采集一些小小的叶片而已。从这个意义上说，他的吴语调查，还有后来更多的调查，都是在给后来者提供研究的示范。

赵元任到南方，杨步伟是一起来的。赵元任知道她在北方时间久

---

① 赵新那、黄培云编：《赵元任年谱》，北京：商务印书馆，1998年，第146—149页。

了，憋得难受，也让她出来放放风。所以，杨步伟主要是玩儿，和赵元任的正事没有太多关系。她的感受，和赵元任、杨时逢自然不同。

杨步伟眼里，一切都是新鲜的，上有天堂下有苏杭的说法，一点也不错。苏州的饭好吃，点心和菜品种多，味道也好。房子是别具风格的：

> 围墙高得不得了，外面粉刷黑的，你到了那儿一点不觉得好，可是你一走进大门就是别有一个天地了。大厅堂、书房、楼房、花园、花厅等等又大又好看，香花草木、假山一切都包在里面，屋内的家具都是一堂一堂的花样不同，用红木做的，嵌大理石。①

杨步伟笔下的房子，应该是富人家的房子。跟十年之后，费孝通先生在《江村经济》一书中描述的房子，大不一样。费孝通笔下，普通人的房屋，一般有三间。堂屋最大，一般是用来干活的，比如养蚕、缫丝、打谷，也用来供奉祖先的牌位。堂屋后面是厨房。最后面是卧室，家中如果有两个家庭单位，就用木板隔成两间。② 费孝通调查的是江苏吴江，距苏州咫尺之远。与杨步伟十年前看到的房子对比，一般人家的房子简单之极、普通之极，很实用，却未必多讲究、多漂亮。这也是人类社会的常态吧。

趁此机会，赵元任和杨步伟回到了老家常州。赵元任父母早逝，老家的伯母接待了他们。此地风俗，无论结婚多久，媳妇第一次到婆家，是要当新人一样看待的，要拜祖先，拜见家族里的亲友。他们先写了

① 杨步伟：《杂记赵家》，桂林：广西师范大学出版社，2014 年，第 100—101 页。
② 费孝通：《江村经济》，上海：上海人民出版社，2007 年，第 96—97 页。

信，告诉伯母，如果非得大宴宾朋，他们就不回来了。伯母只得把那些繁文缛节都免了，按小夫妻的要求，让他们把螃蟹吃了个够。

“江南形胜，三吴都会，钱塘自古繁华。”近千年前，北宋词人柳永的一阕《望海潮》，书写了江浙地区的地理与人文之美。据说，词里“有三秋桂子，十里荷花”的描述，惹得金主完颜亮极度艳羡，引发了他投鞭长江、南渡侵犯的野心。世事沧桑，一千年过去，前朝雄主的功业都灰飞烟灭。江南大地上，人，却永远生生不息。无论是鸿儒博士，还是下里巴人，无论是政治清明的岁月，还是战火纷飞的年代，生命的存在和延续，都是最大的意义和最高的价值。

第十一章

李济与中国人的考古之初

一

国学研究院的几位先生中，李济最年轻，刚开学的时候，学生们并不知道。他们有个规矩，每学期组织两次茶话会，一次是老师掏钱请大家，一次是学生凑份子，作为对老师的回敬。大家在一起，聊天文地理，谈古今中外，不时还有人表演个节目，热热闹闹的，也算是枯燥的校园生活中的一大快事。第一个学期，大家都不熟，开茶话会时，老师们面貌俨然地坐在前排，分不清谁是谁。有一名学生看见一位头戴瓜皮帽、拖着辫子、神情有点委顿的老人，就悄悄地和旁边的同学议论：他就是李济先生吧？

学生是看了课表得出的印象。第一学期的课表上赫然注明，教考古学的老师叫李济。至于李济是谁、长什么样，没见过，不知道。学生就推断，考古，自然沾有古气，考古学教授，自然是看起来年龄最大的老师吧。这是个笑话，却也反映出当年学生们对考古学的认知。

姜亮夫先生回忆，国学研究院的几位老师中，他最不喜欢听的是李济的课。然而，后来才发现，这是最大的错误。结业十年之后，他自费到法国留学。在国外的时光，他常常想起来在清华园里的往事，深深为当年没认真学习考古学而遗憾。远在异国的日子，他发奋学习考古学，努力弥补这一损失。

学生的反应也属正常。李济上课，总要讲名词术语、学科源流，板书中也不时夹杂着图表、数据和公式。学生们都是从“子曰诗云”发蒙的，他们热衷的学问是训诂、音韵，哪里会熟悉图表和公式，一节课下来，往往头昏脑涨，不睡着就不错了。

不光学生，连国学研究院的助教章昭煌都觉得受不了。他明确表示，拒绝为李济抄写笔记。这事儿搞得研究院主任吴宓很为难，他把章昭煌召去，两人吵了半天架，章才勉强接受。

对于李济来说，这样的遭遇并不是第一次。还在南开大学教书的时候，他要搞一次人类学调查。校长张伯苓问他，人类学有什么用？李济冷冷地说，人类学什么用都没有。南开大学是私人学校，张伯苓希望学校培养出来的是实用人才，对人类学不感兴趣也在情理之中。但是，对于年轻的李济来说，学问有什么实际的用处，从来不是问题。如果你告诉他，书中自有黄金屋、书中自有颜如玉，他一定会认为你在开玩笑。如果你是认真的，那他就只能回报以冷笑。王国维死后，陈寅恪写的《清华大学王观堂先生纪念碑铭》中说："士之读书治学，盖将以脱心志于俗谛之桎梏，真理因得以发扬。"陈寅恪不仅仅是说王国维，也是说自己的，此言也适用于李济。做学问是一种生活方式，是面对未解之谜的激动，是投身学问的沉醉，是揭开谜底时的喜悦。除此之外，还能有什么呢？李济一辈子都是个高傲的人，无论是上司、同僚还是学生，想要让他满意，从来都不是一件容易的事。对于政治，他更是毕生都保持着距离。按说，以他的名头和实力，是要成为官员们拉拢对象的。官员们需要他唱赞歌、站台、帮忙、帮闲。但他对政治有一种发自内心的厌恶。虽然对政治问题他一直是关心的，甚至常常是忧心的，却从来没有试图往那个圈子里钻。他明白自己要的是什么。弱水三千，一瓢足以。人之一生，按照自己的想法努力，如果老天眷顾，能够有些成绩，就够了。而一个学者，如果没有独立之思想、自由之意志，是不可能做出"与天壤而同久，共三光而永光"的学问的。

二

我们已经可以看出来，在清华园，李济和赵元任一样，其实都属于边缘人物。这跟他们的性格、为人处世无关，是他们的学术兴趣和专业方向使然。时光的巨轮缓缓转动着，古老的中国列车，如果没有外力推动，想要获得文化转型的加速度，毕竟是艰难的。年轻学者不一样，他们汲取了另一个世界的学术滋养。如果说，他们觅得了真知，走在了时间前面，那么，回到故国后他们一定会发现，阳春白雪也只能在合适的时令降临大地，曲高难免和者稀少。李济和赵元任就是典型代表。他们的步子太快了，些许寂寞、些许尴尬也难免吧。

就拿李济的专业来说吧。20 世纪 20 年代，中国没有真正的考古学、人类学，也基本没有真正的考古学家、人类学家。大学对人类学、考古学，都是陌生的。即便是王国维、梁启超这样的大人物，也仅仅比一般人多一些了解而已，根本谈不上深入研究。普通人谁会知道如此令人摸不着头脑的洋学问。

中国原有一门学问，叫金石学。所谓金，主要指青铜器和上面的文字；所谓石，主要指石碑和石刻文字。后来，范围不断扩大，奇珍异宝、古玩字画，如竹简、甲骨、玉器、砖瓦、封泥、兵符，慢慢都成了金石学的研究对象。金石学家把搜集到的古物分门别类，考证它是哪个年代、做什么用处的，和它年代、样子相近的物件还有哪些。乍一看，金石学和考古学有点像，但它们之间有本质区别。金石学家的目的是“证经补史”——用那些古物和古书上的说法相互印证。他们自然也可以凭借脑袋里一书橱一书橱的知识，指出哪一本书说得对，哪一本书没说到点子上，但基本不会重起炉灶、另立新说。与之相比，考古学家太野心勃勃了。他们当然要借助经书来解释考古发现，但更重要的是，希望借助发掘恢复历史的本来面目。中国的大地上，文化遗址星罗棋布，几百年几千年来，沉睡于天空之下，埋藏于山野之中，考古学家踏破旷野，手持锄头，掘开黄土，让一件件文物重见天日。这只是第一步。更重要的工作是，要从中发现历史，要从有形的文物、遗址中，总结出无形的规律，重现几百年、几千年前的政治、经济和文化生活。李济曾在一次演讲中说：

> 带字的甲骨结合着青铜器，青铜器结合着陶器，乃至可以追溯到更古老时期的各种器物。通过这些联系，中国早期历史就跟原史、而原史则跟史前史紧密地衔接起来。[①]

李济有一个精彩的比喻。他说，金石学和考古学的区别，就像炼丹和化学、采药和植物学的区别。炼丹和采药自然是有价值的，但它们绝不是化学和植物学。

可不是嘛。我们从来没有听说过，中国历史上有哪一位炼丹者可以和化学家画等号，哪一位采药人可以称为植物学家。我们不知道，号称能点铁成金、助人长生不老的炼丹师，谁能写出所谓的神丹的分子式和化学成分；我们知道的是，采药人采一筐药，背到药房，再采下一筐，哪管一筐筐药材属于什么科、什么种。

年轻的李济，清楚地知道自己要做什么。他的心属于书本，但更属于那带着年代气息的文物。他的身体，不能仅仅停留在书斋里。他要从书斋出发，走向广阔的田野，在田野里感受历史的体温。

① 李济：《安阳的发现对谱写中国可考历史新的首章的重要性》，载李光谟、李宁编《李济学术随笔》，上海：上海人民出版社，2008年，第82页。

刚到清华园不久，李济就有了一个考古调查计划，目的地是山西南部的汾河流域。

选择晋西南，李济有着强烈的目的性。他知道，中国很多史前时代的传说都和这里有关，据说尧都、舜都、禹都都在这里。那么，穿过太行山，穿过厚厚的黄土地，在古代伟大的君王生活过的土地上走一遭，一定会有一些收获吧。

出发之前，李济并没有抱什么奢望，但还是怀着隐隐的期待。

事实是，这趟精彩的旅行，将开启李济人生中一个新的阶段，也将中国近代考古学的序幕缓缓拉开。

跟赵元任到南方调查方言一样，李济的考古调查也是国学研究院的一项工作。不同的是，赵元任的派出单位是清华学校，李济的单位除了清华之外，还有弗利尔美术馆——我们已经知道，清华国学研究院时期的李济，300 元薪水由弗利尔美术馆支付，另外 100 元是清华学校发的。李济临走前，曹云祥以校长的名义，给山西省省长阎锡山写了一封信，希望山西方面能够提供方便。

跟李济一起来山西的，还有北京地质调查所的袁复礼先生。袁复礼跟李济一样，也是清华学堂毕业的。他留美后，在哥伦比亚大学取得了地质学硕士学位。袁复礼参加过瑞典考古学家安特生①主持的考古工作，亲眼看到了仰韶文化是怎样大白于天下的。他后来担任清华大学、西南联合大学教授，是中国地质学的创始人之一。

1926 年 2 月，距旧历新年只有一周，北京城已经切换到节日模式。对于升斗小民来说，无论时局如何动荡，生活和工作总要继续。街上明显比平常热闹，商铺里摆放的东西也多了起来。学生们已经放假，三三

---

① 安特生，瑞典考古学家，发现了周口店遗址和仰韶文化遗址。

两两地走着买烟花爆竹，买玩具。大街小巷，不时响起叫卖的声音。凛冽的寒风中，李济和袁复礼一起，告别朋友，告别不舍的亲人，踏上了奔赴山西的旅途。

幸亏带着大人物的介绍信，李济和袁复礼没有受到什么刁难。到了太原，他们赶紧去拜见阎锡山。阎锡山忙，没有时间见他们，他的秘书出面接待了李济和袁复礼。北京的学者来山西考察，对山西来说绝不是坏事，秘书代表省长痛快地答应了他们的所有请求。

从太原出发，一路上山峦起伏，黄土无边。一排排梯田，沿着山坡往高处延伸；一个个村庄，星罗棋布地点缀在崎岖的道路上。古老的山西，千沟万壑之中，是不是隐藏了中国历史的一个个密码？一路走，李济一路感慨着。

临汾是传说中的尧都，但是并没有任何尧的权力的遗迹。看不到城堡的影子，也不知道尧有没有过宫殿。幸运的是，传说中的尧都附近，有一座尧帝陵墓，当地人把它叫作神林，其实是一座深山中的古庙。天色已晚，李济和袁复礼只能在古庙里过夜。一天下来，已经很累，李济还是久久不能入睡。呼啸的山风中，他裹紧衣服，蜷缩着身体，头脑中却飞起来无数想象——也许，尧确实品德崇高，不爱铺张，他是世界上最有克制力的君王，盖豪华的宫殿压根就不符合他的道德原则？也许，世界上根本就没有这样一个人物，那其实是一种杜撰、一种想象？

无论如何，考古学家要依靠手中的铲子说话。没有可靠的证据，一切只能存疑，哪怕是疑问滔天。考古学家也许能一步一步接近历史的真相，但真相永远在无法到达的远方绽露着神秘的微笑，任何年代、任何人也不能抵达。这是考古学的遗憾，也是考古学的魅力。

下雨了，黄土路又湿又滑，还有很多陡峭的山路，一天也走不了多远。李济和袁复礼终于在一个斜坡上，采集到了第一片红色陶片。它风格古朴,和旁边的泥土几乎已经融为一体,不仔细看,很难发现。虽然只有一片,也令人感到鼓舞,毕竟是个好的开始。接着往前走,枯萎的湿草丛中,一块又一块带黑色花纹的红色陶片静静地躺在那里。

冰天雪地里,这样的发现让苦不堪言的工作变成了快乐的事情。李济和袁复礼此时的心情,和化学家发现新元素、采药人发现人参灵芝是一样的吧。

几天后,李济和袁复礼来到了夏县——传说中夏王生活的地方。传说只是传说,并没有任何确凿的证据告诉人们,哪里是夏朝的城郭,哪里是夏王的宫殿。所谓的夏陵,看起来只是一些馒头似的凸起,比普通人家的坟冢大不了多少,甚至到底是不是陵墓都不好说。

看起来是不会有什么新发现了,李济的内心难免有点失望。从北京出来已经半个月,春节已经过完,到回家的时候了。然而,好运却突然刺破冰冷的冬天,降临到他们的头上:

> 当我们穿过西阴村后,突然间一大片到处都是史前陶片的场所出现在眼前。第一个看到它的是袁先生。这个遗址占了好几亩地……①

荒凉的田野上,李济和袁复礼的心狂跳起来。他们本能地感觉,有大文章可做。本来,前两天还嘀咕着不会有什么收获,没想到,惊喜不经意中出现了。

---

① 李济:《山西南部汾河流域考古调查》,载李光谟编《李济与清华》,北京:清华大学出版社,1994年,第26页。

图 11－1　西阴文化彩陶盆（高雪薇摄）

上面的花卉图案，被称为“西阴之花”。

李济和袁复礼俯下身子，伸出快要冻僵的双手来捡陶片。那些陶片，有红色的、黑色的、灰色的，那么古朴，又那么生动，几乎在第一时间，他们就读出了岁月的沧桑。

一种玫瑰花瓣样的图案吸引了李济和袁复礼。定睛一瞧，它不是花瓣的全貌，只是一些三角形、直线和大圆点，勾勾连连却浑然一体，线条轮廓分明，组合起来又如行云流水。后来，这种图案被称为"西阴之花"，被称为"华族"图腾。

还发现一个完整的杯子，看得出来，烧制的时候，火候不匀，有点变形。翻过来看，杯子的底部几个手捺的凹印赫然在目。那是三千年前，还是五千年前的某人特意捺出来的吗？那随意的一捺，就是要穿过三五千年的岁月，凝固成李济眼前的图案吗？

此时，附近的村民发现了李济和袁复礼，有好事者三三两两地聚拢过来。李济和袁复礼随意捡起一些陶片就走了。毕竟，人生地不熟的，一旦生出事端，下次再想来考察可就难了。

即便时间上已不充裕，发现这些陶片，也就不虚此行了。之后的行程中，李济得到了一个关于安邑县碑碣的长长的详单，那是县长给他的。碑碣很多，不可能一一实地考察，但他们还是看了其中的几个。印象并不是很深。印象深的是另一个地方的一座寺院。寺里壁画不少，虽然被盗挖过，却处处都有残留，颇有可看的地方。石碑和壁画，此时没有多少精力关注，但足以让他感到心满意足。

回到北京的时候，距出发之日已经五十来天。

三

一路颠簸，一路风尘，辛苦是辛苦，李济还是很高兴。旅途中，他不由自主地思考着所看到的一切。一开始,头脑中有一群野马炸了群;慢慢地,那群野马开始放慢脚步,往同一个方向奔跑;回到北京,它们就排着整齐的队列,不疾不徐地前进了。他趁热打铁,写了一篇调查报告递交给两个老板——弗利尔美术馆和清华学校。他的报告得到了热烈的回应。毕士博、曹云祥和梅贻琦都很感兴趣,让他考虑是不是干脆组织一支队伍,进行一次真正的考古发掘。

那么,就选夏县西阴村作为发掘现场吧。那么多古朴的陶片,给人无穷的想象。它们静静地躺在旷野之中,躺了也许有几千年,它们一定时刻等待着有人来凝视、理解,等待着有人能够听懂它们声音吧。它们的造型、色彩和线条需要阅读,它们要把自己所记录的一切告诉世人。此时,它们已经等不及了。

然而,考古学家成长的道路注定充满了不易。李济和袁复礼已经计划好了,稍事休息,就要去找毕士博和曹云祥细细商量,争取早点儿二赴山西,和他们心仪的那片土地重逢,感受它的温度,破译它的密码——还没有行动,只想象一下,就让人充满了期待。但就在此时,一场大病击倒了李济,让他几个月都不能恢复体力投入工作。

病情凶猛,完全出乎李济的意料。他年轻力壮,血气方刚,本来认为,凭借自己的体格,适应什么样的环境都不在话下,谁能想到,一病就不可收拾,一下子把他击倒了。他发烧不止,身上起了很多疹子,有时候神志都不太清醒。父母急坏了,赶紧照着民间的偏方给他抓了药来吃。哪知道不仅没有效果,反而让病情加重。这事儿被赵元任夫人杨步伟知道了。一看李济吃的药,杨步伟火冒三丈,冲着李济的父亲喊起来:老先生,你用的什么药!赶紧送他去医院,要不然,你这个宝贝独生儿子就保不住命了。她自作主张,当机立断,马上找了一辆车把李济送进协和医院。大夫检查后,确认他得的病是斑疹伤寒,应该是那趟山西之行感染上的病。幸亏往医院送得还算及时,否则,再拖一两天,抢救起来就难了。

一场凶险的大病就这样过去了,年轻的李济转危为安。父母一边额手称庆,一边懊悔不已。李父对李济夫人说:济之出院回来,你要亲自到赵府,给赵太太叩三个头才是。

关于这个故事,很多年之后,李济之子李光谟讲述道:

> 据说先母确实向赵伯母边哭边下了跪,但赵伯母当然没有受她的叩头礼。[①]

此时,两家是邻居,平日里来往很多。李济生病,杨步伟自然很容易知道。其实,李济和赵家本是多年的相识。几年前,在哈佛大学时,赵元任和杨步伟的家是中国留学生的据点,学生中李济去得最勤。常常是星期六下午,杨步伟去中国城买了一堆菜回来,李济就在赵家外面等着,一起把菜拿回家去做了吃。有一次,李济从实验室里拿一只兔子来,说是先养在赵家,等下次来时吃掉。赵家那时候已经有了女儿如兰,聪明伶俐,人人喜欢。朋友们一到赵家,总爱逗她开心。李济尤其喜欢如兰,还成了孩子的干爸爸。他喜欢弹古琴,到美国去的时候,是带着古琴走的。赵元任原想跟着学,没有学会,倒是女儿如兰得到了启蒙。后来赵如兰成了音乐史家。那时候,一群年轻人常常聚到一起,热热闹闹,不亦乐乎,颇有此后赵元任他们组织的"数人会"的感觉。而杨步伟因为性子直、心肠热、做事有主意,在赵元任的朋友圈子里是个活

① 李光谟:《从清华园到史语所:李济治学生涯琐记》,北京:商务印书馆,2016年,第122页。

跃人物。

有意思的是，赵元任和李济成为清华同事之后，两家人之间，大矛盾没有，小矛盾不断，既是好朋友，又不乏龃龉。尤其到抗战开始，矛盾更是升级到一言难尽的地步。

杨步伟在《杂记赵家》里谈到李济，有一些话便说得很直白。当时，赵元任和李济都在傅斯年主持的中央研究院历史语言研究所工作。傅斯年不在所里的时候，李济临时当所长。杨步伟说，研究院要乘船往大后方转移，赵元任正生病，她去找李济要一两个舱位。李济的答复是，听差的都有任务得先走，所以让不出舱位来。杨步伟一听就很生气，回了他一句：看来元任连个听差的都不如了！杨步伟说，那时候，一个舱位可能就关系到一个人的身家性命，所以自己就多心了。她心里很难受，但也不敢跟赵元任说，只好一个人坐在客厅里偷偷抹眼泪。后来，事情是来看望赵元任病情的梅贻琦帮着解决的。

更多的细节，后人已经无法一一复原。杨步伟那本影响颇大的《杂记赵家》里，还有好几个地方对李济啧有烦言。每当杨步伟和李济闹不愉快的时候，赵元任要么若无其事，要么闭口不言。

李光谟认为，与其说李家和赵家有一些摩擦，倒不如说是父亲李济和赵伯母之间偶尔有一些口舌之争。个中原因，他觉得，主要是由于杨步伟因为年龄稍长，又救过李济的命，所以总是要以老前辈或者保护神自居，而睥睨天下的李济却偏偏不吃这一套。直到20世纪70年代，杨步伟从美国回到大陆，和李光谟相见，李光谟笑问她：你们见面时还吵架吗？杨步伟说那是当然，一见面总是免不了吵一吵。

1949年后，中国考古学泰斗李济横渡海峡，定居台湾，至死没有回过大陆。李光谟在大陆工作、生活，没有踏上台湾一步。几十年间，李光谟和父亲隔海相望，音讯稀少，只在珠海拱北海关和父亲匆匆见过一面，还是在有关部门授意下秘密进行的。赵元任、杨步伟一家定居美国，反倒有更多的机会和李济相聚。

今天回过头来看，李济和赵元任两家，关系密切，距离很近。他们做邻居时间长，朋友也几乎是同一个圈子，总是低头不见抬头见。都有个性，有一些拌嘴乃至争吵，原也属正常。总体上说，李济和赵元任的交情，是单纯的朋友之情、同事之情。不像梁启超和王国维，谈到他们，总让人想起来他们背后的皇帝、军阀、政客——时代和政治的符号太过醒目，他们之间，似乎很难剥离出单纯的个人交情。李济和赵元任是时代最新哺育的。即便他们有着博士、教授的头衔，毕竟也是普通人，依靠知识、技艺拥有生存之道、立身之本，有着普通人所具有的全部的喜怒哀乐、爱与恨、生活的细节和对远方的憧憬。他们之间，有些小小的不愉快，算得了什么？

四

1927 年 1 月 10 日晚上，清华国学研究院专门开了一个茶话会。跟以往师生随意聚会、海阔天空地聊天不同，这次茶话会有一个主题：欢迎李济和袁复礼考古归来。

那是中国考古学史上一个永远值得铭记的夜晚。1 月的北京，天寒地冻，滴水成冰，前几天的大雪还没有化完，国学研究院的导师和学生们，踏着泥泞，踩过吱吱作响的积雪，相聚一室。茶话会现场，灯火通明，笑语晏晏。研究院的学生们，专注地倾听李济和袁复礼介绍在山西西阴村考古发掘时所看到的一切。他们的目光中充满了好奇。他们是幸运的青年，之前，一定不会有人用这样的方式告诉他们，中国的天空之下、旷野之中，有着如此珍贵的学术宝藏。所谓输入学理，所谓整理国故,他们年轻的老师做出了杰出的示范。

李济的发言充满了感喟。他说,难得和袁复礼一起工作,一个学地质,一个学考古,搭档起来,真是太好了。发掘不是寻宝,不是乱挖,要严格按照文化堆积层,一层一层挖下去。袁复礼笑眯眯地说:上一次和李济去调查的路上,我们打赌——我绝对不相信在那个地方,能够发现新石器文化的遗址,事实证明我错了。我认输。这次再去,我们像军阀搜刮民财一样,把地皮一层一层刮下去,真的刮出东西来了。

那个地方,就是山西夏县西阴村,李济发现大片陶片的地方。

说起来语气轻松,可只有当事人知道个中甘苦。

几个月前,还在病床上的时候,李济就不能静下心来。他总是觉得西阴村有他想要寻找的东西,他总觉得生命中必须有一次西阴村的考古发掘。他的头脑中常常盘旋着上年冬天晋西南之行的所见所闻。他的内心,怎么也不能安宁。该出发了,必须出发了。出发不了,也必须把事情安排妥当。病榻之上,他口授了一封给毕士博的信。他说,一旦身体恢复过来,就要到西阴村进行考古发掘。他希望毕士博能够和清华一样,大力支持自己——他受聘于双方,自然希望两个东家能够良好合作。考古工作如果有所发现,研究成果自然属于大家。他是个幸运儿,他得到了不遗余力的支持;他也是个手段高明的活动家,他坚持研究成果可以分享,但挖掘出来的文物一件也不能带出国门,否则这活儿干脆不干。

1926 年 10 月,金色的秋天里,李济、袁复礼率领的考古队离开了北京。一行人告别清华园,告别燕山,穿过古老的华北平原,翻过巍峨的太行山,抵达了山西太原。李济的身上揣着好几封介绍信,其中有两封是两位前国务总理熊希龄和颜惠庆写给阎锡山的。虽然有大人物背书,他们面见"阎老西"的要求还是被拒绝了,不过,绕了点圈子以后,峰回路转，山西省内务署的负责人接待了这群风尘仆仆的客人。看到清华研究院请求准予进行考古发掘的公文，那位负责人慷慨地表示，他可以代表省长批准考古队进行发掘。悬在李济心里的一块石头总算落了地。此时的他不一定能够意识到，中国的考古学开始了，他的时代开始了；但他一定能够意识到，这一天，必定会成为自己发现中国文化真相的重要开始。

到达西阴村，正是10月10日，民国的双十纪念日。考古队花了几天时间细细地安排工作——

现场调查、绘图、挖土，要有专人来干。

要确定一个“零点”，这是掌握遗址布局的关键。

要慢慢来，一点一点地“剥洋葱”。先是黄土，黄土下面是石灰层，然后是灰土层，接着又是石灰层，然后是波浪状的沙泥……

破碎的陶片，也许有几万块吧，眼睛所见都是它们，几乎要把这一片土地占满了。大大小小，彩色的、蛋白色的、厚的、薄的，一块一块，争胜斗奇。

还有一块块石器、木炭、贝壳、野兽的骨头。它们从哪里来？谁用了它们？一个个斑点、一条条纹路，是什么样的岁月凝聚的，是谁的手摩挲出来的？

竟然还有一具人骨，是一个少年。不知道头骨和颈椎在哪里，但是看到了黑色的碎发。他是谁？他经历了什么样的生活？他穿过了多少历史的年轮？他沉睡着，经历了多少次沧海桑田？

最有趣、最重要的发现，应该是那半个茧壳吧。岁月已经让它无可遏制地腐烂，但它依然顽强地发着光。很明显，它是被切割过的，割的地方非常平直，用的似乎是一把锋利的刀子。茧壳轻如鸿毛，柔若无物，但是，李济一瞬间就感觉到了它的分量。他注意到，蚕茧周围的泥土并没有异样，所以不应该是后来掉到这里来的，切口又那么整齐，明显是人工的痕迹。那么，它意味着什么？意味着遥远的古代，西阴村的原住民就开始养蚕了吗？那么，他们为什么养蚕？难道，远古时期的他们已经开始抽蚕丝、织绸子了吗？这真是一个天大的、有趣的谜。

此时，我们可以看出来考古和挖宝的区别。挖宝人在意的是发现寻找可以卖大钱的古董，考古学也在意古董，但是，他们更加关注的是，自己的发现和历史、文化有什么关系，用人类文明的坐标系来衡量的话，所谓的古物处在什么位置。它无关于金钱，无关于利益。如果说，千百年来，中国人心目中挖掘古迹和寻找珍稀古玩往往是一回事，那么，从1926年10月开始，挖宝、发财的认知被李济在西阴村的工作打破了。

我们还是来看看清华国学研究院的那次茶话会吧。

> 助教王庸端了一盒子遗物上来，其中有个被割裂过的半个蚕茧，同学们都伸长了脖子看。有人说，我不相信，年代那么久，还是这样白(实际是用棉衬托着)；有人说，既然是新石器时期的遗物，究竟用什么工具割它？静安先生说，那时候未始没有金属工具……牛骨、龟骨是用耗子牙齿刻的。①

此时此刻，王国维的内心，一定百感交集。考古学上，他是有大成就的学问家。这些年来，他把甲骨文的记载同古书对比着研究，开创了历史研究的新方法。他精深、缜密，做学问的方法连梁启超都赞叹不已。但是，他从来没有到任何一片土地下，亲手去挖过任何一个遗址。

---

① 戴家祥：《致李光谟的一封信》，载李光谟、李宁编《李济学术随笔》，上海：上海人民出版社，2008年，第274页。

他一定会同意这样的看法：现代考古学，是无数人用无数不起眼的证据，编织了无边的知识，这样的编织，跟他在书斋里追究一片片甲骨、一处处铭文的来历是不一样的。

生性内敛的王国维，也不吝于发表自己的不同看法。茶话会后的第二天，学生请教他山西夏县究竟是不是夏都，他说，这一点没法考证，但夏都恐怕是在中原的东部，和夏县的方位是不一样的。他建议，找一个有历史根据的地方，一层一层挖下去，得到的结论会更可靠。

几年后，李济主持了在河南安阳小屯村的考古，有了轰动世界的发现。这也能够证明王国维此言不虚。

那天晚上，梁启超参加完茶话会，回到家里，夜已经深了，依然抑制不住内心深处的激动。此时的他，是中国考古学会会长，考古学界出现的任何一点新苗头，他都会投以关注的目光。对于李济的发现，他更是不能不感到欣慰。他拈起笔来，给远在哈佛大学读考古学专业的儿子梁思永写了一封信。他在信里说，李济认为，以考古学家眼光看中国，遍地皆黄金，可惜没有人会捡，此话确凿无疑。他委婉地引导梁思永：

> (他们)在演讲中说，他们“搞考古都只是半路出家，真正专门研究考古的人还在美国……是梁先生的公子”。我听了替你高兴又替你惶恐，你将来如何才能当得起中国第一位考古专门家这个名誉，总要非常努力才好。①

虽然梁启超明明知道国民党军正在北伐，大江南北动荡不安，他仍然认为，思永回国，若能跟李济、袁复礼一起工作，一定会大有裨益。哪

① 张忠培：《再谈梁思永先生与中国考古学》，《文物》2013年第7期，第40页。

怕局势不稳，难以出门进行考古工作，就是闭门不出，专心研究西阴村出土的几十箱文物，也是值得的。

我想，梁启超写下这段话的时候，一定两眼放光，内心深处有着满满的期待。他看到了中国的年轻学者，正走在通向学术山峰的道路上，身影矫健，虎虎生风。他一定希望看到，自己的儿子也加入这样的队列。年轻人走在一起，一定会走到一片新天地，完成他一生未竟的事业，弥补他内心深处的痛憾吧。

正是在梁启超的劝诫之下，几个月后，梁思永从美国返国，来到国学研究院，一边担任梁启超的助教，一边研究李济从西阴村挖出来的文物。梁思永评价那些陶片时说，它们色彩绚丽、做工精湛，经过高温陶冶之后，几臻完美。中国人在西方造世之神耶稣诞生两三千年前就制造出来它们，仅此而言，西方国家望尘莫及。他拿出过硬的理由，雄辩地证明了西阴村是和仰韶村同时代的文化遗存。

所以，李济、袁复礼对西阴村的考古发掘，一开始就具有世界意义。

近百年前出土的那半个蚕茧，现在是无比重要的文物。它是中国古老文明之树开出的花朵，同是，也见证了中国古老的文明，见证了中国考古学的创始与发展。今天的人们无论多么珍视它，都不为过。当年，它保存在清华学校的考古陈列室。后来，随着李济工作的变动，它先后被珍藏在不同的地方：中央研究院、中央博物院、台北“故宫博物院”。保存它，需要恒光、恒温、恒湿。如果需要展出，工作人员也仅仅会用一枚复制品代替。

五

无论李济多么秉持专业主义，他内心深处，始终潜藏了一种情愫。

它像一条虫子，时不时总会探出头来，试图噬咬一下李济的心。那种情愫，是自古以来全体中国人，也是百年来中国知识分子的共同挂念。

那就是，家国之慨、族群之思。

李济一生的工作，都围绕一个主题：探求中国民族的起源。他认为，中国人应该有出息，应该为全人类的利益做出贡献——那么，就要研究自己的历史，讲清楚自己的来路，"先明白自己，然后再问他人"；不仅要解答"中国人民，是否为原来的，或是从别处迁入的"①，还要"把中国人的脑袋量清楚，来与世界人类的脑袋比较一下"②。

这是李济的选择，也是时代风潮使然。

李济曾经讲过自己的留学生活。他说，那时候，留学生选择课业十分自由，想读什么就读什么，没有人来干涉，连清华的官费生也是这样，一切按照自己的兴趣来。毕业之后，绝大多数人不会想要在美国长久待下去。而他们回到中国找工作的时候，也没有多少人考虑赚多少钱。养家糊口，绝不是他们第一要考虑的问题。

选择是属于个体的，却也不自觉地和时代的洪流交汇了。

现代中国的考古学，是被以安特生为代表的西方考古学家催生的。安特生，这位毁誉参半的瑞典人，震惊于中国古代文明的灿烂，在中国的大地上，进行了多次精彩的考古发掘。他的名字，至今仍然闪耀在考古学的星空上。周口店的"北京人"、仰韶文化遗址都是他发现的。这两个发现，一个关于中国的旧石器时代，另一个关于中国的新石器时代。安特生几乎是凭一己之力，发现了中国古老的历史，他还试图用自己的发现，总结出一种关于中国人的祖先、中国历史的规律来。中国的

---

① 李济讲，章熊笔记：《考古学》，《清华周报》1926 年 4 月 16 日第 375 期。

② 张光直：《人类学派的古史学家——李济先生》，载李光谟编《李济与清华》，北京：清华大学出版社，1994 年，第 197 页。

学者吃惊之余，不能不反思自己做学问的方法，也一定会从安特生那里学得关于现代考古学的知识。

对安特生的学问，李济自然也是钦羡的，但安氏的观点他不能接受。

考古学家需要对自己的发现做出认定和解释。发现仰韶遗址的安特生认为，中国确实有过灿烂的彩陶文化，但从彩陶的样子来看，是经由新疆、甘肃，从西方传来的，中国的石器时代，不是原生的文明，是舶来品。①

李济不同意安特生的看法，但他自己并没有过硬的理由去反驳。他急急地来到山西夏县考察，一个重要原因是这里是传说中的夏都，是华夏历史生长的重要地方。他希望在这里找到华夏文明的早期踪迹，证明安特生是错的。

此种况味，连今天的我们都似乎能够感受到。那代人，有着过于强烈的文化焦虑。在他们看来，历史的巨浪把中国人逼到了滩涂之中，进退失据，尴尬无地，如果能够寻找到来自本土的根基，如果能够从中汲取文化的营养，毋论它对个人、对国家、对现实、对未来有什么样的用处，总是一种心灵的安慰吧——这也是整理国故的应有之义。多年之后，名满天下的李济对安阳殷墟挖掘之后，用这样的文字来描述一个民族的一段历史：

> 小屯时代的殷民族，能采南国之金，制西方之矛，捕东海之鲸，游猎于大河南北，俨然为一方之雄，而从事于征伐、文字、礼乐诸

---

① 安特生说的是彩陶文化，和人种、文化没关系，也没有用确凿的语气来说，只说是“可能”，但在那个民族主义情绪高涨的年代，他的观点引发了强烈质疑。几年后，出土的文物越来越多，安特生修正了自己的看法。

事，全东亚没有敢与它抗衡的……①

我想，写出这样的文字时，李济的内心一定感慨万千。他看到了中国文化的丰富、博大，因而感到内心有一种安慰；他一边描述辉煌的过去，一边满怀焦虑地想象明天，期待着中国有更加光明的未来。

这该是李济在考古学研究之外的心事吧。

① 李济：《安阳最近发掘报告及六次工作之总估计》，载《李济文集（卷二）》，上海：上海人民出版社，2006年，第289—290页。

第十二章

风波起

一

细心的读者一定会发现，我们半天都没有提到曹云祥和吴宓了。

曹云祥好说，毕竟是一校之长，管的事情多，那么大一个清华，千头万绪，都需要他来穿针引线。国学研究院最多算个部门，具体的活动曹云祥能不露面就不露面——这样的活动，他会分身术也参加不过来。

吴宓不到场就说不过去了。他是研究院主任，是具体的负责人。他又是个热心人，愿意从工作、读书、编杂志之余挤出一些时间，往人堆里走一走，和大家聚在一起高兴。那么，欢迎李济考古回来的茶话会他不参加，就不好理解了。

原因其实很简单：八个月前，国学研究院第二个学期开学不久，吴宓已经辞去了研究院主任职务。此时的他，是清华大学外文系教授、系主任。国学研究院是在他具体张罗下开张的，每一位教授来，他都要接待他们，看住处，收拾办公室，陪他们拜访校内校外的上司和朋友。感情上说，他不可能割舍得下，可理论上说，国学研究院的事情已经跟他没有关系了。

辞职，不是吴宓心甘情愿的；过程，也让他极不爽。后人论及此事，常觉得吴宓太意气用事，难当大任，他的辞职让研究院不可遏制地走向下坡路，他是研究院的功臣，也是研究院的罪人，由于他不善自谋、不堪谋事，本可以长成参天大树的研究院，刚刚栽种便惨遭摧折，没有拔节就走向衰亡。

事情的真相是不是这样，我们不能一口论定，但其过程可以慢慢还原。

回溯事情的前因后果时，我们会发现，反对还是支持，与当事人的品格并无多大关系。反对，是因为和吴宓等人观点不一致；支持，是因为想法接近。当然，观点碰撞的背后，权力和利益关系的影子也草蛇灰线般时隐时现。

二

实际上，清华国学研究院还没有成立的时候，校内已经存在两种截然不同的意见：坚决反对和全力支持。

钱端升是反对最力者，他表达自己的看法时，一点也不掩饰。他说，国学重要，当然应该研究，尤其是一向洋派的清华学校，更应该把国学的学问做好。研究院的教授都是开时代风气的人物，能够聚集在这里，是清华的大幸事。但尊重他们、向他们致敬是一回事，专门设研究院是另一回事。多一个机关，就多一份费用，让学校内部机构更加臃肿复杂、叠床架屋。

钱端升谈这个问题时，讲了句很难听的话："主任满池游，机关多如鳅，架床叠被，因应不灵。"[①]在钱端升看来，讨论研究院，就不是扩张不扩张的问题，而是如何裁撤、什么时候裁撤的问题了。

我们来看一下钱端升的逻辑。他 17 岁考入清华学校，19 岁到美国读书，1924 年获得哈佛大学的博士学位后，回到清华讲授政治学和宪法

① 钱端升：《清华学校(1925 年)》，载清华大学校史研究室《清华大学史料选编·第一卷》，北京：清华大学出版社，1991 年，第 424 页。

图 12－1　清华学生办的《清华周刊》

这份周刊可不会时时与学校当局“保持一致”，相反，它常常发表对校方的批评意见。

学。那个年代,有很多“通人”,会多种学问。钱端升便是其中一个。他甚至还在美国取得过文学硕士学位,但从专业底子上说,他是个政治学家和法学家,他的志趣在于用学问改造社会。他观察研究院,背后的参照系是美国的大学。在他看来,研究院不东不西,不土不洋,非驴非马,是清华改大道路上的怪物——至多算个临时机关,应该关掉。他哪里会有梁启超、胡适等人那浓重的书院情结。对于梁启超、胡适来说,国学研究院不仅仅是教书育人的地方,也是承续传统、寄托情怀之所在。一根筋的吴宓更是把国学研究院看成身家性命,总觉得自己的荣辱都寄于此,任何时候都朝着“做大做强”的目标行事。

钱端升不同意。在他看来,学校就是教书做学问的地方。要少花钱多办事,不仅要让最好的教授做出最好的学问,还要让全校的学生都能够受到名师的指导。教授们做学问,哪里都可以,何必非要在大学里设置一个“书院”?

钱端升还把自己的意见写成文章,发表在校内校外好几家报刊上。一时之间,校园里议论纷纷。

风风火火、风风光光办起来的研究院被如此质疑,吴宓备感压力。

其实,对于吴宓个人来说,撤了研究院,他不会有多大损失:待遇照旧,教学照旧,反而可以从一堆杂事里解脱,有更多的时间读书做学问。此前不久,他还在日记里写道,天天迎来送往,口干舌燥地与人周旋,早就烦了,他是个学者,做学问才是主业,那些杂事占用的时间太多,学问荒废,脑中空空,学生们都会看不起自己了。如果没有了研究院,他自然不会是研究院主任,自然不用考虑那么多事务,就可以当个纯粹的教授了。

然而人心总是复杂的。人的一生中,会有一个终极目标,它是生命的底色;也会有其他阶段性目标,可能跟终极目标是一回事,也可能不是一回事。但所有这些目标和对目标的追求叠加起来，才是一个人生命的全部。

灵魂有飞翔的方向，需要顺应一种召唤；肉身也有它的渴望，总是需要满足吧。哪怕是最伟大的仁者与智者，也不能例外。它是一种逃不脱的宿命，是无穷无尽的生命必然要面对的现实。

就拿吴宓来说吧，学问之外，他毕竟还渴望有一份事功。既然把“昌明国粹，融化新知”作为毕生的追求，就要穷尽一切办法去实现。他的使命，包括读书著文，也包括编辑刊物、教书育人。

国学研究院，毕竟牵寄了吴宓太多的感情，他难以割舍。研究院从无到有，从筹划到开张，哪一个环节他没有倾注过心血呢？从教授到学生，从课程表到考试卷，哪个人、哪件事是他不熟悉的呢？

在吴宓看来，国学研究院，刚刚开办一个学期便名噪天下，它的前景未可限量。它有了一个光辉的起点，那么，应该走向更高的高度。

吴宓并不是单枪匹马。他觉得有底气，因为他有几位博学而声名烜赫的同事做后盾。他对他们那么尊敬，他们对他那么支持。偶尔有一些小小的不快，他觉得那是难免的，大家的心是相通的，想法是一致的。钱端升发表这篇文章前不久，他已经把雄心勃勃的计划提交到国学研究院的教务会议上。教务会是国学研究院的最高议事机构，院里的几大巨头都是成员。往往是吴宓主持，教授们都参加，吴宓把需要讨论的情况汇报出来，大家各抒己见，最终形成决议。如此一来，一个人的意见，就变成大家的共识了。

教授们开了好几次会。大家的意见是一致的：国学研究院应该扩张，不能收缩。他们对研究院一个学期以来的工作是满意的。种子既然发芽，就要投入更多的时间和精力去照顾，去呵护。

国学研究院还要布置一个古物史料的陈列室；要再聘两位博学的

教授;要大力支持赵元任和李济外出考察;下一年度,要让更多的学生来学习——招生名额要增加十个。人多了,事多了,经费自然要增加。也是应该的吧。既然学校对研究院那么看重,多些投入也是情理之中的事。

同事们不愧是饱学之士,每一个意见都闪闪发光,跟吴宓的想法不谋而合,甚至还要更周全,更有利于实施。

吴宓感到鼓舞。他相信王国维、梁启超的影响力和号召力,相信国学研究院的分量。天时、地利、人和的优势俱在,国学研究院如果不往前发展,岂不怪哉!他希望能够把研究院的意见上升成学校的意见。为此,他三番五次地找学校最有权力的人物——校长曹云祥、教务长张彭春,希望能得到支持。

三

但形势复杂,人心难测。

清华,此时正处在历史的转折点上。以前,只有旧制留美预备部,现在,则还有新制大学部、研究院。留美预备部是根基,多年来就等同于清华学校,自然树大根深、枝繁叶茂。大学部代表着清华的未来、学校发展的方向,虽然是旭日初升,新燕初啼,却也让人看到希望,让人欢欣鼓舞。研究院是旧制向新制转换时期最为抢眼的风景,奇峰罗列,高山景行,最能够触发国人对高深学问的追慕与憧憬。

对于校长曹云祥来说,清华三部能够齐头并进、一起发展是最好不过的。如果不能,分头、分步骤走,各吹各的号,各唱各的调,大家相安无事,各发展各的,也是不错的选择。曹校长暂时还没顾上想,学校内部竟然能闹出那么大的乱子来——蛋糕是固定的,美国人的款就那么多,这里预算增加,那里就势必要减少。此消彼长,此长彼消。

1926 年 1 月 5 日的清华教务会议,是具体决定清华国学研究院命运的会议。吴宓一生都对这场会议刻骨铭心。

教务会议行使清华学校最高权力,校长是主席,其委员都是学校里的重要人物:教务长,教学、行政部门的主任和大家推选出来的几位教授。

吴宓和赵元任都是委员。当然,代表性是不一样的。吴宓代表的是国学研究院,赵元任是教授代表。

这次会议,最重要的议题是国学研究院下一步怎么办。

开始陈述了,吴宓滔滔不绝。他胸有成竹。那么有力的理由,那么美好的设想,从他的胸腔之中奔涌而出。它们让他充满激情,让他的身体在北京的凛冬中升腾着热量。

但是,随着会议的进行,吴宓发现,情况不对劲儿了。委员们开始的时候听得很认真,慢慢地,有人微微摇头,有人低下了脑袋目光呆滞地望着眼前的桌子,有的人目光游移到了屋顶。

进入评议的程序,结果让吴宓非常失望。

教务长张彭春坚决反对吴宓提出的计划。他的观点倒不像钱端升那么激进,要学校裁撤研究院,但他言辞激烈,咄咄逼人,一副傲岸不可反驳的样子,让吴宓很下不来台。

张彭春的看法是,办研究院不是目的,只是个手段,是清华改大过程中的阶段性存在。它不应该是个封闭的机关,而应该是开放的机构。现在的国学研究院,大有自成一统、独美其美的意思,如果再扩大,将来就更不容易和大学衔接了。

会议最后通过了张彭春的提议:该适可而止了,研究院不能再多聘教授、多招学生,要明确宗旨,只做高深的专题研究,没有必要再安排一般性的国学教学。

当天的日记中，吴宓写道:“宓所提出之计划尽早摒弃”，“宓是日在会中，未与力争，知其不可挽回故也”。

这一天，是吴宓来到清华之后最不好受的日子。理想和现实、预期与结果的鸿沟如此巨大，是他没有预料到的。他翻来覆去，半宿无眠，左思右想，怎么也想不通。成立研究院是校长的意见，清华内外寄予的希望很高，到处一片叫好声，现在却遭遇如此境况，该怨天？怨地？怨人？

吴宓暗暗猜想，张彭春那么起劲地反对研究院提交的发展计划，是“项庄舞剑，意在沛公”——张彭春是个喜欢弄权的人，一贯看自己不顺眼，现在，恐怕是在打主意要把他排挤出局，从而把研究院的掌控权收归囊中。

第二天一大早，吴宓就从床上爬起来，拈起毛笔，给曹云祥写了一封辞职信。信里说，学校如果照昨天会议的决议那样搞，自己就没法再当这个研究院的主任，那么，辞职就成为必然的选择。辞了职，当个普通教授算了，如果学校没有合适的课让他教，他就离开清华，另行谋职。

写完了，看一看，觉得言辞过于激烈。正踌躇着，校长曹云祥派人来请，吴宓的信就没有发出。

曹云祥召见吴宓，正是为了向他表示安抚之意。他了解吴宓来到清华之后的付出，也希望国学研究院能够有更好的未来。可既然是学校的最高领导人，他必须从全校的高度全面考虑问题。毕竟对于他来说，一意孤行不是大道，折中平衡才是正途。他告诉吴宓，校务会议的意见他并不完全同意。他让吴宓再考虑考虑，把研究院的教授们请到一起，重新提出方案，容学校再找时间开会商量。总之，无论是清华还是国学研究院，都是名声在外。树大容易招风，还是要把问题解决好，不能自己出问题，让外人笑话。

校长发话，吴宓的内心又升腾起了一丝希望。困兽犹斗，看来研究院并未进入绝境，他还要放手一搏。

1926 年 1 月 7 日，凛冽的寒风中，吴宓又一次主持了研究院的教授会议。梁启超、王国维、赵元任、李济难得地全部到会。

这一次，吴宓又一次遭遇失败。

如果说，上一次失败，吴宓更多感到的是愤怒，那么，这一次，他感受到的更多是无奈。当天的日记，吴宓是这样记述会议上诸教授表现的：

> 赵、李力赞校务会议之决案。王默不发言。独梁侃侃而谈，寡不敌众。宓亦无多主张。其结果，即拟遵照校务会议之办法，并将旧有之中国文学指导范围删去，专作高深窄小之研究。难哉！①

加上吴宓，不过五人，对研究院的发展，却有三种意见。赵元任、李济赞成研究院收缩，这是学校上次校务会议的意见。梁启超、吴宓跟他们意见相反，希望研究院能扩大发展。王国维无可无不可，一副事不关己的样子。

也就是说，五位先生中，一位中立，另外四人，两两一致，并没有形成反对校方的强大意见，当然，也没有形成一致的妥协意见。

之前不是都支持自己的计划吗？怎么现在情况变成这样了？

“难哉”二字，让人们读出了吴宓的辛酸。人心不可测啊，到了这样

① 吴宓著，吴学昭整理：《吴宓日记（第 3 册：1925—1927）》，北京：生活·读书·新知三联书店，1998 年，第 123 页。

的地步，能再说什么呢？

我们一定会理解吴宓的感受。在中国办事本来就难，他非长袖善舞之人，办事更不容易。情况不妙，形势严峻，研究院的生存空间正在遭受挤压，如此境况下，教授们尚且不能达成一致意见，一个张罗具体事儿的，心里当然不是滋味。他吴宓虽然不是研究院的教授，毕竟也是个学者，本来应该专心做学问，就不应该蹚行政的浑水。当这个主任，不能说就是个傀儡，至少可以说就是台机器，不过写些文件，伺候伺候儿位教授，费心劳神、出力不落好，一肚子窝囊，该向谁说？

再看几位教授。如果我们能认真分析一下他们各自的处境、各自的态度，其实也不难理解。

赵元任、李济、张彭春、钱端升是同一类人物，他们私人关系未必相互之间都好，但颇有点声气相通的意思，俨然已在清华园崛起，他们年轻，未来是他们的。特别是此时的赵、李二人，在研究院里的处境并不好。他们跟学生年龄差距不大，读书做学问的思路却大异其趣。他们的课，感兴趣的学生不多，能听懂的就更少。课堂上，学生们心不在焉的、打瞌睡的，在所难免。第一学期期末，还有学生给吴宓写信，要抵制赵元任语音学课的考试，吴宓费了好大功夫才把事儿摆平。研究院如果还是按眼下的思路招生、教学，他们岂不是仍然要处于这种尴尬里吗？

梁启超一生都是个行动者，有什么意见，必须酣畅淋漓地讲出来，冒天下之大不韪也不怕。为了研究院，如此据理力争，实属一贯为人。他是研究院最受欢迎的教授。选他当指导老师的学生，数量最多。毕竟，他名气大，社会资源多，学生们发文章、找工作，他确实能够说上话。他人又好，能帮人尽量帮，常常是来者不拒。研究院的教学模式，原是他大力倡导的。所以，他在研究院如鱼得水，关键时刻，自然也会力挺吴宓。

王国维是个单纯做学问的人，本就不太关心俗务。人之一生，需要安身立命，对于他来说，需要的只是一个能够安身的地方，而立命是自己的事，和外面的世界没有关系。如果有一座“风能进，雨能进，国王不能进”的处所，他宁愿“躲进小楼成一统，管他冬夏与春秋”。研究院是存还是废，是扩大还是收缩，他没有多大兴趣。只要能做学问，清华学校也好，清华大学也罢，研究院也好，大学部也罢，都是一样的。一年来，命运对他已经露出了微笑，他置身在安静和温暖的氛围里，一定不愿意节外生枝，打破平静的生活吧。但他又知道，生活的改变是免不了的，该当如何就如何吧。

说起来，吴宓是研究院的主任，其实就是个管家，院外有校方，院内有师生，上挤下压，两头受气，又常常两边不讨好。学校做出什么决定，他无力反对；研究院的局面，也不是他能掌控的。

但吴宓仍然不愿轻言放弃。他认为事情还没到绝望的时候。此后的几天里，他分头做教授们的工作，给他们写信，和他们见面，不厌其烦地表达自己的意见，想要求得转圜。

一个人想要说服他人，其实是很难的。个人的意见既已形成，如果不是情势发生了变化，所谓转圜，其实余地并不大。

梁启超自然一点儿也不吝惜表达自己的支持之意，还给吴宓打气说，就凭研究院成立半年来的成绩，已经足以值得赞美了，甚至比之前希望的还要好，老师用心，学生用功，有三五人的著作，已经完全可以“附于著作之林而无愧”了。如果校方不支持研究院发展，他梁启超也会像吴宓一样，考虑退出来。

王国维、赵元任、李济的态度稍稍有些转变。至少，王国维说，他也不赞成减少招生;赵元任和李济,勉强地向他表示了理解。不过,总体说来,他们三位立场并无太大变化。

就是在这样的情况下,吴宓写下了洋洋四千言的《研究院发展计划意见书》发表在校刊上。他要把自己的真实想法,在全校师生面前和盘托出。人在屋檐下,焉能不低头,道理他自然明白,但哪怕大势已去,他也要做一个光明磊落之人,要让大家知道,吴宓并非毫无原则、没有办法。这一次,他不再谦逊,不再退让,他愿意奉陪,跟张彭春、赵元任周旋到底。

几天之后,在吴宓的强烈建议下,校长曹云祥召集了教务会议特别会议,专题讨论研究院的问题。

张彭春势力大,态度强硬,他和梅贻琦、赵元任,有唱有和,吴宓虽然操起三寸不烂之舌与之争辩,还是寡不敌众。最终的讨论结果与上一次没有变化,吴宓完全失败。

吴宓四肢冰凉,唯脊梁冒汗。会议结束,张彭春专门找吴宓解释说,都是为了清华的大事,意见可以不同,原也是正常的,希望吴宓安心在清华待着,不要辞职,这里毕竟是中国唯一的乐土。张彭春的安慰,在吴宓看来,自然是假惺惺的。

吴宓下了最后的决心。他要辞去研究院主任的职务。

四

研究院风波乍起之时,清华园内的另外一场风暴也正在酝酿。这一场风暴,来势更猛,酝酿的时间更长,影响面也更大。

事情还要从曹云祥欲辞职说起。

就在国学研究院第一届学生入学仅仅一个多月之后,1925 年 10

月 13 日晚上，曹云祥和张彭春有一次长谈。前者对后者说，下个月，他要随颜惠庆去英国公干，校长一职势必要辞去，清华得产生新的校长了。

颜惠庆是曹云祥的表哥，一直对曹云祥青眼有加。他是北洋时代的外交官，代理过北洋政府的外交总长和内阁总理。曹能当上清华校长，自然跟他表哥是分不开的。

查阅《颜惠庆日记》可以得知，清华校长任上的曹云祥，和表哥过往甚密，他常常来看表哥，有时候出一趟北京都要让表哥知道。1925 年 10 月 7 日，北洋政府正式发布了颜惠庆出任驻英国大使的消息，10 月 21 日，曹云祥来到颜惠庆家，向表哥提出想跟他一起到伦敦，哪怕是担任总领事也行。[①] 在此期间，曹云祥和表哥过往甚密，甚至还参与了颜惠庆外交方面的一些工作。颜惠庆应该也向曹云祥做了承诺，因为他在 1926 年 1 月 17 日的日记里，有这样一段话：

> 访王正廷，谈派往伦敦的人事问题……曹云祥不能去。[②]

确实谈到了曹云祥出国的事。

根据颜惠庆的日记我们可以知道，辞去校长一职，离开清华，是曹云祥自己打的主意。向颜惠庆提出后，颜惠庆对他是有某种承诺的，否则，不会去跟王正廷谈。王正廷是外交总长，英国使馆的工作人员选谁，颜惠庆要向王正廷汇报。外长不同意，曹云祥就去不了。

堂堂一个清华校长，曹云祥工作得好好的，为什么要谋求一个驻英

---

① 颜惠庆：《颜惠庆日记 · 第二卷》，上海市档案馆译，北京：中国档案出版社，1996 年，第 276 页。

② 同上书，第 300 页。

使馆的工作岗位呢?

今天,我们很难从曹云祥的言论中找到准确的解释。但依然可以从他的生平中寻找一些蛛丝马迹,从而推断他内心的逻辑。

曹云祥是个对自己有要求的人,来清华,不是要当官,而是要谋事的。他也确实堪称有手腕、有办事能力之人。就是在他的任期,清华基本完成了从留美学校到真正的大学的精彩一跃。个中甘苦,今天的人们也能够体味到。他被人称为"清华大学之父",不是没道理的。但从气质上说,他不是个学者,也不以办学为终生志业。他更多的是想在本职岗位上取得业绩,让上司看到他的能力,从而为下一步的事业加分。至于下一步的事业是什么,他不一定完全想清楚。从他后来的经历来看,行政工作、社会工作,尤其是外交,应该是他心仪的职业。他因为历史的偶然来到清华,为清华做出了一番事业,但从根本上说,他不属于清华,甚至不属于中国的大学,不属于中国的学术。他注定会离开这里,只是个早晚问题。现在,机会来了。被任命为驻英国使馆一把手的表哥一向对他不错,也答应帮他的忙,自己条件又那么好,想来,到英国工作应该没什么问题。他就试探性地向张彭春说了。没想到,这一说引发了轩然大波。

根据颜惠庆的日记,此时,离曹云祥向表哥提出出国的请求还有一个星期。曹云祥是不是从某种途径得到某种暗示,他有可能跟随颜惠庆西行,我们不得而知。也许,这只是他的一厢情愿,并没有什么确定性的信息。但既然有可能,他就试探性地向张彭春放个风,看后者是什么反应。

张彭春初到清华时,和曹云祥配合得不错,曹云祥很欣赏他。张彭春性格峻急,有才干,曹云祥的一些想法正是由他操刀一一落实的。"当时的清华学校,曹云祥被喻为总统,张彭春被喻为总理,可见张彭春权力之大。”[1]但时间才是最可靠的评判者，无论是工作伙伴还是生活伴侣，蜜月期之后，常规性的交往才能够开始。

不过一年左右，两人之间渐渐出现一些罅隙。曹云祥发现，张彭春开始膨胀，对于校中师生总有点居高临下、盛气凌人的样子。他批评过张彭春，说他专制、冷傲、不近人情、好走极端。但在张彭春看来，曹云祥是个官僚，善用权术，任人唯亲，一干行政部门，都是他的亲信在把持。他还认为，曹对于教育是个外行，清华改大是他张彭春提出的计划，却被曹云祥据为己有。曹这样的校长，没人替他出谋划策，没人提醒，就会做外行事，如果没有他张彭春，曹云祥能够把清华带到哪一步田地，是没谱的事。所以，言行中轻慢之态就忍不住地流露出来。有一次开会，竟然当着一屋子人，当面批评曹云祥，让曹云祥吃惊又厌恶。

那一个晚上的谈话持续了很久，以至于谈话的内容，张彭春第二天才在日记中补记。想来，他们谈话的场景一定饶有兴味。清华学校两个最为人瞩目的人物聊一个敏感话题，既不可能完全敞开心扉，也不能不实话实说。云山雾罩，偶尔又光芒外现；藏而不露，却时有机锋逸出。

张彭春的日记，记下了他的心理活动。虽然“掌权是最大的引诱”[2]，但他并未轻举妄动。他告诫自己，校长之位很多人盯着，如果校长提名自己，一定会招致校内、校外不少人的反对。他张彭春在外交系统没有根基，来清华的时间也不长，没有足够的实力，更没有一点点把握。所以，不能利令智昏，盲目出招，否则，必将身败名裂。但他还是有一丝幻想。毕竟，他是学校的教务长，是距校长职位最近的人。他懂行、年轻、精力充沛，来清华后一直干得不错，工作中从来没有失败过。

① 蔡德贵：《清华之父曹云祥·传记篇》，西安：陕西师范大学出版社，2011年，第288页。

② 张彭春：《日程草案》，1926年10月14日。

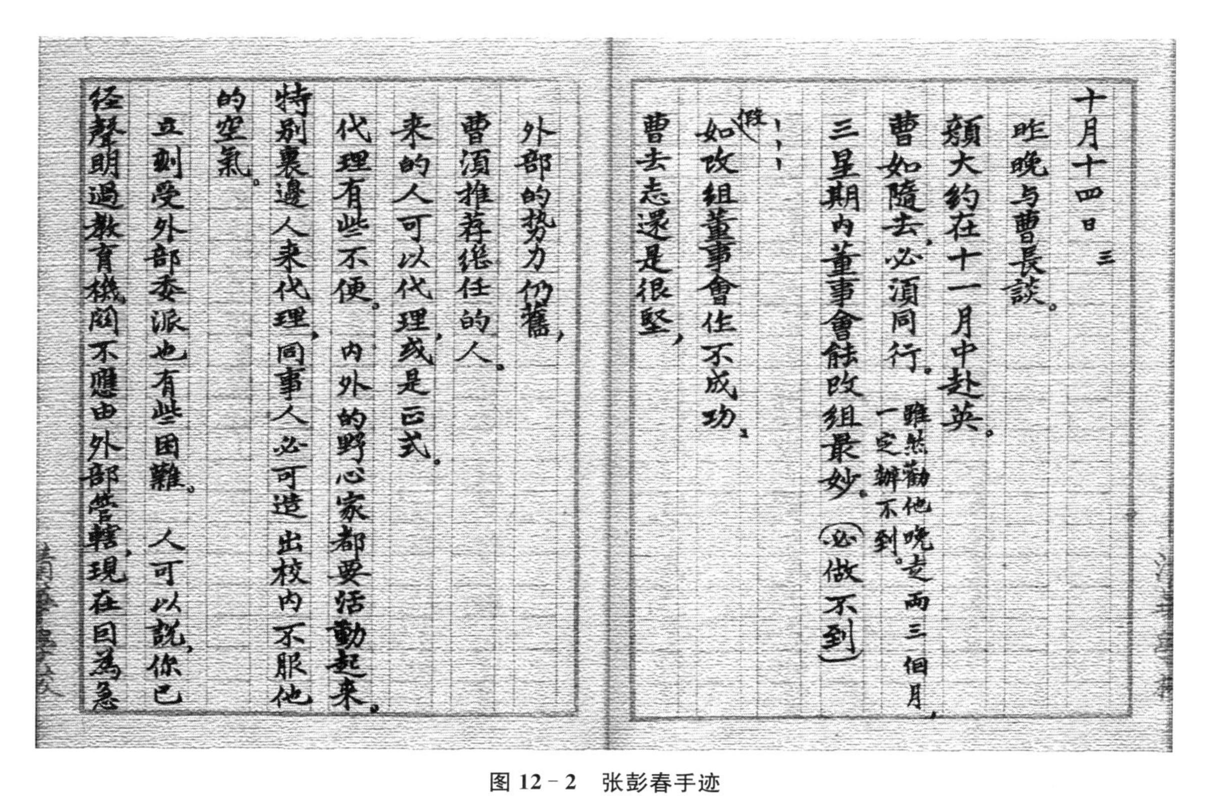

十月十四日 三

昨晚与曹長談。

頗大約在十一月中赴英。

曹如隨去，必須同行。雖然勸他晚走兩三個月，一定辦不到。

三星期内董事會能改組最妙。（必做不到）

（假）如改組董事會作不成功，

曹去志還是很堅，

外部的勢力仍舊，

曹須推薦繼任的人。

來的人可以代理或是正式。

代理有些不便。内外的野心家都要活動起來。

特別裏邊人來代理，同事人必可造出校内不服他的空氣。

立刻受外部委派也有些困難。人可以說，你已經聲明過教育機關不應由外部管轄，現在因為急

图 12－2 张彭春手迹

张彭春的清华学校《日程草案》现藏美国哈佛燕京图书馆。

他在新制大学部的学生中很有人气，当上校长，于己、于学校都是很好的发展机会。

心里有了想法，就不一样了。张彭春默默地注视着校园里的一切，内心常常翻江倒海般活动。他暗暗告诫自己，当个校长不过是干行政工作，得见不想见的人，说不想说的话，可能一辈子连一本著作都不会有，无趣得很。但这个机会太好了，可能是一生中最好的机会——甚至，一生之成败就在此一举。过两天，他的想法又发生了变化，他设想着当上校长和当不上校长的各种后果，甚至对清华的人事格局都做出了深入分析。他矛盾、纠结，却又割舍不下。

经过分析，张彭春还是认为，曹云祥"去后惟有推荐我"[①]。曹云祥也确实正面跟张彭春谈了此事。[②] 但很明显，曹云祥并不坚决。谈了很多次，也说过要推荐张，却又流露出不放心：张彭春是很多人的眼中钉、肉中刺，太多人反映他太凶、拿人不当人看，当个教务长就那么霸道，如果当校长，别人可就真的没活路了。

张彭春觉得委屈。他觉得，说自己气量小并不为过，因为自己胸无城府，常常一看别人无理就马上跳出来批评，毫无疑问，得罪了不少人。但如果说他凶，他不承认。他看起来厉害，其实内心懦弱得很。得到了"凶"的评价，只能怪自己平时不能以善服人。

无论如何，校长问题成了清华园的焦点。

对于曹云祥来说，本是无所谓的事。赴英国之前，只要能够顺利交班，他的历史使命就完成了。清华，他已经做了应该做的工作。将来的日子，往哪里去，变成什么样子，那是命运，是未来的校长和职员、教师、

---

① 张彭春：《日程草案》，1926年11月17日。

② 张彭春：《日程草案》，1926年12月9日。

学生们的事，与他无关。他将会成为文物，进入清华的校史中任人评说。

对于张彭春来说，意义就不一样了。按说，他已经把自己的精明强干让全体清华人看到，并不需要用校长的职务证明自己，但他离校长的位置那么近，几乎是稍微一伸手就可以触及，如果不是圣人和傻瓜，任是谁都会禁不住心里痒痒的吧。可他怎能不知道，校长一职对于他来说，是锦上添花，也是烫手的山芋。

张彭春的对手们如临大敌。他们知道，现在是决定个人、部门乃至清华学校的重要关口。张彭春的进退，影响到的绝不只是张彭春的个人问题，还牵涉到学校的院系、专业设置、发展方向，乃至教员的聘与不聘、办公教学经费的多与少。从以往的情况来看，刻薄寡恩的张彭春是不值得信任的。所以，他们要团结所有能团结的人，用尽千方百计，一定要把张彭春拉下马。

四面树敌的张彭春，命运已然决定。

五

此时的吴宓，即便已经想好了退路，日子仍不轻松。事实上，他提出辞职，反倒成为更多事情爆发的导火索，也让他一度陷入更为尴尬的境地。

吴宓向曹云祥摊牌，既然校方跟自己的意见不一致，那么，他还占着研究院主任的位子肯定是不合理的，长此以往，唯渎职而已。他彻底想通了，下半年他要辞职，专门当一个教授。至于研究院，还是另请高明吧。当然，为了顾全大局，自己也可以再勉为其难坚持一段时间，一有合适人选，马上让贤。

天平终于开始倾斜。如果说,以往,曹云祥常常勉强而努力地维护张彭春,这一次,他的态度明显地变化了。

曹云祥安慰吴宓说,近期发生的事,最吃亏的是他吴先生,堂堂一个研究院主任到了要辞职的地步,作为校长他不希望这样的事情发生。他很抱歉,希望吴宓能够重新考虑辞职的问题。退一万步说,如果吴先生觉得工作难做,实在不愿意勉强自己,学校也应该同意辞职,待来日需要吴先生帮忙的时候,再重新安排行政职务。

上级和下级谈话,当然要把姿态做足,下级吃了亏,也是哑巴吃黄连有苦说不出。但接下来,校长的表态就有点耐人寻味了。曹云祥说,某人气焰过于嚣张,做事太不留后路,犯了众怒,要严加警告,适当时机还要加以遏制……

某人,自然只能指张彭春。

"适当时机"还没来,研究院学生却来找吴宓的麻烦了。

我们在前面说过,那个年代,学生反对校长、教授,不是大不了的事,甚至可说是不时发生的。五四运动中,是学生出头,把一个国家的话语场彻底改变了。血气方刚的学生们挟五四运动之威,要求更多发言的机会。他们认为,大总统是公民选举的公仆,校长就是学生雇佣的总经理,所以,校园风潮特别多。北京尤甚,上海、南京、武汉、天津、广州的校园里都不平静。其中,以反对校长、拒绝他们认为不合适的新校长掌握学校权力为最多。有时候,达不到目的,也会有好事者趁机闹别的乱子,比如游行、罢课、罢考。风气如此,学校当局也无可奈何。

就拿吴宓来说吧,前段时间,研究院学生们找他来提要求——赵元任的课免考。他不同意,跟他们谈了很久,惹得学生们大为不满。

研究院还有学生提出了更过分的要求:要文凭,至少发个学士文凭,硕士文凭更好。如果将来能留洋,文凭是最好的申请证明。还不止如此，他们还要求将来也参加留美招生考试，当然是学校公派。这些要求，吴宓一个也没办法答应。招生时候是说好的，研究院学生没有文凭，更不可能留洋。自己不是校长，又行将辞职，没法表态，只好按照自己的理解敷衍应付一通。学生们觉得他态度不积极，万事都推托，实在不是个称职的研究院主任，警告他说，他们的要求如果不能得到解决，还要向外界发声明请他辞职。

焦头烂额的吴宓已经失去了方寸。他不知道该进还是退——不，应该说他不知道如何退却，进，已经是不可能的事情了。他没有冲锋的想法，也没有冲锋的必要。他要选择好路线，从是非圈里撤出来，争取平安着陆。

曹云祥又一次出现了。他告诉大家，由于种种原因，他决定不去英国了，要留在清华继续和大家一起工作。他把几个重要的主任和教授召集到一起吃饭，请他们发表意见。他一再告诫大家，有什么困难一定说出来，能解决的尽可能解决，解决不了的留待以后慢慢解决。

碍于张彭春也在场，一开始发言的人敷衍几句就完了，根本不多说。大家都是聪明人，何必在这种场合充当演讲明星呢？和一个人搞好关系不容易，得罪一个人有时候只需要一句话、一个眼神。

反而是张彭春侃侃而谈，话里话外都是为自己辩解。他申明，校长不离开学校皆大欢喜，所谓校长继任问题已经不是问题，大家大可放心，有曹校长在，清华平安无事。至于他张彭春自己，从来没有想过当校长；还有人说他想把国学研究院收归囊中，那完全是无稽之谈，他根本没有这个打算。

喝了点酒，本来没想发言的吴宓此时再也按捺不住。他晕晕乎乎地从座位上站起来，激情澎湃，慷慨陈词。他说，来到清华半年多，自己以真心待人，却总被权谋对付。他受不了张彭春总是越俎代庖，对研究院的事横加干涉;受不了赵元任不理会自己的诚心厚意,处处拆台;受不了清华一位同事,想要来研究院当教授,达不到目的,也把怨气发泄到他吴宓头上。他再次申明,决不再担任研究院主任。

山雨欲来,张彭春一定知道局势的凶险。吴宓刚刚坐下来,他又一次站起来痛说心事。他说,他对研究院确实有自己的看法,可最终的议案是学校开会确定的,单独哪一个人都操纵不了。研究院里的教授,梁启超主动找他谈,赵元任找上门来谈,而不是他找梁启超游说,也没有命令赵元任如何。校园里流言汹汹,让他极度苦闷,不堪忍受。谁要是说他张彭春做了见不得人的勾当,请拿出证据来,否则,绝不善罢甘休。你吴先生不是说,你对研究院的规划如果不能实施,就要辞职吗?我张彭春来清华,也是立志要实现自己想法的。如果时运不济,我辞职,又有什么可顾惜的。

此时此刻,让张彭春这头骆驼倒下,还需要最后一根稻草。但其实,这根稻草,已经扔到张彭春背上了。

第二天,几位教授、主任又拉着吴宓约校长吃饭。他们要向校长施压,坚决把张彭春拉下马来,能让他离开清华更好。

结党起事,君子不能为啊。吴宓暗暗对自己说。他和张彭春之间,并无私仇,不想置人死地。可事已至此,不参加,那一帮反张的同事肯定会怪他不够意思。这么大的事情置身事外,让别人出头,也不是君子干的事。

咬咬牙,吴宓还是去了。

哪里料到,还没有轮到大家痛斥张彭春,校长先讲话了。他说,他已经下了最后的决心。前几天,吴宓的辞职信一递交,他就让张彭春看了。他批评张彭春不团结人、不能服众,别说继任校长,单说制造的这些校园不安定因素,就让人担心,让人失望。张彭春很委屈,认为关于研究院的决议，是大家一起商量通过的，现在把问题归结到他一个人身上，不公平，不甘心，不能忍。张彭春已提交了辞呈，要辞去教务长的职务，专做教授。但曹云祥决定，要提请学校董事会，给张彭春免职处理，给他一笔钱，让他离开清华出国游历，欧美也行，印度也行，反正越远越好。

准备好的激烈言辞全然失去用场。一干教授、主任听得默默无言。这顿饭吃得，让吴宓有百般滋味。众人散去，他独自雇一辆人力车回家。冬天的街道满目萧索，他暗暗地感叹人生之不易。想那张彭春的今大，不过是中国历史上无数权臣的下场。权臣威胁到主子，主子动怒，略施手段，就让他万劫不复。看起来校园里反张之声不绝于耳，其实没什么实质作用。真正起作用的，是校长。校长一开始说要去英国，急于脱身，觉得推荐张彭春接替自己也好；现在不走了，面对张彭春的上蹿下跳，穷凶极恶，校长一怕大权旁落，二怕驾驭不了，所以借着大家的不满下了狠手。看起来是大家在向校长进张的谗言，其实说白了，是校长利用大家的反对达到了自己的目的。多么解恨，多么讽刺，又多么让人无语！

六

一周之后，吴宓听说，张彭春收拾好自己的行李，黯然离开了清华园。他当然没有去送张，犯不着这个时候去卖好。但他心里并不舒服。张彭春不是个道德高尚的君子，却也不是个与世无争、不通世故的书呆子。他是个有才干之人。张彭春离开了，吴宓谈不上有多高兴，相反，隐约有一种兔死狐悲的苍凉。他有一种不好的预感。

吴宓的预感很快被证实了。

张彭春上午刚走，下午就有一批学生聚在一起开会。主要是一些旧制生，他们平常就拥护张彭春，认为年轻的张彭春是清华学校里最有理想的老师。张彭春临走时，有几个学生来家里看他，他向学生慷慨陈词。学生们连连替他不平，送走拥戴的老师，马上开会，要发动更多的人，一起行动起来向学校施压，挽留张彭春。

那几天，对于当事人来说，是极端难熬的日子。学生们包围了曹云祥的住宅，也包围了几个主任、教授的家，游行示威，喊口号。他们要求惩处“诸凶”——有几个人是“元凶”，吴宓名列“陪凶”之中。校方如果不答应，学生们就要将事情升级，要暴动，要施以武力，连曹云祥也一起赶走。

多亏曹云祥手腕灵活。虽焦虑不堪，他依然做出了后来被事实证明为合适的决定——把倒张的几个人，解职的解职，解聘的解聘。学生们的一口恶气也算出来了。

学生们大游行的那天，吴宓提前得到通报，住到城里，没有返校，好歹算是避开了风头。

但是吴宓的麻烦还没完。

张彭春去职以后，梅贻琦当了教务长。这位梅贻琦，本是张彭春的密友，后来给清华大学做出了极大贡献。他不是个学问家，是个天生的教育家。他有一句名言：“所谓大学者，非谓有大楼之谓也，有大师之谓也。”后世之人，耳熟能详。他说的话很有可能是在与梁启超、王国维这样的教授相处时产生的感想。

曹云祥宣布，成立学校改组委员会，赋予它学校的最高权力：起草学校的“宪法”——《组织大纲》，专门规定学校的院系设置、专业划分、人财物等一干要事。

这个委员会中，曹云祥和梅贻琦是当然成员。教授会也选举出几位委员参加，其中，留洋回来的少壮派占了多数。吴宓也是委员之一。

焦头烂额的曹云祥此时召集大家起草这样的文件，是迫不得已的。本来，他并不一定需要这样的校园宪法，但前一段时间校园里一系列沸沸扬扬的事件，让他充分领略到事情的复杂。该敞开校长室的大门，听听大家意见，重新梳理一下思路了。

《组织大纲》里，研究院的未来如何设计，肯定是绕不过去的事情。现在，没有张彭春的存在，研究院就可以宏图大展，按照吴宓的计划扩张发展了吗？

不幸的是，事与愿违。纵然置身其中，吴宓的想法，依然成为镜中之月，水中之花。

1926 年 3 月 6 日，轰动全国的“三一八”惨案发生两周之前，吴宓在自己的日记里留下了这样的文字：

> 是日所以心境恶劣，因委员会起草《清华学校组织大纲》已竣功。该大纲中，竟将研究院取消。仅于各系中设研究教授及研究生。此乃钱端升之意，宓亦甚赞成。惟念去年三月六日，研究院中、英文章程，方在大学筹备会中通过，而今年次日，复在委员会之《组织大纲》中取消之。由我作成，复由我手破坏。我乃如杀身自焚之蚕儿。因力顾大局，希望全校改良……乃自在委员会中，将研究院主任之职位取消。如此高尚之心情，谁复谅解？然此弥可伤悲也矣。①

读了这样的文字，我们只能无语。一个人，眼睁睁地看着自己最热

① 吴宓著，吴学昭整理：《吴宓日记（第 3 册：1925—1927）》，北京：生活·读书·新知三联书店，1998 年，第 153 页。

爱、最在意的事情走向穷途末路，心境该是如何沉重。而且，在外人看来，吴宓本是有可能伸手拉一把的。

我们试着解读一下吴宓的内心。根本上说，他没有改变自己的主意。校长还没有批准他辞职，他还是研究院主任，一定还希望研究院有更多的教授、更多的学生，实现扩展，在国学研究的版图上建立起强大的根基。但是，经过一番折腾，他也渐渐明白，学校有学校的计划。从学问上说，国学也好，其他学科也好，本无高下，哪一个学科都有发展的理由；可是从学校的组织上来说，必须有所选择，有所偏重。组织架构的规律，跟学问的规律是不一样的。钱端升的意见跟自己不一致，但钱端升和张彭春不一样。张常常仗势欺人，钱是在讲道理、谈看法，他的看法不见得没道理。如果大家都赞成，自己也得服从。因为，此时此刻，他代表的不是研究院，而是委员会的成员；考虑的是全校的事，不单是研究院的事。那么，即便做一个“杀身自焚之蚕儿”又如何。

研究院的学生不这样看。大纲方案刚刚公布，研究院的学生便群情汹涌。吴其昌①、杜钢百②领头，一群人涌到吴宓的办公室来讨伐。他们认为，吴宓既然是研究院主任，就要为研究院发声。你不力争，谁会为你力争？你不力争，就是叛徒，就是渎职。

既然定位为渎职的叛徒，审判和对付就简单了。吴其昌拿着研究院学生会的函件要去面见校长，让学校免去吴宓的职务。如果校长不干，那他们就要把主任室的大门给封住，看吴宓还怎么工作。

---

① 吴其昌（1904—1944），浙江海宁人，清华国学研究院第一届学生，后来成为著名的甲骨文、金文学者。研究院毕业后，历任南开大学讲师、国立北平图书馆特约编辑委员、清华大学讲师、武汉大学教授等。

② 杜钢百（1903—1983），四川广安人，清华国学研究院第一届学生，从王国维、梁启超研究经史。曾任武汉大学、上海暨南大学、上海中国公学教授。1949 年后任西南师范学院教授。

本来,吴宓报告曹云祥说,愿意再坚持半年,等到研究院有合适的主任人选时再移交工作。现在,他强烈地感觉到,是非之地不可久留,水太浑了,再待下去,除了身败名裂为人耻笑,没有第二种可能性。此时不走,更待何时?

吴宓的辞职,终于成为现实。

此时,吴宓就任研究院主任还不到一年,研究院的第二个学期刚刚开始。

第十三章

陈寅恪,静水深流

一

1926 年 7 月 6 日下午,吴宓接到一通电话。电话那头告诉他,陈寅恪到北京了。他喜出望外,马上叫了一辆人力车去看望老朋友。

7 月的北京骄阳似火,正如吴宓几个月来备受煎熬的内心。此时,他辞去研究院主任已经四个月了。对于他来说,离开了风暴眼,压在心头的一块大石头算是搬掉了,他有点空虚,甚至感到有些不真实,可他一点儿也不轻松。学校里还有无穷无尽的事,而他耿耿于怀的那本《学衡》杂志,也出现了麻烦。同人诸君不配合,北京的助手指望不上,筹钱、约稿、编辑、邮寄刊物,都只能他一一亲自来做。内心深处,他希望能够安安静静地坐在书斋里,读想读的书,写想写的文章,可总是安静不下来。红尘滚滚,岁月如流,清华虽好,毕竟不是世外桃源,屏蔽不了人间的种种不快。听说好朋友陈寅恪马上要来清华报到,他的内心,一定是感慨万千吧。他写了一首诗送给陈寅恪:

经年瀛海盼音尘,
握手犹思异国春。
独步羡君成绝学,
低头愧我逐庸人。
冲天逸鹤依云表,
堕溷残英怨水滨。
灿灿池荷开正好,

图 13-1　陈丹青油画《国学研究院》(右二为陈寅恪)

陈丹青创作这幅画时曾去清华大学收集素材,结果“不但没有一个人知道本校有过这样一所研究院,而且没有一个人能够听清,并复述‘国学研究院’这几个字”。[①]

① 陈丹青:《退步集》,桂林:广西师范大学出版社,2005 年,第 14 页。

名园合与寄吟身。

两个多年不见面的好友，双手紧握、四目相望，一定会回想起在国外的岁月。读书、吃饭、聊天，共同的经历，一旦铭刻在记忆里，必将难以磨灭。往事重现，记忆复活，眼见得陈寅恪终于求得满腹学问回国了，可喜可贺啊。转回头再想自己，吴宓不由得陷入复杂的感情中。归国几年，四处飘零，想法不少，却几无实现的，反倒常常不由自主地随波逐流，陷入人事纠葛中，怎能不感到惭愧呢？现在，志向远大的好友来到著名的清华园，眼前那满池满目的荷花开放得那么清新灿烂，它们正和校园里那些年轻的学生一样，向陈寅恪绽开笑脸，欢迎他，祝福他，期待着和他一起成就一番事业。

这一年，陈寅恪36岁。

二

陈寅恪和吴宓是在美国哈佛大学认识的。他们不是同乡，不是同学，也不是同年来美国的，本来并无交集，但刚一接触，还没聊上几句，就极为投缘。

表达这种感觉的，主要是吴宓。那几本迷人的《吴宓日记》里，陈寅恪是经常出现的名字。吴宓笔下的陈寅恪，心如深井又眼高于顶，目光炯炯而言多机锋。陈寅恪青年时起，喜怒臧否便很少流于言表，一旦发言就常能道他人之所未道。而他对吴宓，从此后几十年二人的交往来看，无疑也是把后者作为一生的好朋友来对待的。

陈寅恪和吴宓认识，是同在美国的俞大维介绍的。

俞大维是个传奇人物。年轻时候的他是个超级学霸，早年修哲学，拿了个博士学位。但他的才能并不仅仅在哲学方面。他研究过爱因斯坦的相对论，用外语写的数学论文发表在等级很高的学术杂志上。他那通才的气象，也许只有赵元任才堪一比。但后来，他跨越的行当幅度之大，却是连赵元任也望尘莫及的。那是一个偶然的机会，俞大维接受国民政府的邀请，在德国进行军事考察——其实是军事学习，从此沉迷其中。“九一八”后，他完全抛弃早年所学，一颗心被另一个完全不相干的领域——军工所牵系，带着一帮人，没明没夜搞起了武器研究。火炮、机枪、弹药……从欧洲买过来，拆开、研究、仿制，然后一批又一批生产出来，投入战场，成为中国军队作战的利器。后来，他被称为“中国兵工之父”。蒋介石赏识他，器重他，他一生都觉得要报答蒋介石的知遇之恩，所以，1949 年，山河变色，他虽然明知蒋家王朝将会是什么样的历史结局，仍然选择了南渡。晚年，李登辉执政台岛，“台独”的调调前所未有地喧嚣。此时的俞大维已是风烛残年，他愁肠百结，煎熬又无奈，临去世前皈依佛门，生命中只剩空空的嗟叹和无尽的感慨……

俞大维是陈寅恪的姑表兄弟，后来娶了陈寅恪的亲妹妹陈新午，所以又是陈寅恪的妹夫。而他们俞家，是中国近现代历史上一个极为显赫的家族。

俞大维的父亲当过湖南省的学政——相当于湖南教育厅厅长，母亲是曾国藩的孙女。俞大维的两个妹妹分别是大名鼎鼎的傅斯年、曾昭抡的夫人，表姐曾宪植的丈夫是叶剑英。俞大维的儿子娶了蒋经国的女儿。

如此家族背景与姻亲关系，不知情的人往往瞠目结舌，觉得难以置信。可这是真的。我们中国人往往把家国放在一起说，家的背后是国，国里又有家。这不光是个说法，而且是一种事实。就像俞家，一部家族史，几乎就是一百年来中国政治、文化史的一条重要线索。

俞大维和陈寅恪"情属至亲,谊兼师友",他对陈寅恪的了解自然远在他人之上。他毫不吝啬地把陈寅恪介绍给吴宓,而吴宓一认识陈寅恪即为之倾倒。

1919年,陈寅恪和吴宓结识的那一年,陈寅恪29岁,吴宓25岁,正是风华正茂时。他们是把读书、问学作为一生追求的。从他们的角度来看,一些留学的同胞眼睛紧盯一己的名利和温饱,看着是在异邦学习,却跟在国内无异,钻研的无外乎欺世盗名、攫敛钱财之术,于真正的读书求学却连门儿也摸不着。这样的做派,实在是琐屑可笑、不足道。一个有志气的年轻人,自然不甘于做这样的"精致的利己主义者"。

在吴宓眼里,学问渊博的陈寅恪是为数不多的榜样:"陈君学问渊博,识力精到。远非侪辈所能及。而又性气和爽,志行高洁,深为倾倒。新得此友,殊自得也。"①而他向别人提及陈寅恪的时候,会介绍:寅恪说起来是我的朋友,其实是我的老师。我敢说,无论讲中西学问,还是谈新旧文化,寅恪都是全中国最博学之人。推崇之情,溢于言表。

事实也正是这样,一旦认定陈寅恪是个可交的朋友,吴宓的内心,一生也没有变过。世事苍茫,20世纪中国的大动荡,让他们经历了太多波折。此后大半生,他们一起度过了清华园里还算安静的岁月,也一起从日军铁蹄下南迁到抗战的大后方,又亲眼见证了国民党败退大陆、新中国成立,中国历史迎来大变局。然而,于他们而言,无论何时何地,文化之心、家国之慨、朋友之情却一如初见。

1925年春天,雄心勃勃的吴宓刚刚和校方谈好自己在清华的工作,

---

① 吴宓著,吴学昭整理:《吴宓日记(第2册:1917—1924)》,北京:生活·读书·新知三联书店,1998年,第20页。

便迫不及待地向曹云祥、张彭春推荐了陈寅恪。

吴宓可不是让陈寅恪来当助教或一般工作人员的，他让清华正式聘任陈寅恪为教授，执教国学研究院，成为和王国维、梁启超待遇相同的教授。

也真是初生牛犊不怕虎。研究院选教授，瞄准的是王国维、梁启超、章太炎这样的大人物，一般的学者根本难入法眼。连他自己都不能当研究院的导师——所谓研究院主任，其实就是研究院的"秘书长""办公室主任"。这一点，吴宓不会不知道，但他还是高调地替陈寅恪说话。

我们完全可以想象到校方的态度。曹云祥、张彭春都是见过大世面的人。凭吴宓的三寸不烂之舌，想说服校方，岂是容易的。

教务长张彭春明确地说，陈先生留学时间那么长，学问想来是不错的，可他一无学历二无著作，当教授不符合条件，不合规矩。聘了一个陈寅恪，以后再来一个张寅恪、王寅恪怎么办？抬一抬手容易，放松了请教授的标准，将来是要给人留下话柄的。

吴宓说，别看寅恪无著作，可《学衡》上发了一篇《与妹书》，虽然只有几百字，一读就能够看出来他的学问，是能够跟外国教授论短长的——说起来是学生，称其为"学侣"也不过分。这样渊博聪明又踏实苦读的人，眼下没有学位、没有著作，有什么关系呢？他那么年轻，假以时日，要什么有什么。作为研究院主任，我有责任向校方推荐。

从陈寅恪书信集里，我们可以很轻松地查到《与妹书》。与其说它是一封家信，不如说是一篇学术自述。几百字里，没有客套，没有寒暄，倒是陈寅恪的学术趣味，如急急的泉水，从字里行间汩汩涌出。读后，却让人脊梁上冷汗连连冒出。

我们来看看陈寅恪的这一段话：

> 我所注意者有二：一历史(唐史西夏)，西藏即吐蕃，藏文之关系不待言。一佛教，大乘经典，印度极少，新疆出土者亦零碎。及小乘律之类，与佛教史有关者多。中国所译，又颇难解。我偶取《金刚经》对勘一过，其注解自晋唐起至俞曲园止，其间数十百家，误解不知其数。我以为除印度西域外国人外，中国人则晋朝唐朝和尚能通梵文，当能得正确之解，其余多是望文生义，不足道也。①

我不是学人，但还是能从中读出陈寅恪读书的冷门与广博。常人泛泛地知道所谓国学西学、新学旧学，所谓东学西来、西学东渐，但不中不西之学、不新不旧的学问，谁能说出个子丑寅卯出来？年轻的陈寅恪一骑绝尘，深入无人问津处。那里似乎黄沙漫天，砾石遍地。他偏要在黄沙里淘出金子，在砾石里寻出宝贝来。

不知道张彭春有没有把《与妹书》找过来读。但张彭春反对这件事是毋庸置疑的。张彭春和吴宓，一见面就互不感冒，无论为人还是做学问，相互看不惯。还有一个显而易见的事实：张彭春在国外是拿了一个博士学位、两个硕士学位回来的，比吴宓、陈寅恪出道也早得多。他有足够的资本坚持自己的意见。

事情僵在那里，吴宓沉不住气了。趁一次和曹云祥见面，他慷慨陈词。他说，清华若与寅恪擦肩而过，于寅恪无碍，但将来，清华人是会后悔的。与其将来后悔，不如现在早下决心，请寅恪来为好。他吴宓是研究院的主任，推荐个教授，如果校方信不过，那也是对他吴某人信不过。信不过，自己还当这个主任有什么意思？

---

① 陈寅恪：《陈寅恪集·书信集》，北京：生活·读书·新知三联书店，2001年，第1—2页。

曹云祥还是有雅量的，竟然同意了。从此，“三无教授”——无学位、无著作、无名气的陈寅恪，进入了人们的视野。

一颗悬着的心放下了，吴宓长出了一口气。他赶快拟好电报稿，把大好消息告诉了远在国外的陈寅恪。

此时的陈寅恪，已转到德国的柏林大学苦读。他并没有喜出望外，更没有受宠若惊。他有自己的学习安排。国外大学图书馆藏书多、版本好，国内没有那么好的条件。他想多读一段时间，并不想马上考虑就业问题。他给吴宓的信里提出两个条件：清华要支持他，多买些书；家里忙，不慌着回来上班，等一阵子再说。

陈寅恪的态度，让吴宓哭笑不得。介绍他来，费了那么大的劲儿，他可倒好，一个“三无”人员，还拿架子，磨磨蹭蹭，也不怕夜长梦多、再生变故。

但吴宓还是很快说服了自己。他眼里的陈寅恪，那么有主意，那么有志气，那么有想法，一定自有道理，应该毫无保留地支持他。

三

陈寅恪委实是个不走寻常路的异类。即便以今人的眼光来看，他的留学之路也实在令人困惑、充满不确定性。也许，只有他，只有他那种家庭出来的学生，才可以如此“任性”吧。

陈家虽谈不上是钟鸣鼎食之家，却也显赫一时。至少，跟俞大维祖上比也一点儿不逊色。清廷百日维新前夜，气象昂扬，风云激荡，陈寅恪祖父陈宝箴正在湖南巡抚任上，父亲陈三立在吏部供职。父子二人，一南一北，相距何止千里，却意气相通，遥相呼应。陈宝箴在湖南办学校、开工厂、勘矿藏，干得风风火火，被视为维新派的一员干将。陈三立在北京，以“抚台大少爷”的身份，疏财结客，明里暗里为变法张目。

一个有趣的情况是，后半生隐居不出，只以诗文自娱的陈三立，年轻时也曾因其出色的交际手段与出手之阔绰，同湖北巡抚谭继洵之子谭嗣同、广东水师提督吴长庆之子吴保初、福建巡抚丁日昌之子丁惠康一起，合称“清末四公子”，大概和今日人们所称的“××四少”差不多吧。

戊戌变法戛然而止，全国局势急转直下，陈宝箴被革职，陈三立也以“招引奸邪”之罪名被免职。此后不久，陈宝箴一病不起，抱憾去世。陈三立心灰意冷，从此决计不再复出当官，不问政事，天天与朋友吟诗唱酬，诗人的名头远远盖过了前吏部官员陈三立的名头。

祖、父辈结识的，都是天下有本事、有权势的人，出生在这样的家庭里，陈寅恪从小就不缺钱、不缺见识。他一定早早就看惯了，也看淡了名利和学位了吧。要不然，依他的才学，出国那么多年，拿几个学位回来，还不是小菜一碟？

实际上，早在 1902 年，在父亲支持下，不满 13 岁的陈寅恪便跟随哥哥陈衡恪[①]从家乡出发，东渡日本，自费留学。此后漫长的岁月里，他大量的时间在欧洲与美国的大学校园度过。他学了日文，又学了德文、英文——这都不算什么，毕竟，这都是大语种，是活着的语言，日常生活和学习中处处都用得上——他特别的禀赋表现在对那些小语种和几乎死去的语言的掌握上。他懂梵文，也学过蒙文、满文、藏文、波斯文……到底多少种、程度多深，众说纷纭，但有一点是确定的：就语言学习而言，他下过苦功夫。

对于普通人而言，那些语言似乎远在天边，永远遥不可及，与自己

① 陈衡恪，字师曾，美术家、艺术教育家，齐白石的好友，对齐白石后来的成名具有重要影响。

无干，别说学习，单单把那一串语种的名字读一遍就觉得很麻烦。陈寅恪不愧是学问家，他忍耐了漫长的孤独岁月，学了这么多语言，因而有了做学问的独家利器。

不过，陈寅恪和天下多数求学者不一样的地方在于，无论他走过多少个国家，师从多少个著名的教授学习，他从来没有得到过一张大学文凭。

大学有大学的规矩，拿学位，就得修完规定的学分，就得经过教授同意，写出学位论文来。可陈寅恪一直都是凭自己的性子，按照自己的设计去读书。他根本无意那一纸文凭。在他看来，读书就是读书，学问就是学问，和取得学位没有什么关系。

终其一生，陈寅恪不过是中学学历。

陈寅恪被清华接收了。但要说完全是凭吴宓的一张嘴说动了曹云祥，恐怕难以让人信服。毕竟，此时的吴宓不过是个初出茅庐的毛头小伙子，虽然因为编了本《学衡》略有薄名，其实在学界他的话语权是非常有限的——他毕竟不是胡适。

一定还有更多的原因。

我想，最主要的原因是，当年，中国的大学是新生事物，学术评价制度不像今天这样严格刻板。今天的大学首先看学位，博士、硕士、学士，一定要排排坐之后分果果；其次看所谓科研成果，著作是不是国家级出版社出版的，论文是核心期刊还是一般期刊发表的，都要量化打分；最后搞得跟人民公社时期的生产队一样，论工分算钱。不能说没有道理，中国是个人情社会，不制定严格的标准，容易给面子留下空子。但堵住一个空子，留下了另外的空子——一个教授，写了多少字，文章发表在什么级别的刊物上，跟他的学术水平到底有多大关系呢？应该说，可以作为重要参考，但不能直接挂钩。

也许，同行的评价——不带私心和偏见的评价，会相对公允些吧。他们是内行，知道哪些文章注了水，哪些文章是干货。如果一个学者，得到内行的交口称赞，这个人的水平一定是不错的。

陈寅恪就是这样的情况。世界很大，中国留学生的圈子却是有限的，谁有多深的水，大家基本知道得差不多。陈寅恪在哈佛读书时，被称为“哈佛三杰”之一；在欧洲读书时，又和傅斯年（一说俞大维）一起，被称为中国留学生里最有希望的“读书种子”。我相信，大家说得多了，就会固定为一种共同的印象。

比如，赵元任是张彭春的同学，也是张彭春介绍来国学研究院的。赵元任收到张彭春的邀请函时，正在哈佛教书。要回国，就得辞去教职，他去跟主任谈，主任说，你一定要回国，别人也没办法，可总得找到有资格接替你的人来工作吧。找谁呢？主任暗示他，找陈寅恪。赵元任就写信给已在德国柏林的陈寅恪，让他来帮自己解套。陈寅恪回信说：“我不想再到哈佛。我对美国留恋的只是波士顿中国饭馆醉香楼的龙虾。”

这件事也可以为那个圈子对陈寅恪的看法提供证明：赵元任和他的主任对陈寅恪都是认可的，他们都觉得陈寅恪接替赵元任的教职是合格的。

陈寅恪来到清华的时候，张彭春已经从这里离开了。他们在清华没有共事，以后的日子，陈寅恪一直在书斋里做学问，张彭春慢慢地从校园淡出，奔向更加广阔的天地了。世界太大，他们的人生，再也没有交集。

我想，余下的岁月里，张彭春一定会听人说起名满天下的陈寅恪。他可能会忽然想起来，吴宓最初向他推荐陈寅恪的情形。他微微一笑。往事如烟，过去的事情都过去了，正在发生的事情都在发生。回望 1925 年 2 月和吴宓的争执，他仍然不会认为自己做错了什么。没有规矩，不能成方圆，这是做事之道。一个人，只要不藏私心，没有恶意，其他的只能任人评说。

不过，世界太大了，人，形形色色，每一个个体都是一个独一无二的宇宙，没有一种条例、规矩、条文适合所有人。总会有一些特立独行者，逸出日常生活的轨道，成就与众不同的人生。有人获得了巨大的成功，甚至也得到了喝彩和掌声，但是，大多数人注定不会被一时一地所理解和接受。然而，放眼更加长远的时空，他们的价值无可替代。他们让这个世界丰富多彩，让这个世界存在着更大的可能。而清华能够把陈寅恪请来，也显示了大学的雅量，让这个无趣的世界又多了一段佳话。

再换个角度来看，陈寅恪的故事之所以是一段佳话，就因为类似的事情少，不合常规。

一来，不是谁都有陈寅恪那样的家庭背景，从小到大生活不愁，眼见得"谈笑有鸿儒，往来无白丁"，离家之后，又可以接受最好的教育。他的家世、他的父兄们、他的留学经历、他的同学和朋友都可以直接或间接证明：这是一个有才华的年轻人。

二来，不是谁都有陈寅恪的才能。无论哪个行当都需要天赋，而天赋之所以称为天赋，往往一出生就注定了，能力可以后天提高，却基本上不可能有实质的改变。我们在生活中见多了，有人一门心思想当作家，写了一辈子也上不了道；有人发誓做学问，却一辈子也进不了学问的门。所以，更多的普通人按照命运规定的道路慢慢来，先安身，再立命，先生存，再发展，才是更加现实的选择吧。

四

校园里多了一位瘦削的年轻人。他不高大，不威猛，完全是一副文弱书生形象。他长了一双很有神的眼睛，总是目光炯炯，似有一种清冷的深意，加上一个高高的鼻子，很有点印度圣雄甘地的神采。夏秋季节，他喜欢穿一件蓝布长衫，走起路来像一阵清风吹过。天冷的时候，他喜欢穿一件棉袍，棉袍外面加一件马褂。凛冬之时，他就在脖子上再搭一条围巾，围巾一头从肩膀上甩到身后，另一头垂在胸前，还要戴上一顶土气的绒帽。不知道的人也许会揶揄他：这是个老夫子，起码是个以老夫子自居的家伙。知道的人就不会大惊小怪了：他是陈寅恪，就是那个留洋十几年也没有一个文凭的教授。

上课了，陈寅恪走进教室，把腋下夹着的书包放在讲桌上，慢慢打开。黄布书包一年四季都夹在他的腋下，书包里是讲义和参考书。他不像梁启超那样，偶尔以谦逊又自负的语言开场："启超是没有什么学问的"——"可是也有一点喽"。此时的他讲课，也不似后来成为资深教授后给新生们开宗明义："前人讲过的，我不讲；近人讲过的，我不讲；外国人讲过的，我不讲；我自己过去讲过的，也不讲。现在只讲未曾有人讲过的。"

陈寅恪没有刻意的客套和开场白，往往是一开始就进入正题，抽丝剥茧，慢慢展开。新近看到了什么资料，跟旧说哪些地方一样，哪些地方不一样；寻常可见的古书说了什么，什么意思……诸如此类的枯燥话题，经过陈寅恪的讲解，忽然就有了光芒，有了重量。学生们有时候会会心一笑，因为瞬间明白了奥妙所在；有时候却会怅然若失：陈先生的观点也没那么高深啊，但他不说，我为什么没想起来？

陈寅恪喜欢板书，黑板写满，擦掉，再写满。其内容，或者是他自己的看法，或者是他引用的观点。写自己的看法，他的笔迹如行云流水，粉笔常常跳动出欢快流畅的线条；引用别人的文章时，笔迹稍稍有些蹇滞，因为他不时要停下来，看一眼手中的参考书。他板书的内容不少，学生想要记笔记却不那么容易，因为他写出来的除了汉字、英文之外，还有梵文、俄文，少有人能认出来，平常见一眼都不容易。陈寅恪手指那一个个字符，读出声音，解释意思，学生才明白过来：哦，原来如此！

有时候，陈寅恪在课堂上会用到很多种语言。“例如寅恪先生讲《金刚经》，他用十几种语言，用比较法来讲，来看中国翻译的《金刚经》中的话对不对，譬如《金刚经》这个名称，到底应该怎么讲法，那种语言是怎么说的，这种语言是怎么讲的，另一种又是怎样，一说就说了近十种。最后他说我们这个翻译某些地方是正确的，某些地方还有出入，某些地方简直是错误的。”①

讲到忘情处，陈寅恪会闭上眼睛，侃侃而谈。他并不是个话多的人，此时却口才了得。名词、术语、材料、见解，恰如一队队俯首帖耳的士兵，汇成了语言和思想的河流，列队而出又奔涌直下。他俨然就是运筹帷幄、指挥若定的将军，闭着眼睛也能够掌控战事的进程与结果。

季羡林先生后来描述听课的感受时说，那是一种令人无法比喻的享受。陈先生娓娓的分析，像剥芭蕉叶一样，一层一层越来越细，越来越深。又像是带领着学生走在山中曲折的小道上，慢慢地盘旋，慢慢地上升，山重水复，前路渐渐不知去处，却忽然柳暗花明，豁然开朗，阳关大道就在前方……

季羡林进入清华大学的时候，国学研究院已经终结了。他是西洋文学系的学生，当年，作为旁听生加塞儿来上陈寅恪的课。相信国学研究院的学生们也会有和他相似的印象吧。学生们说，听别的老师上课，常常觉得，用功些、踏实些，这辈子有可能像讲台上的老师那样博学，但是，听了陈先生的课，常常惶惶不安，觉得一辈子都摸不着他的底儿，怎

① 姜亮夫：《忆清华国学研究院》，载《姜亮夫全集·二十四》，昆明：云南人民出版社，2002年，第76页。

么努力都赶不上他的学问。

课堂上，还出现了别的教授的身影。他们是来听课的。很少有陈寅恪这样的讲课法。别人不会这样讲——也许会有教授不屑，但就是学不来。跟学生一起来听课的教授，有据可查的就有吴宓、朱自清，还有北京大学的外籍教授钢和泰。

朱自清小陈寅恪几岁，却比后者早来清华园一年，此时是大学部国文系的教授，虽然年轻，在学术上还远远没有成为后来的"清华学派"的中坚，却早就声名远扬。他写诗，写散文，是新文学界有声誉的年轻作家。

北大的钢和泰，现在的人们知之甚少，即便是学术界，对他的了解也不多。其实，他是生活在中国的重要汉学家。他出身于俄属爱沙尼亚境内的一个德裔贵族家庭，世袭男爵，所以又被称为钢和泰男爵。钢和泰一生以"读万卷书，行万里路"为志业，在德国哥廷根大学读过书。哥廷根大学是东方学重镇，有很有名的教授，也是季羡林的母校。钢和泰的梵文老师，亦是陈寅恪的老师，所以，二人算得上出自同一师门。后来，钢和泰只身一人来到中国，一边读书，一边教学，在第二故乡中国度过了他的余生。陈寅恪归国之后，两人都在北京，一个在北大，一个在清华，可以常常见面。如果说陈寅恪想要为自己那些奇奇怪怪的学问找个谈伴儿，恐怕只有钢和泰才算是合格人选。钢和泰在北京办了个家庭研读班，常常约几位同道好友，找一本有难度的梵文或藏文书，逐字逐句读下来。一本书读完，既研究了学问，又学习了语言。陈寅恪是这个家庭学习班的常客。人们常常因为吴宓、朱自清、钢和泰来听陈寅恪的课，就称陈寅恪为"教授中的教授"，那么，他和钢和泰就互为"学生的学生"或"学生的同学"了。

国学研究院学生眼中的陈寅恪，是一部"活字典""活辞书"，天下简直没有他不知道的事儿。有时候会发现，这位陈老师的知识面宽到了匪夷所思的地步。比如，有一名学生回忆说，到陈寅恪家去，他有时候会拿出葡萄酒请大家喝。喝着喝着，兴致来了，就会向学生介绍，葡萄原产地是哪里，原来叫什么名字，它传播到哪里，名字又变成了什么；而葡萄酒是哪里的人最先酿造，又是怎么慢慢传播开来，到了某地又叫什么名字……有心的学生如获至宝，就记在小本本上，可时间一长，小本本一丢，就想不起来陈先生讲的是啥，只记着了他曾经讲过某一方面的事……

五

我常常想，面对历史，人心往往是宽容的，总会选择性地谈论一些美好。毕竟，人生艰难，当年的中国人更是活得不易。回忆国学研究院时，善良的人们常常对一些人、事加以美化，而忽略其另一面，特别是，因为对现实有了某种担忧而拿往事来对比时更是如此。今天的陈寅恪遍享荣誉与景仰，可是，在我眼里，清华园里的陈寅恪自我感觉未必有那么良好。他不免有些孤独，有些寂寞，有点老水牛掉井里有力使不上的感觉。以至于有人向初当教授的他表示祝贺时，他用八个字回对方：“训蒙不足，养老有余。”意思是，给那些学生启蒙都有点勉强——他们的底子太差了，当这个教授，从养老的角度看，却是绰绰有余的。八个字，不乏俏皮，也有点揶揄负气的意思。

事实也如此。虽然后来被津津乐道，但陈寅恪对国学研究院的实际影响，更多是象征性的。人们往往是预支他后来的学术成果，来为研究院张目。其实，陈寅恪来到研究院的时候，第一届学生已经毕业了，所以说，他对第一届学生是没有影响的。第二届以后的学生中，听过他课的人不少,但真正投入其门下的,可以说一个人也没有。学术界公认的在中国学术史上可以继承陈寅恪衣钵的,都是研究院结束以后的学生。

一点儿不难理解。校内校外,老师学生,看陈寅恪的眼光是新奇的,也会对他抱以善意和尊敬。但实实在在地说,初出道的陈寅恪可不像后来那样名满天下,社会上其实没有多少人听说过他的名字。

学校里,陈寅恪也没有太多合格的学生。他的课,学生们真正听懂的并不多,不能和他呼应,少有人和他同气相求。学生来上他的课,感兴趣的自会下一些功夫,钻不进去的就会觉得太沉闷了。姜亮夫先生说过:上陈先生的课,我不由得自愧外文学得太差。陈先生引用的印度文、巴利文,还有那些奇奇怪怪造型各异的字,没有能看懂的,即便拿英文、法文来说,我的根底也差。所以听寅恪先生的课,我感到非常苦恼。想要去问他,却几乎每个字都得去问。

所以,我们就可以看到一种评说:

> 另一位导师陈寅恪,刚从国外回来,名气不高,学生根本不知道他学贯中西,也不去注意他。陈在清华大学讲书……专讲个人心得,繁复的考据、细密的分析,也使人昏昏欲睡,兴味索然。所以真正能接受他的学问的人,寥寥可数。①

在国学研究院,陈寅恪开出的课表,跟别的教授相比,确实显得太独特、太让人摸不着头脑了。我们权且看一看他 1926 年指导学生的研

① 牟润孙:《清华国学研究院》,《大公报》1977 年 2 月 23 日,转引自桑兵《陈寅恪与清华研究院》,《历史研究》1998 年第 4 期。

究范围：

年历学（中国古代闰朔日月食之类）

古代碑志与外族有关系者之研究（如唐蕃会盟碑之藏文阙特勤碑之突厥文部分与中文比较之类）

摩尼教经典回纥文译本之研究

佛教经典各种文字译本之比较研究（梵文巴利文藏文回纥文及中央亚细亚诸文字译本与中文译本比较研究）

蒙古满洲之书籍及碑志与历史有关系者之研究①

所有的字都不难认识，排列在一起却令人眼花缭乱、头晕目眩、不知所云。

我们不能怪年轻的陈寅恪肆意逞才，责备他专门用“看家绝学”难为学生，也不能怪学生程度太差，只配给老师端茶倒水。学校就是这样安排的，陈寅恪学的就是这些学问，不讲这些，他讲什么？学生们的水平毕竟不能从天上掉下来——他们从小读的书本里根本没有那些知识，他们以前也从来没有遇到过这样的老师。

然而，那些令人头晕目眩的文字、译本，就是陈寅恪日复一日、年复一年所面对的。他一个人，选择了一条阒无人迹的道路，孤绝地朝道路的更深处行走。他听到了什么声音？他看到了什么风景？他的内心，有着怎样的煎熬与欣喜、苦闷与平静？绝大多数人都无从体味吧。

很难说是陈寅恪主动选择了生活，还是生活选择了陈寅恪。他曾

① 苏云峰：《从清华学堂到清华大学 1911—1929：近代中国高等教育研究》，北京：生活·读书·新知三联书店，2001 年，第 297—298 页。

图 13 - 2　陈寅恪塑像(郑雄摄于中山大学)

说自己“平生为不古不今之学，思想囿于咸丰、同治之世，议论近乎湘乡（曾国藩）、南皮（张之洞）之间”，又说，“处身于不夷不惠[①]之间，托命于非驴非马之国”。

活在当下，却说自己的学问不古不今；留学十几年，却说自己的思想停留在咸丰、同治年代，观点不超过曾国藩、张之洞这样的清末老臣；生逢激流涌动的社会大变革之时，却言自己如伯夷、柳下惠般心如止水。难道，这一切，都是因为陈寅恪觉得托命于一个让他不能真心认同的、“非驴非马”的时代吗？

陈寅恪出国十几年，是见过大世面的。时光已是20世纪，西方的工业革命已经进行了一百多年。高速旋转的车轮、喷涂着烟雾的工厂、林立的高楼、无坚不摧的枪炮，这都是看得见的人类发明。其背后，是更加丰富的精神成果：民主宪政、市场经济、相对论、光学、电学……我相信，陈寅恪或者体验过，或者看到过，或者听说过，他有无数机会了解——这一切，无论是看得见的还是看不见的，都是一个时代的文明符号。

正是“沉舟侧畔千帆过，病树前头万木春”。即便是身边的中国，也在飞速变化。清王朝土崩瓦解，袁世凯倒台，民国初啼，五四运动、五卅运动，工人罢工，农民暴动……打倒孔家店，发扬国粹，《新青年》《学衡》，共产主义、社会主义、无政府主义……你方唱罢我登场，交织在一起，复杂繁闹，密云不雨又生机勃勃。年轻的陈寅恪偏偏枯坐书斋、置身事外，对窗外的世道轮替冷眼相看。

此后的几十年，陈寅恪一直坚持着自己，没有想过改变，也没有改变。这一点，吴宓是最好的见证者。1961年夏秋之交，吴宓来到依旧热

① 不夷不惠，指不是伯夷也不是柳下惠。夷，指伯夷，传为商末孤竹国君王之子，天下归周后，耻食周粟，饿死在首阳山。惠，指柳下惠，传为春秋时鲁国官员，以直事人，三次被罢官也不改初衷。人们知道他，更多是因为“坐怀不乱”的传说。

浪滚滚的广州看望陈寅恪，一番深谈，吴宓深深感到，陈寅恪还是30多年前清华国学研究院里的那个老朋友："寅恪兄之思想及主张，毫未改变，即仍遵守昔年'中学为体，西学为用'之说（中国文化本位论）……我辈本此信仰，故虽危行言殆，但屹立不动，决不从时俗为转移。彼民主党派及趋时之先进人士，其逢迎贪鄙之情态，殊可鄙也，云云。"[①]

不光是陈寅恪，吴宓何尝不是如此。留学美国时，他就在日记中写道：每每想到国家的危亡苦厄，就"神魂俱碎"；每天必须要做点什么，否则，一颗心便一整天处在不安之中。年轻时形成的思想，贯穿了一生。后来，无论是硝烟弥漫的战争年代，还是混乱动荡的"文革"岁月，他始终坚信，只要中国文化不亡，中国必不会灭亡，他坚决认为，孔孟之道如中天明月，永远不失其光华，"为政教之圭臬、万世之良药"。"文革"中，他面临着肉体被消灭的危险，却依然"死不悔改"地说："批林，我没意见；批孔，宁可杀头，我也不批。"[②]

陈寅恪和吴宓，兴趣不一样，对问题的看法也不尽相同，但那种自甘于潮流之外的执拗劲儿并无两样。这一特点，清华国学研究院时期便初露端倪。后来几十年，他的内心犹如一口安静而深邃的古井，日复一日地流淌着无声的岁月。我想，个中定然有无奈与孤独，也时时有"虽千万人吾往矣"的豪气吧。

六

初来清华园的陈寅恪，生活上并不算寂寞。吴宓和他最亲密。他

① 吴学昭：《吴宓与陈寅恪》，北京：生活·读书·新知三联书店，2014年，第427—428页。

② 同上书，第496页。

一来，吴宓就带着他去师友家挨门儿拜访，所以，他的交际圈和吴宓的有很大重合。但是陈寅恪个性鲜明，为人处世并不会时时附和吴宓，所以，他在清华园里的故事，和吴宓有关的，并没有想象中那么多。

比如几位老师中，陈寅恪与赵元任、李济年龄相仿，又都是海归派，按说应该很要好吧。但从后来的情况来看，并非完全如此。

我们已经知道，陈寅恪和赵元任本来就很熟，美国时期的生活让他们有很多共同的话题。在清华园，赵元任家人多，嫌房子小，不够住。陈寅恪是单身，房子住不完，就匀了一半出来给他们。然后他时不时地到赵元任家吃饭，吃完饭，往往天南海北地聊一阵子。杨步伟心直口快，提醒他说，寅恪，你一个人过，长期下去总不是个办法呀。陈寅恪微微一笑说，我知道这不是长久之计，不过一个人也很快活，有个家，热闹，可自然就有很多麻烦事儿。赵元任调侃说，你也不能总让我太太管两个家啊。

36 岁了还没结婚，陈寅恪并未太当一回事儿。还是在美国的时候，他就同吴宓聊过自己的婚姻观：学德不如人，是人生的耻辱；娶妻不如人，又可耻之有？

婚姻不是小事，可是在陈寅恪看来，跟做学问相比小之又小。中国学生在国外，不立下求学的大志向，偏偏一门心思花到“求得美妻”上，实在是愚蠢又荒谬。他还和吴宓谈到爱情问题。他的说法是：最上的爱情，可以悬空设想，甘为之死，比如《牡丹亭》里的杜丽娘；次一些的爱情，往来亲密，却从未共衾枕者，比如《红楼梦》中的宝玉和黛玉；再次一些，曾经一度枕席，从此永远难忘；第四等爱情，夫妻安然相守，终生无外遇；最低级的爱情，见一个是一个，“随处接合，惟欲是图，而无所谓情矣”。话里话外，透露出年轻人的偏激与意气，却也明道出他对婚姻大事的态度。

两三年后,陈寅恪终于成家了。他的妻子唐筼是前清台湾巡抚唐景崧的女儿,此时也年过三十。之后的岁月里,两个人度过了几十年相濡以沫的生活——不是“最上”的,也不是“次一些”的爱情,也许,用他的标准该是安然相守的爱情吧。很难想象,没有唐筼,生活能力绝不高于常人的陈寅恪,会是多么狼狈。

但赵元任和陈寅恪的关系,也就到此为止了。友谊的禾苗一旦拒绝萌发新芽,上天也不可能来帮着拔苗助长。大家都是成年人,都有自己对问题的看法。更何况他们都是知识分子,头脑之所系往往是身家性命般的干系。

我没有看到赵元任和陈寅恪成为国学研究院的同事之后,关于和对方友谊的文字记忆。我甚至觉得,他们慢慢成了陌路人。

以前留学国外,赵元任和陈寅恪只是一般性的来往。一帮人,并不是一个专业的,甚至也不来自同一所学校,不过因为是同胞,就凑在一起,吃饭、聊天,指点指点江山,激扬激扬文字,酒足饭饱,就各回各的宿舍喝茶睡觉。而现在,他们是同事——真正要共事儿的,常常在一起,上课、开会、讨论,要对同样的话题提出意见,对同一件事情表达观感。时间长了,默契才是真默契,投缘才是真投缘。

赵元任是西方大学里科班出来的,有天赋,有才华,连跨几个专业,拿几个学位,算是学术竞技场上标准的好学生。陈寅恪不屑于那些学位,不愿意加入那浩荡的学术大军中,那么,他也就不可能像赵元任那样,严格按照大学的台阶往上攀爬。赵元任开出的课表中规中矩,符合现代学科的划分标准;而陈寅恪开出的课表狂放不羁,透射出他自己的独特学识——至少,现在看来,并不严格地符合任何一种学科。可以想见,两个人对一些问题的态度是完全不同的。

有一个例子——

赵元任支持白话文，还兴致勃勃地搞文字改革，陈寅恪对此是明确反对的。五四运动前好几年，还在美国留学的赵元任就天天和胡适泡在一起，商量着要改造“半死的文字”——文言文。回国后，更是兴致勃勃地作白话诗，为白话歌词谱曲，俨然要身体力行，开风气之先。

陈寅恪坚决反对白话文。在国外的时候，他常常和吴宓一起骂胡适：提倡白话文简直成了害人的流毒，其实明眼人一看就知道荒唐至极，所谓新文学就是土匪文学——“今中国之以土匪得志者多，故人人思为土匪”①。在国外做如此观感，回国当教授后亦如此。甚至到了新中国成立，政府发布了汉字简化方案后，陈寅恪都没有改变看法。他至死都不写简化字，也没有改变从右向左竖排书写的习惯。

陈寅恪和李济趣味的不同也很明显。

陈寅恪喜欢给学生出对子，在清华校园里是出了名的。有一次，他给学生送出一副对联：“南海圣人再传弟子，大清皇帝同学少年。”学生们一听，觉得妙不可言，大家哄堂大笑。南海圣人指康有为，是梁启超的老师，而梁启超又是国学研究院的教授，学生们可不就是康有为的再传弟子嘛。王国维当过溥仪的“南书房行走”，名义上可以说是小皇帝的老师，现在在清华任教，那么，他的学生，从“辈分”上来说，称为皇帝的“同学”也无妨。

后来的1932年，陈寅恪为清华大学招生出考题，有一道题就是对对子，其中一个对子的上联是“孙行者”。对对子的题目在社会上曝光后，引发一场风波。媒体批评出题者是个老夫子，考试的导向是要招一些“老夫子”来大学。陈寅恪好一番辩解，但人们对他的看法并不一致，

① 吴宓著，吴学昭整理：《吴宓日记（第2册：1917—1924）》，北京：生活·读书·新知三联书店，1998年，第115页。

此事最后不了了之。

我没有看到李济对陈寅恪的评价，但是，李济对“对对子”是有看法的。1953年，李济在台湾发表了一篇文章，提起了20年前“一位国际知名的教授”“只是要考生对几副对子就可以完卷”[①]的往事。他评价说：我觉得，对对子跟做好一道几何题也许一样高兴。但高兴过后，我却想到，欧洲人从几何学训练开始，慢慢发展出了科学；中国人从司马相如的词赋开始学习，最后发展出了八股文。八股与科学，真是人类文化一副绝妙的对子。

陈寅恪的趣味，李济欣赏不了。在李济眼里，对对子不过是玩个语言的机巧而已，无论怎么对对子，一个人也发展不出逻辑性来。对一个民族来说，用对对子的方法是不可能培养出科学精神来的：它看似无害，实则无益。

想来，1953年的陈寅恪恐怕看不到老同事的文章——至死恐怕也看不到。但是可以确定的是，1953年的陈寅恪跟1932年的陈寅恪并没有大的变化。

国学研究院年轻的教授陈寅恪，一直就是后来“国际知名的教授”陈寅恪。

---

① 李济：《关于在中国如何推进科学思想的几个问题》，载《李济文集（卷五）》，上海：上海人民出版社，2006年，第19页。

第十四章

痛失

一

有人的地方就有是非，无论是庙堂之高，还是江湖之远，概莫能外，清华园里也一样。但是，无论如何暗流涌动，从表面上看，1925 年、1926 年的国学研究院，有小的风波，无大的动静。虽然吴宓的扩张计划搁浅，总体上说，研究院还是在向着最早设计的方向发展。两年来一共招了两届学生，算下来已是济济六十五人。因为是一年制，第一届学生中大多数人已经拿了毕业证书，离开学校；也有成绩好、有意愿的学生，经过院务会议批准，留下来继续做研究，继续陪伴清华园里的池塘、荷花和垂柳，陪伴研究院的先生们。

1927 年是国学研究院成立的第三个年头。

几个月前，张彭春和吴宓双双去职。前者彻底离开清华园，辗转赴美任教，后半生以外交官的身份出现在人们面前。后者则转到了大学部的外文系工作，从此，国学研究院的一干事宜，至少从表面上说，与他再无干系。

两个人的职务由梅贻琦一个人承担了。很多年之后，梅贻琦成了大器，不仅被尊称为清华"永远的校长"，而且是唯一担任过北京、新竹两地清华大学校长的先生。这自然是后话了。

我们现在要说的是，1927 年的国学研究院，平静的水面之下涌动着激流与旋涡。其中最令人不安，也最令人扼腕的是，王国维去世了。

二

1927年,王国维50岁,正值人生壮年,照常理说,是最富创造力,也最有可能绽放出灿烂的学术之花的时候。但是,谁也不能料到,这是他人生最后一个年份。

王国维带着无尽的痛苦迎来了1927年。他的痛苦,是人生中最为致命的。

关于此事,《王国维年谱长编》讲述道:

> (1926年)9月26日(八月二十日),长子潜明卒于上海寓所,年仅二十八岁。先生久历世变,境况寥落,至是又有丧子之痛,精神上受到严重打击,自此情绪郁闷。①

也就是说,上一年,王国维的大儿子王潜明在上海去世了。

我觉得,在外面沉默寡言的王国维,在家庭生活中却是个强势的大家长。对于子女,他是有强烈的期待和支配欲的。他需要孩子们按照他的想法来生活。王国维和前后两位夫人养育了六子三女,共九个孩子。他最看重长子。他像大多数中国父母一样,认为长子是母亲的精神支柱,是父亲事业的接班人,小到一个家庭,大到一个家族,都得让长子来支撑。他自己一生不爱理财,不善谋生,常常手头紧,不得不做些不情愿做的事。所以,他一再告诫子女,要有能够谋生的一技之长,不

---

① 袁英光、刘寅生:《王国维年谱长编(1877—1927)》,天津:天津人民出版社,1996年,第483页。

要再走他的老路。他的想法影响了王潜明。潜明人聪明,学业好,中学毕业后,本有机会到国外留学,但他放弃了进一步深造的机会,听了父亲的话,考进海关上班,工作环境好,待遇也不错。王潜明的婚姻是王国维指配的,娶的是师友罗振玉的女儿,两个人自小就认识,倒也你情我愿,日子安稳。谁料想年纪轻轻的他却一病不起,就此和亲人永别。

王潜明之死,给了王国维沉重一击,也一定会让他对命运感到不寒而栗吧。他这一生学问满满,也忧思重重、痛苦满满。他希望尽一己之力钩沉历史真相,发现中国文化的奥秘;他希望这个世界能够按照自己的理想运转。可他终于发现,希望原是奢望,理想只是空想。更加可怕的是,历朝历代无数文人因了思想或文字,被卷入政治的惊涛骇浪之中,最终被吞噬而灭顶。他这一生木已成舟,他接受、认命,愿意向这个世界低头。那么,自家的孩子就千万不要重复无数人走过的危险道路。让他们成为一个普通人,过上平安、小康、安逸的生活吧。谁料世事无常,上天偏不遂人意,看起来王潜明已经拥有了这样的生活,却被一个意外粉碎了一切。

王国维不会知道,他亡故后,次子高明的命运更加令人唏嘘。王高明喜欢舞文弄墨,唐诗宋词张口就来,俨然一个禀赋优异的文化人,但还是乖乖地按照父亲的期待考入邮局工作。王高明是个新派人物,王国维却给他订了一门亲,女方是高明的表姐。王高明不同意,但不得不屈从于王国维的高压完婚。答应是答应了,却一直推三阻四磨磨蹭蹭。第二天要举行婚礼,前一天晚上还迟迟不往家里赶,把一向老成持重的王国维急得直跳脚,等他一直等到大半夜。1949 年后,中华人民共和国成立,王高明留在了大陆。一开始,他被任命为邮电部的副处长,后来,因为有特务嫌疑,他慢慢变成普通职员、临时工、无业人员。“文革”开始不久,他被隔离审查,最后竟然不堪精神的重负,喝下大量敌敌畏,同父亲一样选择了自杀。王国维如果地下有知，不知道该当如何痛心疾首。

更多的家事且不提，我们现在要说的是，王潜明之死引发了另一件事：王国维和罗振玉闹掰了。

三

罗振玉是王国维一生中最重要的朋友。如果说，王国维是学术原野上的千里马，罗振玉就是他的伯乐，是他的知己和贵人。罗振玉也是个一流的学问家，尤其是在甲骨文的破译和解读方面，堪称开山始祖。但他不像王国维那样，一辈子只是个百无一用的书生。关起门来读书、皓首穷经的生活，罗振玉受不了、不甘心。他是个“混沌”的人，他生命的河床上，泥沙俱下，激流奔腾，无论是在官场还是学术圈，他都经营得风生水起。他有两个著名的亲家，一位叫刘鹗，是《老残游记》的作者，中国最早研究甲骨文的学者之一；另一位就是王国维。可惜，罗振玉后来跟着溥仪跑，成了伪满洲国的“重臣”，最终，以“满日文化协会会长”的头衔，把自己钉在历史的耻辱柱上。所以，后世学者对于他的学问，往往避而不谈。

如果不是时代的风云际会，罗振玉和王国维可能根本就不会有任何交集。

那是1898年初，北京的凄风苦雨中，康有为再次上书光绪皇帝，描绘了变法维新的路线图。他请求皇帝说：时间紧，任务重，赶快发动变法吧，再不动手就晚了。

此时，王国维刚刚离开故乡，来到大上海，进入为维新张目的《时务报》工作。他一无名气，二无功名，三无专长。报馆给他安排的工作也就是校校稿子、打打杂，待遇自然很低。他已经结婚，挣那点钱一个人糊口都勉强，自然谈不上养家。日子不好过，前途没着落，但这毕竟是王国维的第一份工作。他的学术之路、他的命运遭际，从此正式开启。

罗振玉比王国维大 11 岁，此时亦在上海，只有三十出头，却已经小有事业。他和朋友一起先后办了学农社和东文学社，他的目标是译介日本农业科技方面的书，培养可堪造就的翻译人才。王国维嫌报馆开出的薪水太低，业余时间就过来学日语，想着会了日语，搞翻译可以多挣点钱养家糊口——毕竟他还那么年轻，有着各种可能。

东文学社其实就是个日语培训班，知道的人不多，用门可罗雀来形容一点不过分。当时只有六个学生，王国维是其中之一。即便学生这么少，王国维的表现也不算出众，起码一开始并没有引起罗振玉的注意——他那样的性格，如果不是有高人一等的才华，恐怕永远也难以引人注目吧。有一天，罗振玉看到班里的学生中有人手执一把折扇，扇面上题有《咏史》诗一首：

西域纵横尽百城，张陈远略逊甘英。
千秋壮观君知否？黑海东头望大秦。

这首诗的歌咏对象是东汉探险家甘英。东汉时曾有太守张珰、尚书陈忠给皇帝出主意，派兵剿抚西域、驻守边塞。他们名垂千秋，可跟甘英相比，还是略逊一筹。甘英是更著名的探险家班超的属下。征战西域 20 多年之后，班超发现，世界那么大，他想到更远的地方去看看，可他年纪大了，出不了远门，就派甘英替他去，目的地是大秦（也就是罗马帝国）。甘英穿越漫漫黄沙，一路西行，虽然最终被大海阻挡，没能到达目的地，但也算是站在黑海边远眺那西方的大国了。

穷居上海的后生想象汉朝的西域故事，竟有那么大的气度。罗振玉大吃一惊。他想不到，小小的外语培训班里还有这样的人。尤其是诗的后两句，“千秋壮观君知否？黑海东头望大秦”，磅礴酣畅，气象雄伟，让他赞叹不已。他好奇地找到王国维聊天。几经交谈，他对这位穷困潦倒的小青年激赏不已。

从此，王国维一生中大部分的辗转沉浮，都和罗振玉密不可分。

罗振玉一生也有缺钱的时候，但时间很短，更多的时候他开报馆、办杂志、倒腾些古物买卖，日子过得很富足。王国维长期没有固定工作，缺乏稳定的收入来源，罗振玉照顾他，走到哪里带到哪里，有时候给他介绍工作，有时候干脆就自己给他发工资。应该说，没有罗振玉的帮助，书生王国维的一生，养家糊口会极为艰难。话说得重一点就是：王国维大半的生活来源都跟罗振玉有关。

经济上倚为靠山，思想上也就难免受影响。按理说，书呆子王国维和现实政治八竿子打不着边。却因为罗振玉，他认识了一大批遗老，后来还和废帝溥仪走得那么近。

罗振玉长袖善舞，办起俗事来左右逢源。他原本没有什么功名，也没有什么背景，一通神操作，竟然和张之洞、端方扯上关系，进京做起了四品大员。辛亥年，因为不忍亲眼看见清廷覆灭、山河变色，别的遗老在租界自我流放，罗振玉却更进一步，远渡日本避“祸”，还带上了王国维。无论是在日本还是后来回国，罗振玉虽不至于为复辟赤膊上阵，明里摇旗、暗里呐喊是少不了的。他和小朝廷里的不少官员私交很好，特别是一位叫升允的前清老臣。升允当过陕甘总督，是个铁杆的复辟派。正是这位升允介绍王国维进入紫禁城，成了溥仪的“南书房行走”。

王国维视罗振玉为老师，罗振玉不接受，还是以平辈之礼相待。他们后来结为儿女亲家：罗振玉女儿罗孝纯嫁给了王国维的长子王潜明。

但谁也没有想到，王潜明之死，让王国维和罗振玉的关系走向终结。

办完了儿子的丧事，王国维失魂落魄地回到了北京。人死不能复生，纵是至亲骨肉，又能如何。太阳照常升起，生活还得继续。重新坐到书斋里的他，还是照旧给朋友写信，照旧在青灯孤影下翻阅那些发黄的书卷。但是，此时罗振玉的一封来信让他悲痛的心又添加了躁郁。

罗振玉在信中告诉王国维，他们收到了王潜明的抚恤金，但是女儿孝纯说了，不用这些钱。钱是王家的，罗家可以先保存着，但最后怎么办，还是请王家处理。女儿很坚决，尊重她的意见为好。

现在看来，罗孝纯真是一个命运坎坷的女人。她和丈夫感情不错，日子过得还算惬意，虽然丈夫收入一般，可娘家条件好，可以时不时接济他们一下。丈夫毕竟年轻，以后的路还长，大有发展空间，看起来前面会有更好的生活等待着他们。但命运偏偏不肯放过这对年轻人。他们生了两个乖巧的女儿，却都在上一年夭折了。1926 年王潜明离世的时候，罗孝纯年仅 24 岁。

那个年代，女人一旦出嫁，生是夫家的人，死是夫家的鬼。所以，王潜明去世了，罗孝纯还是王家的一员，王家对她是有责任的。罗孝纯又是长媳，王国维更是不敢怠慢。回到北京后，他很快做出安排，把二子王高明的长子庆端过继给孝纯，免得她无后。不幸的是，庆端也早夭。

王潜明大殡之后，孝纯随父亲回到了天津的家中。王国维并没有放在心上，想着孝纯在娘家住一住，散散心，很快就会回到王家的大家庭里。但是罗振玉的那封信使他感觉喉咙里卡了一根鱼刺，不吐出来就难受。他给罗振玉回了一封很有情绪的信。毕竟是学问家，在信里吵架看起来没有唇枪舌剑，字里行间却充斥着不满。他努力保持基本的风度，压抑着的愤怒却不时地冒出一些火苗。

没有人能完全还原事情的每一个细节。我们所知道的是，王国维在信里说：潜明的抚恤金归孝纯所有，那是孝纯将来的生活费——孝纯即便住在娘家，生活费也应该由王家来付，罗家应该把钱收下来。这是大义，不能推拒。王国维肚里有火，就用饱含怨气的语气说：蔑视别人人格，也有损自己的人格。

王国维还提到了一个事实：儿媳妇可能是对婆婆，也就是王潜明的继母潘氏不满。

潘氏是王国维原配夫人莫氏的表侄女，按道理说，不应该嫁给王国维，但娶其为续弦，是莫氏的遗言。潜明、高明原本和潘氏一个辈分，现在后者成了继母，他们心里有些疙疙瘩瘩的感觉也属正常吧。潘氏善于持家，家里大小事情都是她说了算，而王国维每个月把薪水一上交，就什么都不管了。所以有人说，罗孝纯和潘氏不和，而王国维又护潘氏的短。这也就是一说，我们没有更多的证据来证实。但罗孝纯对王家心有不满是肯定的。否则，她不会坚持不要王潜明的抚恤金。女儿是父母的掌上明珠，孝纯命苦，罗振玉一定也为她操碎了心。王潜明去世的敏感时候，她的任何不满都有可能被放大。

罗振玉对王国维说什么“有损人格”的话极为不满。他说：读你的信，觉得你说话斩钉截铁，谈问题像“老吏断狱”不容反驳，实在让人不能理解。我罗振玉一贯急人所急，从不把钱看得太重，因为我觉得有比钱更重要的。潜明的抚恤金，迟早都能取，他尸骨未寒，何必急着取出来？在上海的时候，孝纯虽然未必和你的意见一致，可还是脱了孝服，去海关办了手续。现在，她心里悲痛，不想用这笔钱，也不能说存心不当。退一万步说，钱重要还是礼重要？我不同意你的看法。

如果罗振玉的话到此为止，也许王国维还不会那么生气。也就是家长里短、鸡毛蒜皮的小事吧。但罗振玉接下来的话却让他难以接受。

罗振玉说，当年，你混迹在普通人的人堆里，是我发现了你、看重你，你才有了今天。我们交往30年，应该说我对你也算有点“披荆去棘”的帮助吧。但现在想，30年来，表面上我们亲密无间，其实根本不是一路人。我为人偏于兼爱，喜布施；而你偏于自爱，考虑自己多。这一点，今天不能再讳而不谈了。

这等于是被揭了老底。别说是王国维，恐怕任何一个人都会受不了。我们不知道王国维读完来信后有什么感觉。我们只知道，王国维女儿王东明讲过一个细节：父亲自杀前，曾将他和罗振玉的一些书信撕掉、烧毁。在王东明的记忆里，余烬中依稀可以看到“静安先生亲家有道”的字样，而母亲在旁边劝阻的情形也历历在目……

大学问家也是普通人，一样要面对琐碎的生活：喜怒哀乐、人间烟火……此时的王、罗二人都陷入了悲伤之中。不过两个人有所不同。王国维是单纯的悲痛，而对于罗振玉来说，还有对宝贝女儿未来生活深深的担忧。心理学家说，人的痛苦根本上说是对自己无能的愤怒。那么，当他们发现自己在命运面前无能为力的时候，一旦遭遇外界的刺激，至深的痛苦会不会以愤怒的形式表现出来呢？

但我仍然不相信，王国维和罗振玉就是因为这点事情断交的。30年的友情、儿女亲家之谊若真如此脆弱，也太让人无语了。他们之间，肯定是另有问题的，也一定积累很久了。现在，王潜明之死引发的所谓钱的事儿，只是个导火索。

追溯两人几十年来的交往，我们可以发现，无论是生活还是工作，罗振玉一直罩着王国维，王国维也真心地感激对方。但是，王国维有自己的原则，他的原则，确实和罗振玉有冲突的地方。

最重要的冲突，发生在王国维入值溥仪的南书房时。罗振玉觉得，王国维是自己的铁杆儿兄弟，好不容易到“天子”身边工作，能够帮着自己做些事情是理所当然的。他就向王国维提出了要求。但王国维感到为难，并没有答应他。他们的友谊，很早就隐隐约约地产生了裂痕。

我们可以在溥仪的《我的前半生》里，读到这么一段话：

> 罗振玉并不经常到宫里来，他的姻亲王国维能替他“当值”，经常告诉他，当他不在的时候，宫里发生的许多事情。王国维对他如此服服帖帖，最大的原因是这位老实人总觉得欠罗振玉的情，而罗振玉也自恃这一点，对王国维颇能指挥如意。……王国维求学时代十分清苦，受过罗振玉的帮助，王国维后来在日本的几年研究生活，是靠着罗振玉一起过的。……而且王国维因他的推荐得以接近“天颜”，也要算做王国维欠他的情分，所以，王国维处处还要听他的吩咐。[①]

王国维那部后来闻名天下的《观堂集林》出版时，要送给溥仪“指正”。罗振玉知道后，赶紧把自己的书准备了一份，从天津寄给王国维，要他做个黄绫套一起进呈溥仪。王国维知道，罗振玉虽在宫外，却和宫里的郑孝胥水火不容。他不想因为这样的事卷入毫无意义的是非旋涡，就写信婉言回绝了，这让罗振玉极为光火。

还有一次，罗振玉要和升允一起联名上书溥仪，“弹劾”郑孝胥，王国维再一次拒绝了。因为溥仪身边的人正议论纷纷，说罗振玉和升允已经结成了死党，形成了小圈子，对不在圈子里的人横加打压。此时来告郑孝胥的状，对罗振玉只有坏处，没有任何益处。罗振玉哪里知道事情的原委。他觉得王国维太不够意思：我一次又一次尽最大能力帮你，现在你有机会稍微帮我一下了，也就是举手之劳的事情，你愣是不伸

---

① 爱新觉罗·溥仪：《我的前半生》，北京：东方出版社，1999年，第204—205页。

手。你怎么一点儿也没有知恩图报的意思？

无论如何，1927 年新年到来之际，王国维和罗振玉 30 年的友谊戛然而止。如果说，30 年来他们常常能够听到《高山流水》的琴声，那么此时，王国维一定听到了琴弦崩断时那令人心碎的声音。他走在清华园里，身影显得更加瘦弱。他越发不苟言笑，眼睛里忧郁的色彩似乎也更加浓郁。

四

王国维心情黯然地坐在书斋里，竭力收回魂魄，把注意力恢复到眼前的书本上，但是，他挡不住外面的风声、雨声传入房间，震动耳膜。他不想听到那些声音，却又控制不住自己，不得不任由那些声音在头脑里飞舞。

窗外就是清华园，看起来和以往差不多。每天早上，学生们三三两两地在小路上跑步，在湖边读书。中午的时候，下课了，他们中的多数人连宿舍也不回，就夹起书包，挤到食堂里，边吃饭边说说笑笑。夜晚的清华园很安静，却是大家最自由自在、最开心的时候：辩论会、演说会在举行；歌唱团、戏剧社在表演；喜欢读书的，就更是不必到课堂上听教授咿咿呀呀唠唠叨叨，随便找个有灯光的地方就可以美美地做书蠹。但是，王国维知道，这一切都是表象，清华和外面的世界已经改变了。以往，学校是没有政治性的学生团体的，而现在，校园里有了中山主义研究会，无论是国学研究院还是大学部、旧制部，都有人加入。这个研究会目的很明确：研究政治、宣传革命。清华的校刊《清华周刊》以前也很少臧否国是，但现在，不时地会发表文章，支持革命党，这让校园里那些一门心思做学问的老先生们大摇其头。

清华园之外是北京。这座古老的城市既是前朝之都，也是当朝之都。只可惜，清帝逊位之后，已经多少次换了主人。“北京或曰大总统宝座，犹如明火吸蛾一样，吸引着各路军阀大帅的行动，结果烈火伤其羽翼，甚至断其生命。军阀们不择手段，必欲以捷足先登为快，最终导致国家混乱，民不聊生。如果他们一直愿意为现状的改善而尽力，也就是说，促进现状发展来证明国家不能缺少他们的服务，那么，获得成功的可能性则非常大。但是，大皇帝的桂冠具有不可抗拒的诱惑力，他们视个人的声威远比为国家服务更为重要。为此，不惜以成千上万人的生命作为祭品，来装点他们身后的荣耀。”①冯国璋、徐世昌、黎元洪、段祺瑞、张作霖……这些所谓总统、代理总统、国务总理、执政、大元帅，一个一个，走马灯一样，各领风骚几十天、几个月，可惜没有一个干得久。他们上台下台、掌权丢权，乱哄哄你方唱罢我登场。王国维知道，山雨欲来，一切都在飞速生长，一切都在急剧变化。这样的变化，越来越让王国维看不懂了。但他清楚地知道，中国，正面临着重大转折。

此时，王国维心目中的“主人”溥仪被赶出紫禁城，正住在天津租界的张园里。这是一处漂亮的西式建筑，虽然跟紫禁城没法比，可它那豪华的装修、舒适的家具，让溥仪非常满意。溥仪说，张园没有紫禁城里那些他不喜欢的东西，所有的都是他喜欢的。王国维心里清楚，住在张园的溥仪，可不是来当寓公的，他心中有着宏大的计划。溥仪把张园称为“行宫”，还在门口挂了个“清宫驻津办事处”的牌子，一众遗老有事没事就往这里跑，面见他们的主子，有的是来讨赏的，有的是来表忠心的，更有的是来跟他议论“复号返宫”的。张园的主人叫张彪，行伍出身，前

① 颜惠庆著：《颜惠庆自传：一位民国元老的历史记忆》，吴建雍、李宝臣、叶凤美译，北京：商务印书馆，2002年，第210页。

朝时曾官居湖北提督。他是个八面玲珑的人，一生中与维新派、国民党、前清的遗老遗少都打交道，大家都说他好。他把自己定位为溥仪的老臣，一口一个“皇上”地称呼对方。溥仪入住后的第二天一早，透过窗户，发现张彪拿着扫帚为他打扫卫生，他不由得大为感动。历史的有趣之处是，溥仪入住张园两个月前，南方来的革命家孙中山刚刚从张园离开。孙中山和宋庆龄在张园住了 20 多天，而溥仪选择的卧室就是孙中山住过的那间房子，连床的摆放位置都一模一样。

此时，在中国的南方，国民党人和共产党人联手，开动了北伐的战车。革命，正像熊熊烈火一样燃烧着。它从革命党人积聚的广州出发，一路向北，福建、浙江，江苏、山东，湖南、湖北，河南、河北……虽然看起来，大火蔓延到北京还需要时间，但方向是明确的，势头也锐不可当。王国维耿耿于怀的几个词语——共产主义、三民主义，已经从传言里、书本上来到世间。革命，像一只铜头铁面的巨兽，迈着铿锵的步伐，朝着北方、朝着北京、朝着清华园走来。

这是王国维最为担心的。中国两三千年的史书他读过，他认为自己很清楚，太阳底下无新事，一切都无足为怪。以往的复辟、反复辟，革命、反革命，造反、勤王，都是一个又一个圈，画圆了，画完了，也就罢了，该怎么样还怎么样。可这一次，他的直觉告诉自己，和以往不一样，经史子集、子曰诗云都没有讲过。

所以，王国维不能不竖起耳朵，倾听外面的风声。那风声，隐含着一个国家转型的密码，也将直接影响他的生活、他的荣辱，关系到他迎接失望还是保留希望，他实现理想还是认可现实。

1927 年 4 月，一个消息从南方传来：湖南的饱学之士叶德辉伏法了，处死他的正是那些革命党人。

叶德辉是光绪朝的进士，当过京官，担任吏部主事，但他对做官没兴趣,很快就去官还乡,回到长沙坡子街经商谋生,成了当地最有名的乡绅。有一个词叫“有才无德”,叶德辉正是这样的人。他仗着一个好出身,官、学、商通吃。他好喝酒,好女色,日子风流快活。他性格狂狷,口无遮拦,天下没有他看得上眼的。但叶德辉却是个闻名天下的版本目录学家,读书多、藏书多、著述多。当年,吃经学、小学饭的,没有人能无视叶德辉的学问,连章太炎都称他是湖南的“读书种子”。叶德辉此人脑子里似乎有一根犟筋,扯着他不遗余力地做挡车的螳臂,什么时候都跟时流对着来。戊戌年,新政是经过光绪皇帝批准后实施的,他却公开大骂维新党;袁世凯要当皇帝,他就在长沙组织筹安会,自任会长,向袁称臣;辛亥年,天地变色,他呼天抢地,痛不欲生,直接用“铜马黄巾寇”来称呼革命党人。

民国成立后,叶德辉干了一件很有名的事:为了长沙坡子街的地名,高调又恶毒地攻击革命元勋黄兴。民国元年,黄兴回故乡长沙,湖南都督谭延闿为了表达对他的敬意,下令把百年商业老街坡子街改名黄兴街,长沙小西门改名为黄兴门。黄兴并不想硬生生地驳了家乡官员的面子,还是很配合地出现在欢迎他的人群面前,但实际上,他对此事并不感兴趣。离开长沙后,黄兴给谭延闿写了一封信,明确表示自己“绝无功可纪”,希望家乡能收回成命,坡子街名一如其旧。叶德辉当时不敢声张,但憋了一年之后出招了。他带领一干随从,砸碎了坡子街上的街牌,还写了一篇刁钻刻薄的《光复坡子街地名记》散发。

叶德辉先往远了扯。他说,世界上确实有用人名当都城名的,但那人得要有盖世的创举。国外,美国的华盛顿够资格;中国,袁世凯有资格,黄兴哪有这个资格?他说,古代有莫愁湖、薛涛井,确实是用一般人的名字做地名的,但那是因为人家都是绝代佳人,黄兴一个须眉丈夫,怎会跟女人一般见识?还有一些地名,比如鸡公坡、鸭婆桥、马王街,那是用禽兽的名字命名的，黄兴是个人，怎能以“毛羽虫介之族”来比拟呢？

叶德辉的结论是，地名断不能以一时一人之名改署。真想改，就把黄兴的出生地金坑改名黄兴坑、他上学的明德学堂改叫黄兴学堂好了，关我们坡子街什么事？

看起来叶德辉是不把黄兴放在眼里，实际上是借机表达对革命党的蔑视和仇恨。作为一个前朝进士、一个有名的学者，他认为自己才是社会的正统，是道德风习的研判者、文化薪火的承传者。那些革命党人要颠覆国家的根基，唯恐天下不乱，搞得国无宁日，人心动荡，如此下去怎么得了？

不知道王国维对叶德辉其人、其学持什么样的看法，但叶德辉关心的问题，王国维同样关心；叶德辉担心的事情，王国维同样担心。民国之后，风云激荡，王国维心中的惊雷不时炸响。他曾多次跟溥仪、罗振玉表达过对中国局势和世界局势的忧心。十月革命前他就认为，一战的结束可能意味着一个新时代的开始，欧洲必有翻天覆地的变化，暴民政治、专制主义必将大行其道。苏联成立后，他说，俄国覆灭的结果必将影响中国，当下，“危险思想”日多，纵观中国的局势，恐怕将“始于共和，终于共产”。应该说，王国维是一个天才的政治预言家，后来的历史完全证实了他的判断。

就对革命的立场而言，王国维和叶德辉本并无根本区别。但就为人处世来说，此二人则完全不一样。叶德辉生性狂狷，以名士自居，目中无人，孤傲自矜，不拘小节，出口成“脏”，招人切齿，可以说是自作自受。而王国维一生谨小慎微，低调内敛，心里若有不满，也往往内化为对自己的攻击。他有一把锋利的刀，刀尖面对的永远是他自己。他既不能完全退守书斋，做一个红尘中的隐士，更不可能投身时流，甚或逆流而上，做一个所谓的时代弄潮儿。正如他对自己的判断，想当个诗人，但头脑中理性太多；想当个哲人，可头脑中的感性又太多。他洞悉一切，却什么也挣脱不了；他感叹一切，却又与一切格格不入。

1927 年 4 月，叶德辉终于付出了生命的代价。时事汹汹，天摇地动，北伐的炮火已经抵达了长沙，叶德辉仍然不相信，他生命的终点已经来临。有人劝他远走避祸，他不以为然地说：章太炎是革命党人，平生跟我没有来往，可他都跟同伴说了，湖南的叶德辉不能杀，杀了，人世间的读书种子就要绝了。我不怕死，也不会被杀，只有土匪才会杀我，民军是不会理我的。他饭照吃，酒照喝，书照读，还写了一副对联送给农会：

农运宏开，稻粱菽麦黍稷，尽皆杂种；
会场广阔，马牛羊鸡犬豕，都是畜牲。

这副对联，把“农会”二字嵌入上下联首字位置，骂农会为杂种、畜牲，而它的横批是“斌尖卡傀”，谓农会不文不武，不小不大，不上不下，不人不鬼。应该说，叶德辉骂人的水平实在令我叹为观止，我觉得很少有人有他这样的才华。

叶德辉终于自食其果，被农会捉拿了。特别法庭根据《湖南审判土豪劣绅特别法庭组织条例》，对他执行处决；行刑的地点叫作识字岭，这不能不使人浮想联翩。

其实，农会也有一副对子：

有土皆豪，
无绅不劣。

毛泽东在1927年写成的《湖南农民运动考察报告》中说，农民们的“主要攻击目标是土豪劣绅，不法地主……这个攻击的形势，简直是急风暴雨，顺之者存，违之者灭……革命不是请客吃饭，不是做文章，不是绘画绣花，不能那样雅致，那样从容不迫，文质彬彬，那样温良恭俭让。革命是暴动，是一个阶级推翻一个阶级的暴烈的行动”。历史的洪流奔腾汹涌，河床里的每一粒沙子，都避免不了被冲刷的命运。区区一个叶德辉也太自负了，哪知道他这位前朝进士，在革命的大洪水到来时，跟一只蚂蚁也没有什么区别。

历史的吊诡之处在于，当年湖南农会的领头人柳直荀后来亦死于“革命”。国人知道他，很大程度上是因为毛泽东有一首词——《蝶恋花·答李淑一》，那句“我失骄杨君失柳”中的柳就是指柳直荀。柳直荀是毛泽东的好朋友，是湖南省农民协会的缔造者之一，担任协会的秘书长。几年后，柳直荀死于自己同志发起的“肃反”中。他的革命同伴用同样的霹雳手段对他处以极刑。

而41载后的1968年，“文革”中，毛泽东在中共八届十二中全会闭幕式上谈到对于“资产阶级反动学术权威”要“一批二保”时，拿叶德辉作例子：“这个保孔夫子，反对康有为的，此人叫叶德辉。……对于这种大知识分子不宜于杀。那个时候把叶德辉杀掉，我看是不那么妥当。”

五

现在很难说，王国维对叶德辉被诛作何感想，但毫无疑问，消息传到北京时，他感受到了巨大的震撼。1927年的春天，天气越来越暖和，王国维却感到了越来越深的寒意。

北京城里谣言四起。人们纷纷传说，那个把溥仪赶出紫禁城的冯玉祥又要进京，北京马上要变色，要成革命党人的天下了。偏偏这个时候，一张报纸上发表了一篇题为“戏拟党军到京所捕之人”的文章，王国维的名字赫然在列。好事者还把报纸拿给王国维看。那篇文章当然是戏言，但王国维和他的学生们却不能不深受刺激。

有学生劝王国维，王先生，把辫子剪掉吧。王国维悠悠地说，此辫只有等着别人来剪，我怎么能自己把它剪掉呢？说罢，他深深地抽一口烟，又缓缓地吐出来。烟雾缭绕之中，大家对视，默默无言。

毕业季到来了，国学研究院又一次笼罩在离别的淡淡哀愁中。同学之间，无论平时有任何矛盾，此时都很明白：相处的日子不会太长了。而对于老师，无论以往对他们的唠叨有多么不耐烦，现在也不由得会产生一种深深的依恋吧。时事艰难，人生无常，天下虽大，却没有谁会是别人永远的伙伴。也许有的人以后还会相见，也许永远不会再见面了。6 月 1 日中午，学生们请老师吃告别饭。大家围坐成四桌，一眼望去，济济一堂。有三桌很热闹，笑声不断，只有王国维那一桌寂然无声。他一脸雍容地坐着，看起来令人起敬，也令人感动。大家并没有多想，此种场合王先生总是沉默寡言，大家都知道。

但王国维还是开口说话了。

学生卫聚贤和王国维同桌。王国维知道卫是山西人，试着问他，你们山西的情况怎么样？

卫聚贤说，山西还挺好的，都说山西表里山河，易守难攻，倒是个好去处。山西的长官阎锡山是个聪明人，善于观察时局，随机而为，几次事变都平平安安过去了。我有几位朋友，办了一所大学，王先生可以过去任教，钱不算多，一个月一百多块钱，但可以住在晋祠里面，每月上一次课就行了。上课雇洋车来接就行，路有点远，路上需要一两个小时，但人是绝对安全的。

王国维说，说起来倒也不错，但是我的书带不过去，没有书，怎么办？

卫聚贤说，山西省图书馆藏书那么多，随便借。

王国维没有再说话，只是若有所思地把目光移向别处。

不一会儿，梁启超忽然站起来发表讲话，好好表扬了他的学生们。梁启超一个一个点名，把大家的成绩点评一遍。然后他说："吾院苟继续努力，必成国学重镇无疑。"梁启超的话，引来一片掌声。大家喜笑颜开，欢声沸腾。末了，梁启超却说，党军已到郑州，不日将进北京，我现在要回天津去避一避，以后我们啥时候能见面，就很难讲了。梁启超讲话，并没有显得多么焦躁，他那慷慨的态度反而让大伙儿心里稍稍踏实了点儿。大家凝神静气地听着，王国维也不停地点头表示认可。

席终人散，王国维和大家告别。他的表情一如既往，没有任何异常。担心他的学生舒了一口气，只道自己的老师完全能够应付一切。

学生们已经离开了，看一看时间还早，就决定去找老师聊聊。到了王国维家，却发现书房里并没有他的身影，问仆人，仆人就把电话打到陈寅恪家。陈寅恪在电话那头说，王先生说要来我这里呢，我见了面，就告诉他，你们到家里找他。学生们就在王家等着，不一会儿，王国维就回来了。一众人有问有答，恳恳切切，不知不觉，一个多小时过去，晚饭已经摆到桌子上，学生们才站立起来，依依惜别。

晚饭后，又有学生来家里请教学术问题，王国维不厌其烦地和他们讲了半天。聊这样的话题，是他的强项，他一点儿也不吝惜自己的口舌。但是，话题一转到时局方面，他的神色便明显黯淡下来，言语也有些闪烁。学生们看得出来，关于这个问题，自己的老师一定在不停地思考着。

6 月 1 日就这样过去了。

王国维自沉之后，所有人的回忆不约而同地聚焦到这样一个事实：之前，没有任何迹象表明他有可能选择极端的方式离开这个世界。他所有的反应都是正常的，跟往日的习惯一样。所以，人们说，王国维实在是太坚定了吧：他是想好了，才这样从容赴死。

我们看不到王国维去世之前对于自己心境的描述。我们知道的是，1927 年 6 月 2 日上午，王国维跟往常一样起床吃饭，跟往常一样让潘氏给他梳理脑后那根辫子。然后，他离开家门来到了国学研究院。他先是来到桌前，改了改给学生题写的扇面，又向工作人员交代到家里去取学生们的作业，甚至还聊了聊研究院下学期招生的事儿。末了，他跟同事借了一点钱，坐一辆黄包车，一路西去。最后，终于在颐和园门前停了下来，买了一张票进入园子。

王国维沿着昆明湖岸走了很久，最后，在鱼藻轩前停下来。他拿出一根纸烟放到嘴巴里，点燃，然后一边吸一边在湖边徘徊。

鱼藻轩的名字，不知道是哪位大人物的金口叫出来的。但是，我想，王国维肯定熟悉《诗经》里的《鱼藻》诗：

> 鱼在在藻，有颁其首。王在在镐，岂乐饮酒。

又有逸诗曰：

> 鱼在在藻，厥志在饵，鲜民之生矣，不如死之久矣。

鱼儿自由自在地在水藻中畅游，那一定是和谐又温馨的场面。但是，中国的多少“鱼儿”游在水藻间的时候，还是不由自主地充满了家国之忧。

图 14－1 颐和园鱼藻轩(李淑英摄)

日月流转，时世轮替，“王”的生活如何？他是不是还在痛痛快快地饮酒？生民们的日子过得下去吗？还有“饵”可以进食吗？

此时的王国维一定百感交集。回望来时的道路，他感受着亲情、友情的美好与凋零，感受着生活的艰难与幸福。湖边的风微凉，树叶萧萧。眼前的昆明湖，波光粼粼中隐藏着的是一个迷茫又未知的世界。他这一生，徘徊、彷徨的时间太长了，到底该何去何从呢？也许，只有在那波光深处，才能够找到安放心灵的地方。他忍受不了这种诱惑。他纵身一跃，一头扎入湖里。6 月的湖水已经不再冰冷，这里的湖水也不算深，甚至不能把他的身体完全淹没，但是已经足够了。对于一个铁心觅死的人来说，这样的湖水已经足以致命。

六

消息很快传到了学校。

曹云祥校长正在参加一个活动，有人把他喊出来，压低声音告诉他王国维的死讯。曹云祥大吃一惊，不由自主地说：王先生到颐和园投水，肯定跟他和清室的感情有关……他赶紧结束了会议，和教务长、研究院代理主任梅贻琦一起，带领一群研究院学生，驱车驰往颐和园。园警一看人这么多，害怕出事，不让他们进去。口干舌燥地交涉了一个多小时，曹云祥、梅贻琦等几个人总算被放行了。

我没有查到曹云祥、梅贻琦关于王国维之死的文章，不知道他们作何观感——虽然可以想象得到，他们一定感到了巨大的震撼。但我看到了国学研究院学生们对现场的记录。

学生们进入颐和园见到王国维遗体的时候，已经是第二天下午了。此时，园方已经清楚地知道，死在这里的是王国维教授——颐和园主人[①]、废帝溥仪的师傅，也已经把王国维的死因调查清楚了：他的确是投湖自杀的。

王国维的遗体被一张芦席覆盖着，芦席四角各压上了一块青砖。园工轻轻地揭开芦席，王国维的遗容慢慢地显露在大家面前。他面色紫胀，四肢蜷缩着，显得那么瘦小。他静静地匍匐在地上，惨淡得令人不忍直视。这一切都告诉大家，王先生已经和国学研究院阴阳两隔了。一群学生凝神静气，伫立良久，压抑不住的哭声终于从人群中迸发出来……此时的颐和园内，天气闷热，阴云密布，雷声从遥远处传来，一阵接一阵，响得令人心碎。

验尸官终于来了，在家属和一众学生的注目下，稍稍问了问情况，把王国维的遗体检视一遍，他们的工作就完成了。

王国维衣服口袋里有一封遗书。打开来看，上面是草草一百多字。名义上是写给三子贞明的：

> 五十之年，只欠一死。经此世变，义无再辱。我死后，当草草棺殓，即行藁葬于清华茔地。汝等不能南归，亦可暂于城内居住。汝兄亦不必奔丧，因道路不通，渠又不曾出门故也。书籍可托陈、吴二先生处理。家人自有人料理，必不至不能南归。我虽无财产分文遗汝等，然苟谨慎勤俭，亦必不至饿死也。五月初二日，父字。

“经此世变，义无再辱”八个字，给人们留下了一个百年之谜。百年来，无数人做出了无数解读。王国维所说的“世变”到底指什么？他说

---

① 根据民国《清室优待条件》，颐和园仍为清皇室所有，溥仪乃其主人。

的"辱"是什么意思？什么样的事情是他头脑中的奇耻大辱？他想象中，会遭遇什么样的"再辱"？我们很难说哪种解读最接近王国维内心的真相。我们知道的是，旧历五月初二是新历的6月1日。也就是说，他的遗书是前一天写的。前一天，他跟往日一样参加聚会，和学生聊天，入夜之后安然入眠，但他已经悄悄写好了诀别的话，在若无其事中准备好了一切。

无论研究院的教授和学生接受不接受，事实已经发生了。王国维已经停止了呼吸。将来的日子，若想要感受他，只能通过他的诗文、他的著作来倾听他的声音了。6月的北京，气温已经比较高了，遗体不能久放，清洗干净后暂停在一座寺庙里。17日，师生们略备清酒薄奠，来寺里向亡灵致哀。一众人等，行三鞠躬之礼。

陈寅恪来得稍晚，他走到灵前，不言不语，以额着地，行的是三跪九叩之礼。

王国维尽管是师长辈，却向来视陈寅恪为知己。他们做学问的方法大异其趣，但关心的问题方向是接近的。他们做同事，其实不到一年时间，却无数次聊天、吃饭，一起淘书，一起商量为国学研究院买书。王国维在遗书里说，自己的书籍可托陈、吴二先生处理，何尝不是对陈寅恪和吴宓的生命之托？

王国维去世两周年，清华大学为他立了一个纪念碑，陈寅恪在碑铭中写道：

> 士之读书治学，盖将以脱心志于俗谛之桎梏，真理因得以发扬。思想而不自由，毋宁死耳。斯古今仁圣所同殉之精义，夫岂庸鄙之敢望。先生以一死见其独立自由之意志，非所论于一人之恩怨，一姓之兴亡。……惟此独立之精神，自由之思想，历千万祀，与

天壤而同久，共三光而永光。[①]

由陈寅恪来评价王国维，实在恰当不过。在陈寅恪看来，读书治学，就是要摆脱庸常，将真理发扬到极致。思想自由之于古今仁人志士的重要性，岂是庸鄙之人可以想象的？独立精神、自由思想，不因一个或几个人的生与死而存在或消失，它是与天空和大地、日月和星辰一样永久不朽的。陈寅恪看起来是举起了祭奠王国维的酒杯，其实是借机浇自己之块垒。他的这一想法，一生也没有改变。几十年后，移居位于岭南的中山大学的他在接受采访时说，他的学术观点，在王国维先生纪念碑的碑文中已经说完了：研究学问，最重要的是有独立精神，如果不能自由地走自己的道路，还不如死了算了……

对于王国维之死，吴宓极为悲伤。他在日记里痛惜地写道：静安先生你真是糊涂，你不顾夫人，不顾孩子，也白白浪费了国家造就你所花费的金钱！回过头再想想自己，这几年，一无所成，身心俱疲，前路茫茫，理想与现实南辕北辙，说起来还活着，其实境遇不比死去的王先生更好。原来生死也不是多大的事吧，生又如何，死又如何？活一天，就要奋斗一天、支撑一天，到死的时候就死吧。

此刻，吴宓见陈寅恪如此行礼，赶紧走到前面，跟陈寅恪一起长跪在地。学生们目睹此状，顿时泪飞如雨，哭声不绝，趴在二人后面一起行三叩九拜大礼。

王国维的死，一定会让国学研究院的学生们有一种幻灭的感觉。我想，对于真心向学的学生来说，王国维一定是人生榜样、人格模范吧。

---

① 陈寅恪：《清华大学王观堂先生纪念碑铭》，载《金明馆丛稿二编》，北京：生活·读书·新知三联书店，2001年，第246页。

王国维对做学问的境界有这样的描述：哪管它西风萧瑟，碧树凋零，一个人手握经卷，怀着激动、茫然、惆怅之情，独自登高，眺望内心深处的天际线时，学问家的苗子就诞生了；当他为了学问，怀着恋爱般的感情，不管衣带渐宽，不顾身心憔悴时，他正行走在幸福和煎熬之中；而终于有一天，他不经意地回首，发现了苦苦寻找的学术之谜，就像秋水伊人般凝视着自己的时候，一个学问家就养成了。王国维是这样说的，也是这样做的。他天才般的领悟和描绘一定会让书斋里的学生们对学问产生一种依恋，进而也会让他们热爱自己的老师。王国维就是他们想要成为的人。但是，现在，他消失了……

王国维的墓地在清华园东二里一个叫七间房的地方。安葬之日，大雨滂沱，整个北京城笼罩在迷蒙之中。曹云祥、梅贻琦、吴宓、杨步伟一行几十人，踩着泥泞，走过一个个麦垄，围拢在墓地旁。灵柩缓缓地放下去，铁锨挥舞着，和着雨水的泥土一层一层填满了墓穴。当最上面的石板缓缓盖上，石板的上头一个坟头凭空出现在人们眼前的那一刻，所有人都真实地意识到，此刻，是永诀，是永恒……

七

为了王国维的抚恤金一事，吴宓很不高兴。王国维家里没什么积蓄，长子病故，次子不在身边，其他几个孩子还小，生计是个大问题。教授们来找曹云祥，要校方出面向外交部提出申请，尽可能多地给王国维的家属争取一些抚恤金。曹云祥岂能不同意，赶快打了一份报告呈上，还专门恳请梁启超到外交部去帮着办这件事。但可叹的是，外交部的人不知道王国维是谁，连梁启超的说项也不予采纳。最后，只好由清华按照惯例多给王国维发放两个月的薪水，那 800 元就成了抚恤金。吴宓觉得，曹云祥办事不力，一点也不积极。而中国的官场，大大小小的办事人员完全没心没肺，遇见个事儿就相互推诿，但求自保。一个政府弄到这等地步，不倒台，天理不容。区区 800 元就打发了一个天下闻人，实在令人心冷，但他也无计可施。

另一边，远在天津的溥仪却发来了“圣旨”，说王国维“孤忠耿耿，深堪恻悯”，特赐给他一个“忠悫”的谥号，还派贝子溥伒前来祭奠，赏给王国维一件陀罗经被，另有大洋 2 000 元。

忠悫，意为忠诚朴实。有了溥仪给的这个名头，后来有人写文章称呼王国维，就叫他“王忠悫公”了。

对于陀罗经被，现在的人们了解很少。我从近年发表的一篇报道中，查到了它的来历。它是一种织工精细的丝绸被子，《大清会典事例》明确规定：“皇帝、皇后、皇贵妃、皇太子等丧仪均用梵字陀罗尼衾，王大臣死于京师，得钦赐陀罗经被。”[①]也就是说，它是皇家御用的丧葬用品，皇族或非常受朝廷赏识的大臣才能使用。照王国维的“行政级别”论，小皇帝给予的“政治待遇”真的挺高的，得赏一件陀罗经被，可算“备极哀荣”了。

不过，1949 年之后，溥仪在《我的前半生》里回忆这件事的时候说，王国维死后，留下了“国学大师殉清”的传说，其实是罗振玉做出的“文章”，他自己是在不知情的情况下成了“合作者”。溥仪这段话并不专是为了谈王国维——在溥仪眼里，王国维一介书生何足挂齿。他是在谈及罗振玉时顺便提及此事的，言辞之间充满了怀疑和轻慢。溥仪说，罗振玉送来了王国维的一份“遗折”，内里的文字一片孤臣孽子之情，读之令人动容。但所谓遗折其实是罗振玉伪造的，罗振玉借前好朋友的死

① 常青：《藏在袈裟里的经被》，《中国拍卖》2008 年第 2 期，第 15 页。

来表忠心，不过是为了邀宠，为了在和郑孝胥的钩心斗角中抢占更多资本。总之，废帝溥仪因为怀疑罗振玉的人品，进而怀疑几乎所有跟罗振玉有关的人和事。

我们现在已经很难还原当年的事实。我们知道的是，王国维死后，国学研究院的助教赵万里给远在天津的罗振玉发了一封电报，告知他这一消息。五天之后，须发俱白的罗振玉风尘仆仆地赶赴北京，来到清华园里王国维的家中致哀，也带来了废帝的“恩宠”。此时此刻，他的内心一定五味杂陈。在无常的人生、难测的苦难面前，这对有 30 年交情却一夜断交的朋友，此时已经冰释前嫌了吧。不过，一个在人间，一个已在地下，他们已经没有面对面表达善意的可能了。

第十五章

多事之秋

一

我常常想到，除了那些雄心勃勃的好事之徒外，这个世界上，多数人总是喜欢平静的生活吧，他们不满于单调却也安于现状，不安于庸常却也不希望面对那么多变局。他们就是在单调的平静中，沿着自己所选择的道路不停行走，如果能够看到美好的风景，甚或发现宝石和秘藏，那是人生的幸运。如果把一段道路走完仍然是两手空空，或者什么风景也没有看到，那就认命，就心甘情愿地过一种安全和单调的生活——这样的人生设想，算不得颓唐，算不得贪心吧。可很少有人能实现这一如意算盘。日月轮转，江河奔流，一刻也没有停息过，人又如何能够逃得过那些变局？当年还没有“黑天鹅”“灰犀牛”的说法，但人类历史上，所谓的黑天鹅比比皆是，而每一册典籍里，一头头灰犀牛的身影鬼影幢幢般出没于字里行间。

1927 年 6 月，王国维在颐和园里的纵身一跃，是清华国学研究院成立以来最大的意外。一代著名学者以一种令人意外的方式昭示人们，中国的又一次变局已经拉开帷幕，想要让它再次合上，一定要经历一个艰苦的过程，也一定会有人付出代价。

在 1927 年的清华园，王国维之死犹如在水面投入了一块巨石，溅起的浪花让已经迎来仲夏的人们感到了彻骨的寒冷。当然，他们早就知道，校园里那安静的湖水下面，暗流涌动的日子已经持续了很久。

二

7月的北京，被阴云密雨笼罩着。天气闷热，让人喘不过气来。清华园里似乎有什么东西蠢蠢欲动。这一天中午，教务长梅贻琦在西长安街的一家饭店请客，吴宓、陈寅恪、赵元任、叶企孙这帮少壮教职工都来吃饭。一群二三十岁的年轻人，虽然都是些博士、教授、主任，一旦聚在一起，便显出了书生的本色。他们争相发言，争相斟酒，此时此刻，北京城里的郁闷和远方的炮火都被抛到了九霄云外。

梅贻琦说起来一件事：清华旧制部高三、高二年级的学生想要提前留洋，事情已经闹到了外交部。按照校规，提前留洋是不允许的。梅贻琦不同意学生提前出洋，他希望听听在座几位同事的看法。

吴宓知道这件事。三天前，物理系主任叶企孙就给他讲过，事情已经发酵了很长时间，现在看来，情况严重，不用非常手段恐怕难以解决。

此时，清华改大已经有了时间表、路线图。旧制留美预备部马上就要停止招生了。清华将来会和别的大学一样，聘请更多的优秀教授，学校不需要花费那么多钱送学生出国，他们在中国就能够完成大学学业。此时的高三、高二两届学生，按照计划应该在1928年、1929年出洋。其中，高二的学生是最后一届留美学生了。在这样的节骨眼儿上，革命军不日将至，北京的风声越来越紧，如果政权易帜，清华的掌控者易人，清华将往何处去？旧制生还能不能按照原计划到美国留学？这是他们非常担心的。就有那有权势的学生家长把问题提到了外交部，学校里，学生代表也向曹云祥表达了想提前出洋的意见。曹云祥同意了，还给他们造出了预算。

毫无疑问，曹云祥是有个人权力欲的。但公允地说，当校长他是合格的，甚至堪称优秀。他来清华后，倚重校内的张彭春，借重校外的胡适，靠着外交部的一些老熟人儿，还是办成了一些大好事。在校园文化方面，虽然没有流传下来像蔡元培“兼容并包”、梅贻琦“大学者，有大师之谓也”的名言，但他还是尊重教育规律的，他没有把行政权力介入教学工作中横加干涉——自然，他也没有一个要求他必须这样做的上司。比如，国学研究院的成立，是他拍板又一手促成的，但他从来也不会具体地让所有清华学生都来背《弟子规》《三字经》。学问就是学问，教育就是教育。有高深学问的教授，自会按照“昌明国粹，融化新知”的方向来进行研究。清华提倡国学研究，国学研究院的教授们公开演讲、个别指导，但不代表着所有的学生必须修够国学的学分——时代的思潮可以提倡，可以用春风化雨的方式来影响年轻的学生，但是不能用权力来强推。曹云祥明白这一点。对于学校的教授和职员，曹云祥也总是能够给予足够的尊重。但是这一次，他还是摊上事儿了。

我们前边已经说过，此时的清华一共三大板块：旧制部、大学部、国学研究院。一年前，国学研究院提出了大发展的计划，结果，方案没有通过，主要是旧制部和大学部反对：学校的资源就那么多，一个板块占多了，另外两个板块无形中就被削弱了。

现在，事情明摆着，旧制部的学生想提前出洋，势必要花掉一大笔预算。站在大学部和国学研究院的角度来看，既违背校规，又影响学校的均衡发展。

说还是不说？挺身而出还是保持沉默？说了，势必站在校长的对立面，也把自己推到风口浪尖上。不说，自保了，安全了，但那叫袖手旁观，或者叫同流合污。

几个年轻人面临着选择。

末了，大家还是认为，此事不是小事，应该表明态度，论个是非出来，哪怕招惹来麻烦，付出些代价，也在所不惜。大家一致赞成，请吴宓代笔，起草一份宣言，签上每个人的名字，寄到媒体公开发表：

> 此次本校留美预备部高三高二级学生，未届毕业期限，竟予提前出洋。此种办法，实属有违校章，且挪用巨额基金，妨碍全校发展。某等对于此举，极不赞成。除向当局陈说，力图取消此案外，特此宣言。①

宣言末尾签署道："北京清华学校教授赵元任、陈寅恪、李济（讲师）、吴宓、唐钺、叶企孙等同启。"

写完了宣言，吴宓将它寄给了天津的《大公报》。函已经发走了，他们还觉得分量不够，又找来稿子，让陈寅恪改了改，还商量着回学校后还要找更多教授署名，对曹云祥施加更大的压力。后来再寻思，大家伙儿站出来是为了解决问题，并不仅仅是为了表明一下态度的，如果发表了宣言却没解决问题，还不是白忙活一场？

解决问题得利用组织手段。清华的评议会正是专门讨论和决定大事的最高机构，评议会能出面倒是很妥当的。而赵元任、吴宓都是评议会成员，可以在开会的时候直接发言。

一群青年教授，在清华园里投入了一枚定时炸弹。曹云祥深知兹事体大，弄不好就会把炸弹引爆。他不敢怠慢，当天晚上就组织评议会开会。

---

① 吴宓著，吴学昭整理：《吴宓日记（第3册：1925—1927）》，北京：生活·读书·新知三联书店，1998年，第370页。

曹云祥不会不知道校园里有一种戏谐的说法：清华有神仙、老虎、狗；教授是神仙，学生是老虎，职员是狗。

看起来是开玩笑，却也大概道出了学校里的几种势力。

教授们待遇好，生活不错，做好学问，把课上好，本职工作就完成了，校园里的其他事情，大可袖手旁观，置之不理。如果想要出来发表意见，那也很有能量。所以总体上看，他们的日子过得相对逍遥，类似于“神仙”。

五四之后，各方面的力量都在慢慢往校园里渗透，国家又总是发生大事，学生运动多如牛毛。学生们年轻气盛又无牵无挂，有时候做事不计后果，类似于出笼的“老虎”。

而学校的职员，做的多是为教授和学生服务的工作。所谓“职员是狗”，大概是觉得老被人使唤来使唤去的意思。而校长是职员的头儿，常常得处理各种各样的麻烦。

正是酷暑，清华园里荷叶长得蓬蓬勃勃，荷花正在盛开，满眼碧绿，满池花香，但是，所有人都知道，再美的风景也不能消弭即将到来的风波。那天晚上，学校工字厅里召开了一场曹云祥和教授代表的见面会。诸教授质询事情的来龙去脉，曹云祥支支吾吾，半天也没把事情说圆。尤其是关于两个年级的学生出洋到底花多少钱的问题，更是充满了漏洞和矛盾。他告诉教授们说：学生提前出洋，包括治装费和旅费在内，42 万元就够了。教授们质疑：那为什么向外交部打的报告是 120 万元？曹云祥沉吟半晌才说：估计是算错了。此话让教授们心里的疑团更大了，建议马上召开学校评议会研究此事。

教授会结束，曹云祥马上召集评议会成员到自己家里开会。此时，已经快到凌晨了。

会议是在紧张又尴尬的气氛中召开的。室内开着会，室外三四十个高三、高二年级的学生站在窗户下面听着。如果说上一个会议是为了让教授们和校长打开天窗说亮话，那么这个会议就是要做结论了。很明显，曹云祥仍然处在下风，他的理由不能够说服评议会。

就在准备表决的那一刻，门外冲进来两个学生。校长和教授们还没有看清楚他们的面孔，他们就开始慷慨陈词。两个学生大倒一番苦水之后，恳请评议会万勿马上表决，他们要连夜再赶出一个报告提交，把事情说得清楚清楚明明白白，要杀要剐，请评议会的诸位先生看完报告后再进行。

夜已经深了，天气闷热，气氛紧张，人困马乏，所有人都苦不堪言，盼着会议早点结束。此情此景，让一干教授面面相觑，不知如何是好。曹云祥倒是长出了一口气，宣布会议暂时结束，先不做结论，来日接着开会。

清华校园里把学生称为"老虎"，是有根据的。那些小老虎们，真不是善茬儿，对学校的老师和职员一点儿不客气。第二天一大早，吴宓刚刚起床，旧制部学生曹希文就来堵门了。曹希文哭哭啼啼、唠唠叨叨，极言家庭贫困，心里悲苦，希望评议会千万多为学生们的前途命运考虑。

曹希文刚走，大学部的学生代表也来人，询问评议会到底什么意见，顺便抗议旧制生为了私利，不惜违背校规，真是不可救药。这让夹缝中的吴宓心里更有压力，更加郁闷。

十点钟，评议会接着开会。虽然大家对曹云祥的态度都心知肚明，虽然旧制生代表又冲进会场，半是请求半是威吓地讲了半天，评议会仍然认为：旧制生出国的权利，学校要全力保障，但提前出国是不应该的；无论旧制生还是大学部学生，都是清华学校的学生，大家还是应该相互爱敬，搞好关系——一切都是为了清华往更好的方向去走……

马蜂窝终于要捅开了。吴宓一边和梅贻琦、赵元任写会议总结文件，一边心怀忐忑地等待着狂风暴雨降临。

果然，高三、高二年级的学生找过来了，“对宓等做种种讥骂，并警告”[①]。他们说，评议会的意见是对旧制生莫大的侮辱。不共戴天之仇已经结下，大家肯定要报仇、要雪耻。他们劝评议会赶紧重新讨论，收回成命。否则，哪怕当一次荆轲，为此事献身也在所不惜。那个曹希文更是对着吴宓拍桌子，捶胸顿足，诅咒怒骂。末了，又问道：叶企孙在什么地方？吴宓又急又怒，百般劝慰，终于寻个理由脱身，一边让人去叫巡警保护叶企孙，一边找个地方躲了起来。但学生们还是在物理系的办公室里堵住了叶企孙。曹希文、梁矩章对叶企孙“持刀剪相逼，势将行凶，达六小时之久”[②]。好在叶企孙是个沉得住气的人，一番得体的应对让两个学生放下了手里的凶器。

事情到了这样的地步，总不能任由它再发展下去，还是得坐下来商量个解决的办法。

最终，大家都做了妥协：曹云祥改变了最初的意见，旧制生不能提前出国，但学校会拨出经费来，绝不挪作他用，一定让他们留洋的事情不落空。

无论如何，一场风波总算是化解了，神仙、老虎、狗，各归其位，各自在不同的窗口和房间迎接清华园的每一次日出日落。但是，所有人都知道，清华虽还是以前的清华，可正在慢慢地变化；中国是永远的中国，却已经不是以前的中国了。

---

① 吴宓著，吴学昭整理：《吴宓日记(第3册：1925—1927)》，北京：生活·读书·新知三联书店，1998年，第374页。

② 同上书，第375页。

图 15－1 清华国学研究院第一届毕业生合影

三

1927年，王国维嗅到了不祥的气息，毅然蹈湖而去。但是，那些危险的气味儿依然弥漫在北京城，飘荡在清华园里。梁启超也闻到了。

梁启超在写给孩子们的信里，一次次谈到时局问题。他对于军阀和北洋政府自然不报任何好感，对国民党也不抱任何希望，而尤其担心激进的革命党。他忧心忡忡地说，北伐开始时，从广东出发的革命党的军队纪律的确不坏，这也是因为有钱；但是，越往后来，收编的烂军队越多，欠军饷的情况越严重，纪律也越来越差，真是一日不如一日。当然，无论国民党有多差，北伐成功是确定的。毫无疑问，对北方万恶的军阀来说，其末日就要到来。但是，军阀覆灭以后又会怎样？革命党不停地发动工潮，汉口、九江的店铺十有八九关了门，好多工人罢工或者干脆就失业了，连车夫们都在要求平等，非得跟主人一个桌吃饭不可。放火容易救火难。现在，湖南、江西人民简直不能活，而北京正是火药遍地，一旦点燃，情况恐怕比别的地方会更严重。革命党能够容下他梁启超吗？他不能确定。也许，需要考虑到别的地方去避避风头的问题了。

梁启超对革命党很敏感，但"革命党"这个词儿在清华绝不是敏感词。《清华周刊》发表文章说，同学们现在觉醒了，以前被斥为"过激"的国民党，现在已经有不少同学加入；以前不少人不以为然的"中山主义"，现在竟也变成同学们茶余饭后的谈资了；更加新潮的社会主义、共产主义、无政府主义，也已经崭露头角。[①] 梁启超明确地说，清华园里有

① 参见清华大学校史编写组编著：《清华大学校史稿》，北京：中华书局，1981年，第90页。

革命党，其中共产党二人，国民党七人，国学研究院的学生戴家祥[①]就是其中之一。梁启超对他们没有好感。在他看来，现在的年轻人，哪里是当年万木草堂的师生们呐——当年，他们手捧书卷，心忧天下，在老师康有为的带领下，满腔正气，泣血呐喊，行大道，走正道，哪是眼下那些一味发动风潮的革命党人能比得上的？

梁启超说学校里有革命党，这是毫无疑问的。1926年，“北京校园里最时髦的莫过于当革命党员，尤以国民党左派最受青年崇拜”[②]。11月，在李大钊的领导下，清华成立了第一个共产党支部。[③] 但就戴家祥而言，梁启超看错了。戴家祥当年不是共产党员。这个老实人一辈子不敢出格，在清华国学研究院，他当过同学会的文书，毕业后本欲出国留学却没有成功，只好辗转在中山大学、南开大学、四川大学、华东师大教书。他确实常常在课堂上骂当时的政府，但是对于现实政治，却从未涉足过。1949年后，他经历了“反右”“文革”的炼狱，1986年才以八旬之龄入党。

国学研究院的另一位学生杜钢百却是如假包换的共产党员。杜钢百在北大国学门读书时就认识了李大钊和陈毅，还加入了共产党。清华成立国学研究院后，他转考清华，成为国学研究院的第一届学生，选择的导师正是梁启超。梁启超哪里知道，就在自己眼皮底下的学生杜钢百，接受了老乡陈毅的帮助，和北大的学生一起发起成立一个叫“新

---

① 戴家祥（1906—1998），浙江瑞安人。1926年考取清华大学国学研究院，师从王国维治经学和古文字学，后来成为著名历史学家、古文字学家、经学家。曾执教于中山大学、南开大学、四川大学、华东师范大学。

② 苏云峰：《从清华学堂到清华大学 1911—1929：近代中国高等教育研究》，北京：生活·读书·新知三联书店，2001年，第228页。

③ 参见清华大学校史编写组编著：《清华大学校史稿》，北京：中华书局，1981年，第90—91页。

军社"的组织,还出版一本名为"新军"的社刊,为革命党摇旗呐喊。

梁启超更不可能知道的是,杜钢百从清华国学研究院毕业回老家的路上,在江轮上又遇到了陈毅。陈毅让杜钢百引见,去动员他们的四川老乡——军阀杨森跟北洋势力脱钩,转而参与北伐。也正是在杨森那里,杜钢百见到了后来的新中国开国元帅朱德。当时,杨森想让杜钢百留下来在自己的秘书处工作,朱德也极力建议杜留下来,明里在杨森那里领薪水,暗里为共产党做事。杜钢百不同意,朱德也没再勉强他。

我们现在还知道,1926 年 3 月 13 日,梁启超躺在协和医院的病床上等待割除肾脏的手术时,共产党员李大钊和陈毅公开现身清华园发表演讲,纪念孙中山去世一周年。

李大钊说,孙中山是伟大的,他改造了国民党,"容纳中国共产党的分子,使中国的国民革命运动与世界革命运动,联成一体"①。

陈毅演讲的重点是赞美共产主义:革命党人绝不怕被人骂"赤化",因为无论哪个人种,哪种肤色,有血皆红,所以"赤化"是好事,"夫如此则人类不应有不平等之待遇也。国民党的工作,在谋各族之自由平等,如云这是'赤化',我们也绝不否认"②。

对于共产主义,梁启超和已经去世的王国维看法是相近的。

王国维生前说过,世界变了,"危险思想"一天比一天多,后果很严重,俄罗斯的大饥荒就是事实——"赤地数万里,饿死千万人,生民以来未有此酷"③。他不止一次地表达过自己的担心:中国恐怕"以共和始者,必以共产终"。

---

① 参见清华大学校史编写组编著:《清华大学校史稿》,北京:中华书局,1981 年,第 87 页。

② 刘树发主编:《陈毅年谱》,北京:人民出版社,1995 年,第 75—76 页。

③ 王国维:《王国维先生遗摺二章》,《文教资料》2001 年第 1 期,第 119 页。

如果说王国维更多的是担忧和恐惧，那么，梁启是明确的反对。梁启超是一个坚定的反共主义者，就连在写给孩子们的信里都要表达自己的看法："共产党早已成了国民党附骨之疽——或者还可以说是国民党的灵魂，所以国民党也不能不跟着陷在罪恶之海了。原来在第三国际指挥之下的共产党，他们唯一的目的就是牺牲了中国，来做世界革命的第一步。在俄国人当然以此为得计，非如此他便不能自存，却是对于中国太辣手了。"[①]梁启超首先是个政治动物，其次才是个学术动物，从年轻的时候开始，他就是个"老运动员"，政治局势的每一丝变化，他都是关注的，也一定会给予判断——他有进行判断的能力。

但投身政治毕竟是凶险的。早年，梁启超和他的老师康有为一起策划戊戌变法的方案时，已经用亲身经历证明了这一点。现在，当年的阴影并没有消除，甚至更加浓重。无论是梁启超还是他的清华同事，都能感受到这一点。

早一些时候，人们说的革命军，是国民党人和共产党人的混合，国民党人的基本策略是"联俄，联共，扶助农工"。但是现在已经不一样了，国共分裂已成定局，更大的事变有的已经发生，有的正在发生。30年前，梁启超和老师康有为先生一起，在戊戌变法中扮演了时代弄潮儿的角色，失败后亡命天涯。现在，年轻人接替了他们"要求改变现状"(鲁迅语)的角色，但是命运更加悲惨。"四一二""七一五"后，上海、武汉一片血海，国民党已经完全暴露了它暴虐的脸孔，一批又一批年轻的共产党员就此葬送了生命。这一切，如何不让人心惊肉跳？

更加严重的是，中国的土地上不止一架绞肉机。那个来清华鼓吹

① 丁文江、赵丰田编：《梁启超年谱长编》，上海：上海人民出版社，1983年，第1127页。

共产主义的李大钊，不是被国民党抓捕的，而是被北洋政府的张作霖大帅抓捕的，没过几天就被处以极刑，根本不管滔天的舆情。李大钊是北京大学教授、鼓吹文化革命和社会革命的学问家。他的死，一定会引起北京学界的震动吧。

吴宓和陈寅恪就感受到了这样的震动。李大钊之死让他们无比感慨于政治的残酷、人生的悲苦。虽然他们不像王国维、梁启超那样，跟皇帝、大臣、军阀、革命党人各有关系，也从来没有投身过具体的政治活动，但是，他们怎能不知道，政治的巨手，终究会搅动到社会的每一个角落。世势汹汹，知识分子的书斋也在劫难逃。革命的洪流在激荡，历史的车轮正转向另一个方向。当枪杆子密密麻麻地竖立在中国的大地上时，那些“笔杆子”们，又怎能在现实生活中“独上高楼，望尽天涯路”，在理想和理念里“躲进小楼成一统”？他只能面临被时代裹挟、冲刷的命运。

1927年6月末，吴宓在日记中写道：

> 夕，陈寅恪来，谈大局改变后一身之计划。寅恪赞成宓之前议，力劝宓勿任学校教员。隐居读书，以作文售稿自活。肆力于学，谢绝人事，专心致志若干年。不以应酬及杂务扰其心，乱其思，费其时。则进益必多而功效殊大云。又与寅恪相约不入（国民）党。他日党化教育弥漫全国，为保全个人思想精神之自由，只有舍弃学校，另谋生活。艰难固穷，安之而已。①

文字不多，却极沉痛，信息量也很大：既言工作，又言生活；既说国家命

① 吴宓著，吴学昭整理：《吴宓日记（第3册：1925—1927）》，北京：生活·读书·新知三联书店，1998年，第363页。

运，又说一己对未来的具体选择。

实际上，这不是陈寅恪和吴宓第一次谈到生计问题。本来，对于他们来说，生命的自由和学术的尊严是最为重要的，一介书生，舍此何求？但他们毕竟是肉体凡胎，生老病死、为人的全部需求，他们也都会有。他们要生存，要生活，要让灵魂之“毛”，依附到生存之“皮”上。他们的岗位本来在书斋、在讲台，可如果书斋里待不下去了，讲台也不允许他们重新登上，他们能怎么办呢？“作文售稿自活”说起来容易，真正试一试，哪有那么容易。无论是陈寅恪还是吴宓，都不是鲁迅、林语堂，也不是张恨水。他们都不可能写出畅销书，他们的兴趣也不在此——实际上，古今中外，无论是谁，日复一日读书觅道，求得日拱一卒的学术积累都是可能的，甚至是一定的，但想要靠稿费养活自己和一家人，从来都不是一件简单的事情。

陈寅恪和吴宓还谈到了党派问题，相约不入党。他们和各路党人的观点不一致——自然，党人的逻辑和学人的逻辑本来就不同。党人要依靠集合起来的力量，用组织手段把强力施加到每一个人头上；学人的目的是求真，把规律性的东西总结好、亮出来，让大家来选择社会未来的走向。教育家呢？他们的目的在育人，先把人改变了，再慢慢通过人来改变社会。吴宓和陈寅恪眼里的中国，贫也好，弱也罢，其原因不在政治，而在文化。文化才是一个国家的根本，是立国之魂、永世之基。欲救中国，不能靠党派政治，而要靠“精神之学问”。

终其一生，陈寅恪和吴宓都没有加入任何党派。他们不是神，不是遗世独立的仙人，可以永远“两耳不闻窗外事，一心只读圣贤书”。他们是人，当然也会偶尔放下书本，从书斋里探出头来，关注街头、校园里现实的政治场景。可从根本上说，他们只能在学问里安身立命。当那些搅动得国家喧腾不已的大人物在历史舞台上表演时，他们觉得，应该漠然、淡然,也坦然——理所当然。

陈寅恪曾经谈到过他对共产主义的真实看法:

其实,我并不怕共产主义,也不怕共产党,我只是怕俄国人。……我去过世界许多国家,欧美、日本都去过,惟独未去过俄国,只在欧美见过流亡的俄国人,还从书上看到不少描述俄国沙皇警探的,他们很厉害,很残暴,我觉得很可怕。①

陈寅恪说这话是在1949年前。1949年后,天地翻覆,陈寅恪和他的朋友吴宓,像其他从上一个年代走过来的人一样,都经历了风雨和磨难,但是吴宓的态度并没有任何改变。1956年春天,吴宓在西南师范学院教书。作为著名学者,他被列为知识分子中的党员发展对象,四川省委有关领导出席了四川省政协组织的大会。大会安排吴宓发言,他的发言稿却让人目瞪口呆:

宓不愿入党,且不愿作民主党派人员,可举以下之理由:(一)宓不承认党章、党纲,不知“八条”之内容,且主张“心物同在”……(二)宓不愿也不能参加任何政治工作;(三)宓仍残存地主(封建)与资产阶级(唯心论)思想作风;(四)宓抱有敌对之思想——宓望毛主席卫护汉字与文言。今文字改革行,宓极愤恨,几欲造反或自杀;(五)宓极轻视个人利益——若党许不入党、不入民盟,我生活虽减少待遇,亦不怨;惟蒙强迫我入党入盟,我决投入嘉陵江而死;(六)我能但极不愿服从并遵守党之纪律。总之,他人求入党,宓求

① 周言:《王国维与民国政治》,北京:九州出版社,2013年,第340页。

图 15－2　陕西泾阳安吴堡吴宓之墓(郑雄摄)

不入党、不入盟;许我生则生,不许我生则乐死。[①]

这个发言背时至极。共产主义的旗帜已经插到了大半个地球,世界早就不是以前的世界,中国也不是以前的中国,社会运行的逻辑变了,一切都面目全非。无论你认可不认可、关注不关注,政治无时无刻不在身边。你自以为可以逃避、无视,但如果有一天它找上门来,你就会知道,你无可逃脱,所有人都在它的掌控之下。无论你是肉食者还是升斗小民,无论你是硕学鸿儒还是白丁一个——无可例外。陈寅恪和吴宓都是读了太多书的学问家,这一点岂能不清楚?

可清楚能如何,不清楚又能如何。人世间,知世故是一回事,行世故又是一回事。人生苦短,对于有的人来说,要抓紧一切成功、成名、成家的机会,往利益的金字塔顶端攀登,而对一些人来说,名与利本质上跟读完一本书、吃过一餐饭没有太大区别。毕竟生命短暂,人,只能把有限的时间用在最要紧的事情上。

四

燠热的夏天马上就要过去,秋意渐起,微风渐凉。清华园里迎来了1927年秋天。

这是国学研究院成立之后的第五个学期。日子看起来和往日一样,但所有人都明显地感觉到,昨日永远不再来,研究院已经不是原来的研究院了。

---

① 吴学昭著:《吴宓与陈寅恪》,北京:生活·读书·新知三联书店,2014年,第356—357页。

从这学期开始，学生们再也看不到王国维那寡淡的神情，看不到他脑后飘荡的辫子。王国维讲课时那难以听懂的南方口音似乎还回响在耳畔，却已经成了绝响。新学期，赵元任最重要的事情是带着助手到外地调查方言。作为讲师，李济的时间更多地花在田野考察、写考古报告上。梁启超常常往返于京津之间，他身体不好，在北京的时候也常常到医院去报到。所以，清华国学研究院里，来得最晚的教授陈寅恪挑起了大梁。指导学生之外，其他方面的事情，他也成了中坚。

此时，梁启超和曹云祥进行了一场对决。这场对决竟然引发了清华里的又一段风潮，弥漫既广，影响亦大。

事情的缘由是清华董事会的一次改组。

我们都知道，一个机构里如果设置董事会的话，它往往要决定最重要的事情，有最高权力。重要的人事、大笔的开支它要管，做什么事、怎么做事，它管得不会特别细，但往往也要参与个大概。董事会做甩手掌柜，那是不负责任；如果事无巨细，什么都管，那么，做事的人就会像被绑住了手脚，动弹一下都要费劲，遑论"创造性地开展工作"。

清华是用美国庚子退款办起来的，它的董事会从诞生的第一天起，就是一个"跨国组织"——由中国人、美国人共同掌管。美国人要主导清华的发展方向，所以，使馆就派出官员进入董事会，"帮助"校长管理学校。而美国公使，则成了清华的"太上皇"，通过董事会来遥控指挥。

相当长一段时间里，董事会管得很细、很具体，"对于清华学校及游美监督处一切事务有协同校长管理之权"①。也就是说，不光大事、要事，而是"一切事务"，董事会都有跟校长一起管理的权力。那么，校长

---

① 《清华学校的董事会(1922年)》，载清华大学校史研究室《清华大学史料选编·第一卷》，北京：清华大学出版社，1991年，第249页。

有什么想法、想怎么做,原则上都得先向董事会汇报。那些董事多数是官员,不懂教学,不做学问,也不了解清华的实际情况,却可以仅凭董事的职位发号施令。校长处处受掣肘,处处仰承上司鼻息,也无可奈何。

五四运动后,中国的大环境急剧变化,董事会却多年不变。此时的学生们要自由、要民主、要参与校务管理,他们说:"学生是社会的一分子,学校是社会的一种组织,要改良社会,就得先从改良学校开始。"教授们也开始要话语权,要参与决定学校的事务,要求"教授治校"。校长像夹心饼干,左不是,右也不是,好生为难。

还有一层背景。当时,报纸上、集会时,除了"反封建"之外,"反帝"的呼声是最强烈的——"美帝"自然也在被"反"之列。清华是用美国退款办的,可毕竟是中国的学校,大家就觉得,啥事儿都得让美国人批准,往轻一点儿说是不合情理,往重一点儿说是丧失主权。所以,一段时间里,学生们强烈要求改组董事会,校长曹云祥也上书外交部,恳切请求:"默察既往,远测将来,董事会问题不能解决,则校务一日不能发展,纵有种种计划,亦属空言无补。"①大家希望改组董事会,让它远离政治旋涡,不受各方势力左右,只为清华学校、清华学生"积极谋幸福"。

事情跟外交部、美国人有关,一边是上级,一边是老板,办起来自然不会那么简单。但清华的学生和校长一直没有放弃,又是写文章辩论,又是搞校园运动,争取很多年。1927 年 9 月,总算有结果了:外交部决定,改组清华董事会。虽然不可能完全按清华人的意见,但总算补进去了五名"教育专门家"和"财政专门家"。其结果不能说多理想,但应该说,清华人多年来梦寐以求的事情,总算变成真的了——这正是曹云祥

---

① 《董事会之略史(1923 年)》,载清华大学校史研究室《清华大学史料选编·第一卷》,北京:清华大学出版社,1991 年,第 251 页。

所乐见的。

曹云祥一定会觉得，没有了董事会的掣肘，他和他的同事们就可以进退自如、从容不迫地施展才华，而那些专家们，也一定能够想出好主意、提出好办法，帮着清华人阔步前行吧。

但是，董事会改组的结果，让曹云祥有点不踏实：一来，新的董事会章程规定，校长要从董事里产生；二来，梁启超进入董事会，成为一名董事。

问题来了：依梁启超的声望、实力，如果要当校长，或有人想要他当校长，他是很有竞争力的。那么，曹云祥怎么办？

无论如何，清华学校里，又一场劲风刮起来了。这场风，从清华园出发，穿过北京城，刮到了天津的梁启超家。

梁启超正在天津的家里养病。他收到一封北京寄来的信，打开一读，不觉感到一阵阵寒意袭来。

信是油印的，是国学研究院一个叫王省的新生写给清华学校的。信里说，梁启超社会活动多、生病多，常常不能到研究院上课，应该辞职——不仅是清华董事，连国学研究院的教授也应该辞去，跟清华断绝关系，腾出来的职位赶快另聘他人补上……

但写给清华的信怎么会寄到了梁启超天津的家？梁启超后来在写给孩子们的信里分析说，一定是曹云祥干的，连这封信的起草都跟曹云祥有关。老曹担心校长的宝座被梁启超抢走了，便让一位叫朱君毅的教授出面，诱使王省写信攻击梁启超。这封写给校方的信，被油印后在学校广为散发，其中的一份直接寄往天津。

梁启超在天津窝火着、诧异着，北京那边，王省的信已经在校园里掀起了轩然大波。

国学研究院的师生最为恼怒。王国维、梁启超是研究院的两大台柱子。王先生已经去世了，他们怎能容忍尊敬的梁先生再“被离职”？

一向如秋水般安静的陈寅恪一反常态，成了怒目金刚。他忍不住拍案而起，当面朝曹云祥发作，称朱君毅和曹云祥两个人必须有一个人辞职，否则，事情没完。连吴宓都在日记里说，陈寅恪“但以摧恶助贤自豪，而意气感情，实嫌纵恣，非其平日冷静之态”[①]。研究院学生吴其昌、戴家祥的反应尤为激烈。戴家祥是研究院同学会的文书，起草了一封讨伐曹云祥的信，研究院同学会副会长吴其昌字斟句酌地做了修改。末了，他们又向学校评议会写了一封申诉信，要评议会开会，让曹云祥、朱君毅、王省公开做出解释。

朱君毅的名字，今天的人们可能会觉得陌生。但说起吴宓与毛彦文那惊世骇俗的感情纠葛，他是个绕不过去的人物。

朱君毅当年和吴宓同一年考入清华留美预备学校，二人在清华园里同学六年之久。留学美国时，虽然不在同一所大学，往来仍然很多。如果说陈寅恪是吴宓中年、老年时最好的朋友，那么，我们完全可以说，朱君毅是吴宓青年时代最亲近的朋友。既然是好朋友，事事都不瞒着对方。

朱君毅的亲姑表妹毛彦文，小时候寄住在朱家，她的外婆正是朱君毅的祖母。两个人一起长大，感情很好。毛彦文上小学开始，就常给在外求学的朱君毅写信。一个小姑娘，开始的时候，字写得歪歪扭扭，句子不通顺，话都说不完整；慢慢地长成大姑娘，字越来越好，人也越来越有主意了。她的信，朱君毅老是让吴宓看。虽然没有见过毛彦文，吴宓头脑里似乎已经有了她的形象。老家的长辈们给毛彦文定了亲，可毛

---

① 吴宓著，吴学昭整理：《吴宓日记(第3册：1925—1927)》，北京：生活·读书·新知三联书店，1998年，第434页。

彦文那颗心在朱君毅这里，坚决不同意。朱君毅也站在毛彦文这一边，支持她退了婚。此时，一位叫陈烈勋的同学把妹妹陈心一——和毛彦文是杭州女子师范学校的同学——介绍给了吴宓。吴宓便来信，让毛彦文考察一下，看陈心一怎么样。毛彦文告诉吴宓，陈心一是个贤妻良母型的女子，若想娶一位贤内助，她很合适；若想找一朵交际花，则应另行选择。吴宓觉得，自己是个干大事的人，就应该找个好好过日子的女人，就和陈心一订了婚。但他回国之后，见了陈心一，也见了毛彦文，觉得毛彦文才是自己心仪的对象。由不得自己婚约在身，并且毛彦文已和朱君毅订婚，吴宓一颗心虽然痒痒的，却不得不按捺下去。然而事情往往出人意料。在国外见了大世面的朱君毅向毛彦文提出来退婚，把一个老姑娘毛彦文整成了孤家寡人。朱君毅的理由之一是：近亲不能结婚。看到了希望的吴宓不顾周围一干人等的痛骂和反对，和陈心一离了婚，转而追求起了毛彦文。他甚至写了一首诗“歌咏”其事：“吴宓苦爱毛彦文，三洲人士共惊闻。离婚不畏圣贤讥，金钱名誉何足云。”诗作发表后，知悉真相的人都惊得下巴要掉下来，吴宓也不以为意，他在追求毛彦文的道路上如痴如醉如狂。但毛彦文答应和他结婚时，他又一再犹豫，说是要好好考虑考虑。毛彦文进退失据，尴尬不已，末了，一狠心嫁给了年长自己近 30 岁的前北洋政府总理熊希龄。

1927 年的朱君毅，和吴宓一样供职于清华学校，担任教育学系、心理学系教授。不知道朱君毅出于什么原因，搅和进了这次旋涡的中心，好好的一个教授，经过一场事端就狼狈不堪。

1927 年 11 月 10 日前后的几天，对于朱君毅来说是异常难熬的。他稀里糊涂地跟着曹云祥往前迈了一步，却万万想不到把自己推到了如此危险的境地。进退两难间，他就对吴宓坦白了。吴宓对他的态度，不能算是理解，但还是倾向于保护和帮助。当研究院的学生找过来，痛斥朱君毅的时候，吴宓一再劝他们：事情得慢慢来，梁任公先生的心不能凉，也不要凉了曹校长和学校里一干教授的心。

然而毕竟纸里包不住火。两天下来，清华开了两次评议会，叫王省和朱君毅对质。

第一次开会，王省说话支支吾吾，前言不搭后语，让朱君毅尴尬万分。不过王省倒是痛快地承认，攻击梁启超的那封信是自己写的，跟别人无关，没有人动员他，更没有人唆使他；如果说有罪过，完全是自己的。

再次开会的时候，王省没有出现在会场，却来函说，写信并非出自本心，是朱君毅先生授意的。前面之所以说跟朱君毅无关，是因为朱教授苦苦哀求自己，让他担一担干系，免得一个大教授身败名裂，失职去位——一个初入校的学生犯个错，批评一下就完了，跟一个教授出事要面对的处理毕竟不同吧。王省年轻，哪里知道利害。他本以为天知地知，没料到他的同学和老师们有那么凌厉的攻势。巨大的压力之下，他向评议会说出了真相，结果，得到了学校退学的处理。一个做学问的苗子，就此黯然离开了清华园。那位朱君毅，也只能以辞职来息事宁人。而经过这一件大事之后，曹云祥那校长的宝座已经摇摇欲坠。

梁启超到底想不想当清华的校长呢？关于这个问题，梁启超在写给孩子们的信里说："我出院后几天，外交部有改组董事会之举，并且章程上规定校长由董事中互选，内中头一位董事就聘了我，当部里征求我同意时，我原以不任校长为条件才应允（虽然王荫泰①对我的条件没有明白答复认可），不料曹云祥怕我抢他的位子，便暗中运动教职员反对……"②

梁启超可以不当清华董事会的董事，却不想辞去国学研究院教授一

① 王荫泰时任北洋政府外交总长。

② 丁文江、赵丰田编：《梁启超年谱长编》，上海：上海人民出版社，1983 年，第 1160 页。

职。1927 年的梁启超，身体每况愈下，梁思永劝他把北京所有的职务都卸掉，好好养病，保重身体，他也认为儿子的话有道理——至少，京师图书馆馆长一职他就不干了——但是，清华的事，他念兹在兹，不舍得离开。对此，梁思永不以为然，向他表示大大的不满，但他并没听儿子的话。毕竟，晚年的他，好不容易找到了安放内心的地方。他希望在这里教书育人，传道授业，帮那些前程远大的年轻人一把，让他们到达应该到达的地方。他早就知道，这一生，实现他萦绕在心的社会理想是不可能的，但起码，看着学生们那一张张年轻的、生动的面孔，他能够获得莫大的安慰。

自然，我们现在很难说，梁启超绝对没有当清华校长的“一闪念”，也不能说，他确实有心当这个校长。他的想法，他自己不说出来，别人无从知道；他不写下来，后人无法知悉。我们没有绝对的证据证明或否定这一说法。但是，曹云祥也并非杞人忧天。梁启超是时代的风云人物，几十年来，横跨政界、学界、新闻界，追随者很多，影响力不是一般人能比得上的。近 30 年前，梁启超追随老师康有为，曾经搅动得一个中国风起云涌。他现在的风头过去了，但是瘦死的骆驼比马大，他要是在清华校园里掀起个什么运动，曹云祥是没有还手之力的。

不光曹云祥，连吴宓都意识到了这一点。外交部公布了新修订的《董事会章程》后，吴宓在日记里写道：

> 知外交总长已颁定改组本校董事会章程，并已聘定新董事梁任公等数人。从此本校前途又多变化。我辈寄身学校以读书适志者，又不免将受影响矣。[①]

---

① 吴宓著，吴学昭整理：《吴宓日记(第 3 册：1925—1927)》，北京：生活·读书·新知三联书店，1998 年，第 416 页。

吴宓的态度耐人寻味。他觉得董事会改组，肯定会对学校带来影响，至于什么影响，很难说。他只是凭着一种直觉认为，像他这样一门心思以读书做学问为业的人，恐怕又要面临一些不确定的事情，本来就不平静的生活可能随时就会变得更加不平静。而他专门提到“已聘定新董事梁任公”，也隐隐约约表达了一种倾向：梁启超当选董事，并不合他的意。

当梁启超和曹云祥的对峙公开化之后，陈寅恪明确地对吴宓表明了态度：梁当校长，远胜于曹。但吴宓觉得，梁启超“党徒遍布，趋奉者成群”，他来当校长，势必打破清华学校内的平衡，那么，拙于为人处世的自己势必会更加边缘化。对梁启超不同的态度，算是这对好朋友一生中少有的意见相左之处吧。

第十六章

风中之烛

一

1928年1月，梁启超又一次住进了协和医院。此时的他，贫血、血压不稳、尿血的病一直没有好转，又开始发烧。医生让他接受输血，输了两次之后，红细胞的指标增加了，人也精神不少。一向乐观的他给孩子们写信的时候，掩饰不住内心的喜悦，一再让孩子们放心，说是医生告诫他，工作仍然可以做，但最好别有固定职务。做，就做些可以自由安排的事情。身体没大碍时，读书写作都没有问题；若出现症状，就赶紧停下来。坚持过一段时间养尊处优的"老太爷"生活，身体应该是可以康复的。

话说得轻松，其实，梁启超已经去日无多。一年之后，他就要离开这个他爱极、痛极的世界。

此时的梁启超知道，自己需要休息，需要调养身体。一个人无论多要强，终究是肉体凡胎，自然造化不可能让谁永生，没有人的躯干是铁打的。虽然对国学研究院的事情依然不忍割舍，梁启超却还是萌生了去意。是该向国学研究院道别了。无论多么不舍，他也痛下决心，向清华学校提出辞职。

1928年6月19日，梁启超在写给女儿的信里说："近日最痛快的一件事，是清华完全摆脱……在这种形势之下，学生也不再来纠缠，我从此干干净净，虽十年不到北京，也不发生什么责任问题，精神上很是愉快。"[①]

---

① 丁文江、赵丰田编：《梁启超年谱长编》，上海：上海人民出版社，1983年，第1182页。

解脱是解脱了，可总体来看，以辞职而告别清华国学研究院，是不是人生的又一次失败？

梁启超这一生，似乎总是在经历失败。

戊戌年，维新不成，反倒几欲身首异处。这是梁启超第一次，也是最著名的失败。

清朝鱼烂，革命的呐喊声一日高过一日。梁启超却选择了支持清廷，频频发表声明，反对急风暴雨，主张社会变革得慢慢来、一步一步来，不要急于求成，被人视为不合时宜的保皇派。

袁世凯把孙中山逼下了大总统的位置，自己取而代之后，把梁启超拉入内阁，让他真刀真枪地过了一把政客的瘾。但是他最终发现，袁世凯的兴趣是恢复帝制，自己当皇帝，他立马跟袁世凯翻了脸。

袁世凯一命呜呼，北洋系四分五裂，军阀陷中国的大地于水火，国民党和共产党开始合作，北伐大军旌旗麾动，梁启超又满心的鄙夷和不屑。此时的他，已经不相信政党，不相信政治，更不相信革命可以救国了。然而眼见得革命军势如破竹，一路北上，偌大一个中国，必将掌握在革命党手里。共产党人李大钊曾预言：试看将来的环球，必是赤旗的世界。恍惚之间，梁启超似乎看见革命的旗帜已经插满了天下……

那些事情，要么已经过去了，要么跟退隐江湖的梁启超已经没有关系，不作杞人之忧也不会对生活有任何影响。现在，对于他来说，最切身的问题集中在清华。两三年前，他满怀希望地来此任职，觉得从此就可以退隐书斋，专事著述和教学，在国学研究的桃花源里度过余生，他的命已经“满”了。某种意义上说，事实正是如此。两三年来，他在国学研究院度过了快乐的时光。他和他的同事们无数次聊天。他无数次向学生发表谈话，无数次往返于天津与北京之间。无论是在书斋里、课堂上还是旅途中，他的心都无比沉静、无比充实。他觉得自己在做一件很

图 16－1　北平市民召开大会庆祝北伐成功

有意义的事情,这件事情很有可能产生让他欣喜的结果。但现在他发现,他不仅没有实现理想,而且招来了是非,陷到校园的旋涡里。想一想真是可笑。清华校长的位置很多人趋之若鹜,那是为了名声、为了利益,是高攀。他梁启超为什么呢?他少年得志,几十年来,当过皇帝、总统、总理的高参,做过政府的财政总长和司法总长,躲过子弹,蹚过血海。虽说现在背时了、过气了,但他依然名动天下,想攀附他的人多的是。他有钱。清华每个月发薪四百元,北洋政府每个月给他两三千元,他卖字一个月也能有两三千元收入。

后人都知道,当年北京大学图书馆有一位著名的青年管理员,名叫毛泽东,月薪只有八元,也勉强能够生活。

除此之外,梁启超有汽车,有十万册藏书[①],在天津和北京都有阔气的大房子。所以,清华校长的位置,对梁启超而言——如果真要他来当的话——说是“俯就”绝不为过。

梁启超是个理想主义者,面对人生的河流,常常选择逆流而上。他生活在丛林社会,却从没想过像市侩小人那样狐假虎威,欺负更加弱小的同类以满足自己的味蕾。相反,从年轻时起,他最大的心愿就是改造丛林社会,让中国的天空,飘来朗月,刮来清风,迎来共和,走向大同。这是理想。既是理想,就免不了会落入空想的泥潭。实现了固然应该狂喜;实现不了,又能怎样呢?只要他一直走在通向理想的道路上,只要他常常能够感觉到自己“无负今日”,便也无憾。

没想到,就因为校长的位置引发那么大风波。如果是年轻时候,如果梁启超真的想当那个校长,依照他的个性,他也许不会轻言放弃。但

① 杨鸿烈:《回忆梁启超先生》,载夏晓虹编《追忆梁启超》,北京:中国广播电视出版社,1996年,第285页。

是现在，一切都不一样了。他觉得自己一生心态都很好，现在心态更好。他能够看清自己、接纳自己，也能够认清人生真相、人间真相。那么，就认了吧，就这样吧。他有很多事情要做，每一件事情他都做得兴致勃勃，

即便辞了职，梁启超又怎能把读书和写作扔得"干干净净"呢？回到天津的家里之后，感觉身体还可以，他又开始编《辛稼轩年谱》。他息交绝游，窗外的大小事情一概不理不问，每日只兴致勃勃地钻进书房，在书桌前一坐就是半天。他工作的劲头让人担心。家人说他他也不听，只道很快就能够把活干完。结果，不到半个月，痔疮发作了，一疼就疼得钻心，成宿睡不成觉。但是第二天中午稍微好一点，他就又强撑着侧身坐在书桌前写稿子。他终于又一次把自己"作"进了北京的协和医院。他在病床上，每天都喝两大杯泻油，足足喝了十天，整得他胃口全无。胡乱吃了几顿饭，反弄得肠胃的状况更加糟糕。他连日发烧不止，人瘦得只剩下骨头架子，精神萎靡不振。

梁启超的身体状况让学生担心。1928 年 12 月 1 日，远在上海的研究院毕业生徐中舒[①]、杨鸿烈[②]等人联名给梁启超写信，问候他们敬爱的先生。河山远隔，时局动荡，南北音讯常常梗阻，但是一遇到北方南下的同门，学生们就会问起清华国学研究院的事情，打听老师们的身体情况。很久以来，梁启超的病，对于他们来说，是压在心上的一块石头。听说梁启超身体在好转，他们会非常开心；若听说老师旧病复发，则不

① 徐中舒(1898—1991)，安徽怀宁人，历史学家、古文字学家。1925 年考入清华大学国学研究院。毕业后，曾任职于复旦大学、暨南大学、中央研究院历史语言研究所、北京大学、四川大学。

② 杨鸿烈(1903—1977)，云南晋宁人，法学家。1926 年考入清华大学国学研究院。毕业后任教于南开大学、上海中国公学、河南大学等高校。1949 年后曾任广东文史馆馆员。

由得马上焦虑不安。他们觉得,老师只要身体健康,学生们就会心里有底、有主心骨,更重要的是,老师“以一身关系国家前途,文化前途”[1]。当下的中国,局势令人担心,但也许有一天,“春雷陡起,万象或能更苏矣”[2],到时候,老师定能够继续为国家所用,定能继续以他思想的光芒照亮更多国人的心灵。

可惜天不假年。学生们的祈祷和祝福没有唤来奇迹。一个多月后的1929年1月19日,农历腊月初九,北京凛冽的寒风中,梁启超病逝于协和医院,终年57岁。国学研究院那个目光炯炯、讲话常常激昂慷慨的梁任公先生,就此和他的学生们永诀。那本未完成的《辛稼轩年谱》竟成绝笔……

二

梁启超辗转于病榻的时候,清华学校发生了一系列事情,令人瞠目结舌。1928年1月,曹云祥辞去校长职务,之后不到一年时间里,清华的最高领导走马灯般换了三个人:严鹤龄、温应星、罗家伦。——还不算余日宣、梅贻琦二人以代理校长的身份,分别主持校务一周、两个多月时间。严鹤龄、温应星是北洋政府派来的。罗家伦却是国民政府的人。

人事变动令人目不暇接,折射出一个现实:鼎革时代,一切都变幻莫测,一切都不确定。各方势力,各色人等,都在明处暗处憋足劲头,蓄势待发,一有风吹草动便快速出手抢占山头。到罗家伦当校长的时候,

① 孙敦恒:《清华国学院纪事》,载葛兆光主编《清华汉学研究·第一辑》,北京:清华大学出版社,1994年,第336页。

② 同上。

中国政权已经基本完成了从北洋系到国民党的轮替。从喧闹的北京到整个纷乱的中国，漫天飞扬的尘埃在慢慢落下。

无论中国大地上发生什么样的巨变，无论谁当清华的校长，有一点是确定的：国学研究院一直沿着它命定的轨道运转着。它应时而生，快速成长：未到仲夏日，便已经绿荫蔽日；不等秋风起，眼见得果满枝头。一代名师，短短三四年时间，培养出几十位热心国学的青年。那些青年们，头脑中从此有了清华的基因。此后几十年，他们行走于大江南北，常常以国学研究院的经历为自豪，而他们之中的多数人都成了栋梁之材。所以后世的人们才说，清华国学研究院是 20 世纪 20 年代的中国奇迹。

应该说，国学研究院的奇迹跟那位沉默寡言的梅贻琦也大有关系。梅贻琦比陈寅恪还小一岁，却是清廷用庚款退款送出去的第一届留美学生——胡适、赵元任、张彭春是第二届。所以，他的资历不能算浅。只不过，他来清华比张彭春晚。前两年，他初来乍到，人微言轻，清华学校的大事轮不到他发言，他低微的声音被淹没于众声喧哗之中。

梅贻琦兼任研究院主任的时间相当长：吴宓不到一年就辞职，曹云祥亲自管了很短一段时间，后来，一直是梅贻琦负责日常事务。人们为国学研究院画像的时候，往往会忽略梅贻琦的身影。一方面因为他后来成为清华历史上最成功的校长，清华人尊称他为"永远的校长"——校长的名头，自然比研究院主任来得大。另一方面因为他是个谨言慎行的人，不像国学研究院的筹备者吴宓那样，时有乖张行为——还把那些事儿写进日记里，因而留下了很多故事；亦不像其他几位先生那样，因为学问家的名声而广为人知。

梅贻琦肯定不像吴宓、梁启超、王国维那样，对研究院有"血缘"般的感情——吴、梁、王是研究院的孕育者、催生者。国学研究院成立的时候，梅贻琦没有行政职务，只是物理系的教授。当时，张彭春当教务长，二人走得很近。不是他要攀附张彭春，而是因为他知道张懂教育，更重要的是，他俩都可以归属于南开系。梅贻琦在南开中学读过书，当时的校长是张伯苓，而张彭春正是张伯苓的胞弟。此外，作为一个在美国取得学位的人，可以想象，关于国学研究院的发展方向，梅贻琦应该和张彭春、赵元任的看法接近。他明白，清华，已经描绘出了从一所留美预备学校到真正的大学的蓝图。蓝图上其实并没有国学研究院的位置。它是过渡期的一种示范、一种象征。研究院聚集了一个领域最顶尖的学者，可清华的现实、中国的现实，不可能支撑得起国学研究院的样本大规模复制。知情者都明白，一俟清华成为一所真正的大学，研究院的使命就终结了。

但是梅贻琦是个务实的人。他尊敬王国维、梁启超，认可国学研究院的现实。他也能够以敏锐的洞察力清晰地感知到，陈寅恪、赵元任、李济在将来的中国学术界必将占有非同一般的位置。他们是清华最为宝贵的财富，是能够引领清华乃至中国学界创造辉煌的先生。

梅贻琦被称为“寡言君子”，以沉默是金为处事箴言，不到非说不可的时候，一定不说。主持研究院教务会议，他总是静静地听别人发言。末了，该表态的时候，他就说：“吾从众。”几年之后，他就任清华大学校长，道出了一句名言：“大学者，非谓有大楼之谓也，有大师之谓也。”说这句话的时候，梅贻琦的脑海中，一定会浮现出王国维、梁启超的面容和身影吧。国学研究院几位先生的学问，对他来说，隔了一座山。也正因为是外行，研究院的事情，或大或小，他都跟教授们商量，从不独断专行，所以落下了好人缘，跟大家关系都不错。他虽然是兼职，但干得不错。国学研究院招生、排课、评分、发奖学金，所有的事情都安排得井井有条。

然而，1927年之后，王国维投水而去，梁启超沉疴难愈，赵元任、李济天天在外面忙自己的事儿，梅贻琦开始发现，国学研究院大厦将倾。危难之中，只有陈寅恪和他一起咬牙支撑。

一个很重要的问题是，得请一两个有名的先生来，顶上王国维、梁启超的位置。教授太少，很多课都难以开起来，学生们的论文也指导不过来。看看身边、眼下，回想起研究院初成立时的轰动，梅贻琦的内心，一定会有一种苍凉之感吧。

梁启超临终前，曾从天津给陈寅恪写信来，建议研究院向校方申请，请章太炎来当导师救急。梁启超说，王先生学贯中西，欧亚知名，放眼中国，只有太炎先生可以继其讲席。[①]

无论研究院的教授还是学生，都不会质疑章太炎的资格问题。章太炎在社会上的名声不一定有梁启超那么大，其资历却一点也不逊于梁启超，其学问则完全可以和王国维一样称得上“贯中西，名欧亚”。

说起来，梁启超和章太炎都是时代的风云人物。二人的气质也挺接近：都是闻名天下的学问家，也都是书斋里盛不下的政治动物，至死他们都在睁大眼睛观察社会风云的每一丝变化。他们曾经是好朋友，却也因为革命还是不革命、革谁的命的问题，闹得不可开交，变成了陌路人。现在看来，时过境迁，以往的不快可以抛到一边了。更何况，对于梁启超来说，个人的意气往往是要让位于更大的现实需要的。

眼下，国学研究院需要章太炎，学生们需要章太炎。他如果能来，一定能够给江河日下的研究院注入激情和活力吧。

研究院的学生们听说了这回事，自然非常高兴，恨不得马上请章太

---

① 参见卞慧僧纂，卞学洛整理：《陈寅恪先生年谱长编(初稿)》，北京：中华书局，2010年，第103页。

炎来清华。吴其昌自告奋勇，表示愿意往上海跑一趟，到章太炎先生那里劝驾。他打听清楚章太炎的地址，马上从北京动身，奔赴上海。

吴其昌满怀希望，也心怀忐忑。他希望自己能够成功，可是又不知道，一向以脾气古怪闻名的“章疯子”章太炎先生，会对他以礼相待还是漠然视之。

然而，谁也不能料到，事情竟然以令人啼笑皆非的方式不了了之。

吴其昌刚走，就有人向陈寅恪说：太炎先生不能请。他的学问，做国学研究院的导师绰绰有余，但太炎先生可不像王静安先生那样安静。他脾气不好，跟他打交道的人都怕他。请神容易送神难。如果他来这里，容不下别人，别人也容不下他，事情就麻烦了。

章太炎，自称圣人，人们却叫他疯子。他一辈子“与天斗，与地斗，与人斗，其乐无穷”——王国维若有这样的精神，大概率是不会蹈水弃世的。章太炎刚出道时反清，后来又反共和、反民国；他反皇帝、反孙中山、反袁世凯、反蒋介石、反汪精卫；他反对旧文化，后来又反对新文化。反对什么，都是他有理，都是被反对者的错。他胆大包天，想怎么说就怎么说，想怎么写就怎么写，一辈子特立独行，骂人无数，从不怯于与人对阵。可以说，谁跟他打交道谁头疼。如果“有幸”被他视为对手或朋友的话，就得时刻小心这位太炎先生翻脸不认人了。

说来说去，人的问题是最大的问题。陈寅恪自然不会没听说章太炎的脾气，一经有人明白指出来，他不能不担心。

此时，吴其昌从上海写信回来，报告了他和太炎先生见面的情况。这一次，章太炎一点也没发疯，正常得很。他和颜悦色地问起来研究院的情况，说是多年不见梁启超，心里很是想念。他向吴其昌表示，如果研究院需要，他愿意北上清华任教。吴其昌如获至宝，激动不已，立马写信寄往北京，报告给自己的老师和同学。他觉得，研究院的又一个春天就要到来了。

一边是有人反对章太炎来，一边是吴其昌说章太炎愿意来。怎么办？

聘请教授这样的事情，得学校的评议会研究通过。当时正值暑假，评议会没法开。事情就这样扔在那里，没有结果。

章太炎和清华国学研究院最终擦肩而过。

还有人提出，请罗振玉来。

按说，罗振玉的学问，人们还是认可的。但其人品，人人觉得可疑。王国维死后，罗振玉写了一篇追悼的文章，里面说：

> 公死，恩遇之隆，振古未有，予若继公而死，悠悠之口，或且谓予希冀恩泽。①

细细琢磨这几句话，可以发现其中的几层意思：

第一，王国维死后，小皇帝施与的恩典中国历史上从来没有过。一方面是在说王国维幸运，另一方面是在说小皇帝爱才——分明是借此和溥仪套近乎。

第二，罗振玉大言不惭地说，自己不能追随王国维去死。若死了，天下人一定会说，他是图小皇帝的赏赐。而此前，他曾经和王国维相约赴死。

第三，他罗振玉是有资格享有溥仪的“恩泽”的。说是“悠悠之口”会指责他，其实，“悠悠之口”是谁的口？就是他自己的口罢了。

---

① 罗振玉：《祭王忠悫公文》，载陈平原、王枫编《追忆王国维》，北京：中国广播电视出版社，1996年，第79页。

梁启超读了此文，勃然大怒，觉得罗振玉太厚颜无耻了，还专门写信给陈寅恪宣泄一番。

不过，罗振玉并不想到研究院来教书。在他看来，王国维资历没有自己深，一向对自己执弟子礼。弟子辈儿的王国维死了，师长辈儿的他继任教席，并不是一件有面子的事。

所谓请罗振玉来，根本就没有动议。①

至此，所谓添聘教授一事，全部不了了之。②

研究院如风中之烛，梅贻琦眼前的局面非常微妙。他未必支持研究院扩大规模发展，但是，他更反对硬性地终结研究院。他是研究院的代理主任，是清华的教务长，还代理着校长。他的一言一行可能都会对别人的命运产生或大或小的影响。然而他岂能不知道，既然有“代理”二字放在“校长”之前，他这个当家人就是纸糊的，哪一方都得罪不起。他是个学者，更是个办事的人，懂得办事的道理；他是个深沉的人，不会随意表态，更不会轻举妄动。这一点，跟他对国学研究院的看法无关。更何况，国学研究院的命运，早就注定了。

所以，我们读到以下的文字，就一点也不奇怪了。

取消国学研究院，成立毕业院，这是同学一致的要求；只因国

---

① 另据吴其昌《梁任公先生晚年言行记》：梁“命其昌辈推举良师。其昌代达诸同学意，推章太炎（炳麟）先生、罗叔言（振玉）先生。先师欢然曰：‘二公，皆吾之好友也。’……其昌因奉校命，北走大连，谒罗先生于鲁诗堂。南走沪，谒章先生于同孚里第。……初时罗章二先生均有允意，章先生捻其稀疏之须而笑：‘任公尚念我乎！’且有亲笔函至浙，报‘可’。然后皆不果，罗先生致余书，自比于‘爰君入海’，章先生致余书，有‘衰年怀土’之语。”（夏晓虹编：《追忆梁启超》，北京：中国广播电视出版社，1996年，第408页。）

② 马衡、林志钧以讲师到职，时间都很短。二人的学术地位和声望，都无法与梁、王、陈相比。（苏云峰：《从清华学堂到清华大学1911—1929：近代中国高等教育研究》，北京：生活·读书·新知三联书店，2001年，第316页。）

> 学研究院人数极少,而所耗甚巨,影响于清华之发展实大。毕业院是与本大学一贯的,早就在计划之中,这因从前的官僚校长,毫未着手筹备。明夏大学部同学毕业,欲追求高深学问者,颇不乏人,所以毕业院的成立,是很急急乎的事体。先是,评议会早已通过此次议案,未见执行。此时校务改进委员会面请于梅代校长。梅先生说声:"我不负责",因此只好暂时作罢,静候新校长来再讲。①

我们完全能够理解,梅贻琦为什么会有这么冷淡的反应。取消国学研究院也罢,成立毕业院也罢,都是学校的大事要事。作为代理校长,他负不了这个责。也可以理解为,学校大局不稳定,他不愿意蹚这浑水。

三

1928年8月,国民政府正式任命罗家伦为清华大学校长。

是清华大学,而不是清华学校校长。也就是说,清华,已经完成了向一所大学转型的准备,清华大学正式成立。它不再是一所留美预备学校,它将直接培养大学生了。

罗家伦因而也成为清华大学的第一任校长。

南京政府任命罗家伦时,学校的名字是"清华大学"。但罗家伦认为,以前的清华美国人插手太多,中国人常常要听命于美国公使。要加上"国立"二字,突出它的民族性。清华是中国人为中国办的学校,研究学问,为中国服务——这一点,跟清华国学研究院对"国学"的思考倒是一致的。罗家伦几番争取后,国民政府同意了,所以,学校的全称就是

① 《国立清华大学校刊》1928年10月31日,第4页。

“国立清华大学”。

与此同时，梅贻琦暂时结束了在清华园的工作。他将前往美国，担任清华大学留美监督处监督。不知道他作别清华园的时候，内心具体有何感受。他来清华这么多年，低调而坚忍，办成了许多事，结下了一大帮朋友，内心深处还是有很多不舍的。他此番离开，实际上是被排挤走的。前路漫漫，不知道美国那边等待着他的是什么，更不知道什么时候才能回来和朋友们相聚。

罗家伦出身北大，1919 年五四运动中，曾作为学生运动健将，执笔起草了风传全国的《北京学界全体宣言》。“外争国权，内除国贼”的口号，就是他提出来的。时代风云变幻，人生千转百回。一个偶然的机会，罗家伦结识了蒋介石，还当上了蒋介石的秘书。北伐大幕即将落下的时候，他以国民政府派出大员的角色，接收北方的教育机构，清华学校就是目标之一。他能当上清华的校长，与他在国民政府担任过的角色也不无关系。国民政府初建，革命的“宁馨儿”诞生，看起来，一切都在往革命党努力的方向转变，一代青年，谁能不意气风发、豪情满怀？罗家伦也是这样。他以胜利者的姿态出现在校园里，立志用革命家的理想、新青年的手段，再造清华。他提出了清华历史上备受争议的“四化”方针，那“四化”是：廉洁化、学术化、平民化、纪律化。

罗家伦提出“四化”，是有所指的。他是国民党党员，要为党国负责，要用国民党的思想来改造清华。在他看来，老清华学校的成立虽只有十几年，但它毕竟是从“旧社会”走过来的，校园里充满了散漫的、腐朽的、贵族的气息。当下，正是挟北伐余威新其面貌的时候。他刚过而立之年，血气方刚，踌躇满志，岂能放过这大展宏图的良机？

不过，罗家伦当年的同事和好朋友冯友兰评价他说，罗氏在清华大学，“学术化”成绩最明显。言外之意，其他“几化”成绩都一般般。

罗家伦是北大的学生，是蔡元培一系的，办学思想无疑会受到蔡元培的影响，他提及“学术独立”“兼容并包”一点也不会让人感到意外。

但罗家伦又和蔡元培不一样。罗家伦除了说一个民族要独立一定得让学术先独立外，还说，清华大学要为中国“建设一学术独立之策源地，而造就党国之基本建设人材”。

可以看出来，罗家伦一会儿谈学术要独立，一会儿又强调清华大学要为“党国”培养人才，那么，学术的独立性和“党国”的需要发生矛盾时怎么办？一般来说，只能靠当事人自己来平衡了。罗家伦一直想要搞好这种平衡，却一直难以平衡。“学术独立”“党国需要”是一个跷跷板的两端，一端沉下来，另一端必定跷上去。罗家伦终其一生都处在尴尬之中：政客觉得他是个读书人，读书人又觉得他是个政客。两头都沾，两头都不讨好。这一点，其实跟吴宓说自己内心深处有“二马并驰”有相似的地方。

1929年6月7日，清华大学礼堂里，一场欢送毕业同学大会召开了。当时的《清华周刊》报道说：

> 清华大学部，成立四年来，今年系第一班毕业。旧制之最后一班与国学研究院之最终一班亦均于今年毕业，故本届毕业之情景，有空前绝后之意味存乎其中。①

也就是说，留美预备部、国学研究院最后一班学生毕业后，都不再招生，而大学部的第一届毕业生也在自己的国家完成了学业。清华大学，不

① 孙敦恒：《清华国学院纪事》，载葛兆光主编《清华汉学研究·第一辑》，北京：清华大学出版社，1994年，第339页。

仅从名义上,而且从实质上真正诞生。会上,罗家伦特别评价了国学研究院。他说:“清华的研究院,在中国是开风气之先,虽然组织方面,未尽适合,但是这一点研究空气,是极可贵的。”他还自豪地说:“下年本校将正式创办各科研究院,这在中国各大学中,又是最先……”

罗家伦的讲话,意味着国学研究院的终结。它曾经光彩照人,是清华的骄傲。现在,它该退出历史舞台了。清华还会有更多的研究院诞生,将有更多的学科,有更多的老师和学生投身高深学问的研究中。

尾声

散聚

一

正当国学研究院风雨飘摇的时候，学术史上著名的历史语言研究所正在孕育之中。

史语所成立后，把陈寅恪、赵元任、李济都请了过来。后来，陈、赵、李正是在史语所大放异彩，奠定他们大师地位的。

要讲史语所的故事，还得先从蔡元培和中华民国大学院讲起。

北伐成功，革命军至少从形式上完成了对中国的统一。新政权要组织新的行政班子，蔡元培成为执掌教育的不二人选。他舍教育部之名，把负责教育的机关命名为大学院，管教育又管学术，他就成了中华民国大学院院长。

蔡元培的理由是，以往，在北洋政府教育部，掌权的是一群官僚，他们处在北京的腐败空气中，说起来是从事教育，其实跟别的部无异，他们根本不懂教育，更不懂学术，只知道结党营私，培植小圈子势力。不能再这样下去了，不能让教育机关成为衙门，不能再让外行领导内行，不能给那些利欲熏心之徒留下交椅。

应该说，蔡元培的设计充满了浓郁的理想主义色彩。他的想法是，大学院要引领教育和学术大业，中国要形成“教育独立，学者主政”的风气。

所以，在蔡元培的心目中，大学院甚至不能归国民政府管理，其规格要在国民政府其他各部之上，跟军事委员会平行。

如果不是蔡元培，如果换其他人当大学院院长，如此设计，一定会引发滔天舆论吧。蔡元培毕竟是蔡元培，他是前清的翰林、国民党元老、北京大学老校长，位高德劭，却又无私无畏、无欲无求。他的学问、资历和眼光，无人可以置疑。

大学院成立不久，蔡元培就着手筹备成立中央研究院。按照他的设计，中央研究院是大学院的重要下属机构，是国民政府最高的学术机关。其地位，相当于如今的中国科学院加上中国社会科学院。

一开始，中研院并没有设立历史语言研究所的想法，是傅斯年以一己之力打动了老校长蔡元培。

傅斯年在大陆声名不彰，很大程度上是因为毛泽东在一篇文章里点名批判过他：

> 为了侵略的必要，帝国主义给中国造成了数百万区别于旧式文人或士大夫的新式的大小知识分子。对于这些人，帝国主义及其走狗中国的反动政府只能控制其中的一部分人，到了后来，只能控制其中的极少数人，例如胡适、傅斯年、钱穆之类，其他都不能控制了……①

毛泽东点了名，傅斯年自然就长期被视为“反动知识分子”，打入历史的另册。至于他当年做过什么——包括组建史语所，反而被人们遗忘了。

应该说，傅斯年是一个经历奇特、思想复杂的人。新文化运动中，他和同学罗家伦——就是那位清华大学校长——一起办了本《新潮》杂志，他是杂志的灵魂人物，能写文章又能组稿，他那“新青年”的形象早

---

① 毛泽东：《丢掉幻想，准备斗争》，载《毛泽东选集（第四卷）》，北京：人民出版社，1991年，第1485页。

就呼之欲出。五四运动中，他是北大学生代表之一。就是他，举着旗子，率领学生火烧赵家楼。后来，傅斯年考取了老家山东的官费留学生，先后到英国、德国读书。正是在德国的柏林，他和陈寅恪、赵元任、俞大维一帮人认识、熟悉起来，慢慢成为好朋友。回国伊始，傅斯年以新锐学者的形象出现在人们面前。按理说，以他的天赋和才华，他完全可以像王国维、陈寅恪那样，一辈子待在书斋里做学问，著道德文章，成为闻名天下的大学者。但他跟王国维、陈寅恪天性不同，他还有办事的雄心和才能，总是忍不住要施展出来，下大力气，办大事情，最后，就有了做学问之外的大作为。

傅斯年不是国民党党员，亦从来不属于任何党派，对国民党常常公开或私下提出批评，但他头脑里又似乎有一种“忠君”思想。对于蒋介石，他一向是认可、维护，并视为“正统”的；对于共产主义，他从来没有好感。他一生反共到底，与共产党势不两立。这也是他被毛泽东公开批判的重要原因。他从来不打算当官，但又喜欢谋事，关键时候总是挺身而出，不计后果。他是体制内人，和国民党的高层官员打了一辈子交道，却又不肯迁就人，不愿违心行事。他是个读书人，手无缚鸡之力，却又被称为“大炮”，身上有一种勇猛刚强的精神。

傅斯年一生最佩服两个人，一个人是蔡元培，一个人是胡适。此二人也给傅斯年极大的帮助。蔡元培给中央研究院规划了好几个研究所，起初，并不存在历史语言研究所的名字，是傅斯年凭着与蔡元培的交情、借着蔡元培对他的信任，硬生生地让史语所从无到有，破土而出。

二

关于傅斯年是怎么游说蔡元培的，我们现在并不能把细节一一还原。我们所知道的是，此前，他在中山大学，和顾颉刚一起组建了语言历史研究所，买了很多书，也聘请了几位著名学者，准备大干一场。蔡元培组建中央研究院，傅斯年几乎完全把他在中山大学的思路移植过来，只是换了个名字，“语言历史”颠倒了一下，成了“历史语言”。

1928年11月，远在广州的傅斯年给陈寅恪写信，让他在北京帮着找房子。傅斯年计划成立史语所北京分所，让陈寅恪当分所的主任。信里有这样几句话：

> 此研究所本是无中生有，凡办一事，先骑上虎背，自然成功。①

我们可以从傅斯年写给陈寅恪的这封信推断，一开始，他考虑得并不周全。但有了想法，赶紧实行，先勇敢地登上台来，让自己退无可退，自然会发挥出全部潜力，让事情往成功的方向发展。若什么事情都追求万无一失，结果往往是一事无成。

这正是做事的样子。

按照傅斯年的说法，成立历史语言研究所，是要用真正的现代方法，研究新材料，让历史学、语言学跟生物学、地理学、地质学一样成为科学，在中国的大地上扎根。

可以看出来，傅斯年对史语所的学术规划，已经跟清华国学研究院所说的国学、跟胡适他们提出的整理国故不一样了。事实上，此时的傅斯年，明确反对“国学”这个词，也反对“国故”甚至“中国学”的说法。在他心目中，凡是能够称得上学问的，就应该是放之四海而皆准的真理，

---

① 王汎森、潘光哲、吴政上主编：《傅斯年遗札（第一卷）》，台北：“中研院”历史语言研究所，2011年，第166页。

没有什么国别之分。假如史语所的研究员们，能够真正用科学的态度研究历史、语言之学，进而做出真学问，写出有价值的著作，那将是巨大的成功。

我想，在傅斯年的心中，中国的学问还差这一跃，就差这一跃吧。跃过之后，红日将要升起，春天将要到来，现代学问的花朵必将大片大片地开放吧。

我相信，傅斯年一定是用这些想法打动蔡元培的。

史语所甫一成立，傅斯年马上向他的老朋友陈寅恪发去聘书，希望他能够离开清华，和自己一起工作。

此时，远在北京的陈寅恪，内心深处正充满了迷茫、消沉和不安。

按说，陈寅恪刚刚大婚，从南方回到学校，结束了多年来一个人的孤单生活。人逢喜事，精神头儿不错。但他面对的现实是，清华园里风波不断，主事者走马灯一样不停地换人。他并不担心自己的饭碗，但他不能不忧心研究院的将来。眼见得清华改大绝无回头路，而研究院人事凋零，无论是梅贻琦还是他，都回天无力。

研究院内部也无趣得很。王国维去世两周年，师生纷纷写文章纪念，陈寅恪写了一篇充满深情的纪念文章，极言王国维“独立之精神，自由之思想，历千万祀，与天壤而同久，共三光而永光”。大家还一起捐钱，要为王国维造一座纪念碑。梁启超捐了500元，陈寅恪捐款200元，大家还商量着，研究院教授各捐月薪的一半，已经有工作的学生每人20元。但是赵元任借口自己家里有事，一文钱也不往外掏，搞得陈寅恪很不高兴。哪里是几个钱的问题，不过是意气不投罢了。赵元任眼里的王国维，浑身都散发着酸腐的气息，没落、古板、守旧，而陈寅恪眼里的王国维，清正、谨严，是能够为故国招魂的人物。一正一反，一高一低，两人意见之异，可见一斑。

陈寅恪甚至动了辞职的念头。研究院第二届毕业生陈守实[①]来看他，他告诉陈守实说，自己已经递交了辞职信，校方还没有回复他。再等一段时间，实在不行，就先不领清华的薪水算了。至于再往前面怎么办，他想不清楚，看不明白。

那么，此时傅斯年从遥远的南方向陈寅恪发出邀请，希望他能入伙史语所，成为历史组的研究员，他不能不为之所动。

除了研究院的人事纠葛，还有一件事，牵着陈寅恪的心。

陈寅恪听说，有一批明清时期的重要档案，从前清的内阁大库流出后，正在市面上待价而沽。

那些东西，涉及明朝天启、崇祯时期和清朝顺治到乾隆、嘉庆到光绪时期，装了足足几千麻袋。里面有政府公文、大臣奏章、三司案卷、殿试考卷，等等，都是最重要的国家档案。朝廷正常运转的时候，这些东西，当朝大员毕其一生也往往不得见一字。可随着前清国力衰微，国家动荡，慢慢地，这些宝贝连保存起来都成问题。房子漏雨会把它们淋湿，时间长了会发霉、烂掉，库房里的老鼠、虫子也会不时地上来咬一口。民国成立后，这些宝贝更是成了无主的货，倒来倒去，竟然倒到了民间收藏者手里。但其现在的主人并没有能力进行整理，放这批档案的房子很破，一下雨水就往屋里漏。这样长期闲置下去，不是个办法，就打算卖掉。北大、燕大、故宫博物院的那些先生们听说了，明里暗里都在跟藏家接触，希望能够买下来。

作为历史学家，陈寅恪自然知道这批档案的重要性。他想让国学研究院收藏，但研究院不是一个独立的单位，没有那么大一笔钱。他寄

① 陈守实(1893—1974)，江苏武进人，1926年考入清华国学研究院攻研史学研究法。毕业后，曾先后在南开大学、中山大学、安徽大学、暨南大学、复旦大学任教。

希望于学校掏这笔钱，可罗家伦的兴趣在于加快清华改大的速度，哪里会顾得上这事。

陈寅恪试着把自己的烦恼告诉了傅斯年，让他看看有没有办法搞定此事。傅斯年马上意识到，这是一件大事。历史学就是史料学，没有史料，历史研究根本是无源之水、无米之炊。刚刚成立的史语所如果能拥有这么一大批资料，岂不是如虎添翼？他马上写信，把事情向蔡元培原原本本汇报了一番，末了，只有两个字：要钱。蔡元培痛快地批准了。很快，史语所就把这批内阁档案搞到手。

陈寅恪长长地舒了一口气。他了解傅斯年的办事能力，但没想到老朋友现在今非昔比，完全可以用“神通广大”四字来形容。清华大学的教职，他虽不舍得完全放弃，但愿意以兼职的方式和傅斯年合作，担任史语所北京分所主任、历史组主任。

1949 年后，史语所南渡台湾，但历史组主任的名头，一直给陈寅恪留着。台湾史语所的主事者以代主任的身份工作，直到 1969 年 10 月陈寅恪去世后，“代”字才去掉。

三

赵元任也接到了傅斯年的聘书，史语所请他当语言组的主任。

赵元任没有理由拒绝。正像傅斯年说的那样，清华条件不错，可毕竟是一所学校，有大量的教学任务——赵元任老是去外地调查方言，其实对教学是有影响的。在清华当教授，工作的场所往往囿于北京，到外地开展工作，毕竟没那么方便；而史语所是“中直单位”，上头又有中华民国大学院和大佬蔡元培罩着，想在全国做什么样的事都简单得多。再进一步讲，清华是个是非之地，各式各样的人都想染指，都想插一杠

图 17－1　1929 年秋史语所同仁在北平合影(前排左二为陈寅恪;中排左一为李济,右三为赵元任,左三为傅斯年)

子，而史语所毕竟是个“小小自己的园地”[①]，不容易受外界影响。

赵元任提出来，到史语所工作可以，当语言组的主任也行，但不担任所里的行政职务，永远不担任。傅斯年知道赵元任的脾气跟自己截然相反，平生最烦的就是张罗事儿。傅斯年痛快地答应了他，但是又开玩笑地提出来，只要他一天在研究院，赵元任就一天不能离开。

1928年下半年，赵元任辞去了清华国学研究院的工作，正式来到史语所，筹备语言组。清华校长罗家伦并不愿放人，但也没有办法，大家都是朋友，抬头不见低头见，只好商量个折中方案，让赵元任还是先兼着清华的课，下一步的事下一步再说。但赵元任一入史语所便如蛟龙入海，又是天南海北地搞方言调查，又是推广国语罗马字，清华那边的事儿慢慢就顾不上了……

四

1928年的李济，工作正处在瓶颈期。

李济在清华国学研究院，教的课没有多少人能听懂，只有一两个学生对他的专业感兴趣。他天天在外面跑，学生们常常几个月见不到他的面。如果我们说，李济在清华属于边缘人物，绝不为过；如果说，他从来就没有真正融入国学研究院，更是恰如其分。

西阴村考古工作结束之后，李济回到北京，整理了带回来的文物，写出了考察报告，这项工作就算差不多了。下一步怎么办呢？他知道

---

① 王汎森、潘光哲、吴政上主编：《傅斯年遗札(第一卷)》，台北："中研院"历史语言研究所，2011年，第81页。

自己属于田野,属于大地,属于亘古以来无边的时间。他希望能够有更加合适的考古项目,赶紧奔赴现场,挥动锄头开挖。但是那一年多时间,国家形势一直不稳定,他到过陕西、天津、大连、南京、上海、武汉去找机会,可常常听到的是道路不通、有土匪、旅行危险的信息。他跑来跑去的,也没跑出名堂来。一时之间,他有点颓然,觉得所谓考古、所谓人类学,不过是屠龙之技,一个小小的李济,改变不了各地军阀土匪的头脑,也改变不了中国的现实。那么,接受现状、面对现实,慢慢来吧。除此之外,又能如何?

3月,李济接到了毕士博的信。信里,对方告诉他,请尽快带上西阴村的考古资料,到华盛顿来一趟,弗利尔美术馆的馆长要见他。

李济知道,这一方面是要他述职——老外不能让他白拿钱,不汇报工作;另一方面,可能是要近距离观察一下他,看看毕士博联系的这位中国人到底怎么样。

临近秋天的时候,李济终于成行了。工作汇报得很好,馆长很满意,好好地赞扬了他一通。馆长对李济本人也很满意,一再表示,要跟他继续合作,请他全权处理弗利尔美术馆与中国学术机构联合考古的事儿。

回国的时候,李济绕了个圈,从欧洲走,打算经过香港,到广州上岸。漫长的旅途,花费了李济好几个月的时间。轮船抵达广州时,已经快到年底了。

就是在广州,戏剧性的一幕发生了。

很多年之后,李济回忆说,那之前他从来没有去过广州,这次来不过是想到中山大学看看,中山大学成立不久,有不少北方来的教授到这里任职。也许到学校里能碰到个熟人。没想到,他刚刚走到中大门口,一位清华的老同事就向他招手:济之你怎么来了?什么时候来的?这里正有人找你呢。

找李济的人，正是傅斯年。

此前，两个人从来没见过面。第一次见，就一连谈了好几天。没想到，两个人对田野考古有那么多共同语言。在李济心目中，五四风云人物傅斯年是前辈，对于他，自己不过是倾慕，连高攀之心都没有过，没想到现在面对面聊天，跟老朋友一样，越谈越投机。傅斯年在组织史语所，李济不会没听说过，但料不到史语所的气魄那么大，请了那么多有名的先生，有那么大的学术规划。傅斯年要拉他入伙，他觉得，"陈寅恪和赵元任先生都已答应他参加中央研究院史语所工作，分别主持历史组和语言组，现在要我来主持考古组，地位和他们平等，而我的年纪比较轻，这使我感觉到很大的荣幸。在学术上，傅先生可以说是给我一个很好的待遇"[1]。

从此之后，直到 1972 年退休，李济一直担任史语所考古组主任职务。

其实，事情哪有那么富有戏剧性。大名鼎鼎的傅斯年怎么可能没有任何铺垫，仅仅因为一面之缘就请李济到史语所工作呢？完全是因为他看到过李济的文章，知道李济曾经做过什么事，了解李济的实力。更何况，蔡元培、李四光他们都不遗余力地推荐李济。

几十年后，中国当代著名的历史学家李学勤说，现代考古学真正系统地在中国展开，是从 1928 年李济出任史语所考古组主任后，主持对殷墟进行发掘开始的。而李济自己说，如果不是傅斯年，他的考古工作可能就会中断。

---

① 李济：《傅所长创办史语所与支持安阳考古工作的贡献》，载《李济文集（卷五）》，上海：上海人民出版社，2006 年，第 235 页。

五

翻阅关于国学研究院的资料,我们可以发现一个细节:从成立到终结,清华国学研究院招生四届,一共74人。

这是一个有趣的数字。相传孔子一生门生很多,最优秀的七十余人成为传播儒学的中坚力量。后人讲述孔门的故事时,往往会以此说事儿。

我们自然不必把研究院的学生比附于“孔门七十子”。两个数字的接近,不过是历史的巧合罢了。

但是,如果我们说,在清华国学研究院,著名的教授教出了一批栋梁之材,大抵是不错的。

学员蓝文徵曾言,研究院七十余人,除了中途退学的两位、英年早逝的四位之外,其他同学,留学国外的十一人,在各院校任教的五十余人,“抗战期中,同学在各大学任教务长、训导长、院长、研究所主任及文史两系主任的,约有十七八人,被誉为好教授的,为数更多”①。

更有人给出了具体的学生名单:周传儒、谢国桢、吴其昌、徐中舒、杜钢百、高亨、姜亮夫、王力、杨鸿烈、方壮猷……

这些人都是在历史学、考古学、语言学等领域影响巨大的学者。他们沐浴了一个时代的学术光辉,在清华园里,向自己的导师交出了合格的答卷。当他们走出校门,如星星一样散布于中国的大学、研究院所之后,他们以自己的努力,获得了更高的学术得分。我相信,无

① 蓝文徵:《清华大学国学研究院始末》,载夏晓虹、吴令华编《清华同学与学术薪传》,北京:生活·读书·新知三联书店,2009年,第390页。

论在什么时候，当他们回忆清华国学研究院里的生活，回忆起师从王国维、梁启超、陈寅恪、赵元任、李济的往事时，都会别有一番滋味在心头。

2020 年 2 月 13 日，于郑州

图书在版编目(CIP)数据

苍凉的辉煌:清华国学研究院和她的时代/郑雄著. —上海:复旦大学出版社,2021.7
ISBN 978-7-309-15519-8

Ⅰ.①苍… Ⅱ.①郑… Ⅲ.①散文集-中国-当代 Ⅳ.①I267

中国版本图书馆 CIP 数据核字(2021)第 041609 号

苍凉的辉煌:清华国学研究院和她的时代
CANGLIANG DE HUIHUANG: QINGHUA GUOXUE YANJIUYUAN HE TA DE SHIDAI
郑 雄 著
责任编辑/高 原

复旦大学出版社有限公司出版发行
上海市国权路 579 号 邮编:200433
网址:fupnet@fudanpress.com http://www.fudanpress.com
门市零售:86-21-65102580 团体订购:86-21-65104505
出版部电话:86-21-65642845
江阴金马印刷有限公司

开本 890×1240 1/32 印张 11.25 字数 270 千
2021 年 7 月第 1 版第 1 次印刷

ISBN 978-7-309-15519-8/I·1262
定价:58.00 元